새벽빛에 서다

박태일 지음

작가와비평

새벽빛에 서다

© 박태일, 2010

1판 1쇄 인쇄__2010년 12월 01일
1판 1쇄 발행__2010년 12월 10일

지은이__박태일
펴낸이__양정섭
책임편집__김현아
디자인__김미미
기획·마케팅__주재명 노경민
경영지원__조기호 최정임

펴낸곳__작가와비평
등　록__제2010-000013호
주　소__경기도 광명시 소하동 1272번지 우림필유 101-212
블로그__http://kyungjinmunhwa.tistory.com
이메일__wekorea@paran.com

공급처__(주)글로벌콘텐츠출판그룹
대　표__홍정표
주　소__서울특별시 강동구 길동 349-6 정일빌딩 401호
전　화__02-488-3280
팩　스__02-488-3281
홈페이지__www.gcbook.co.kr

값 13,800원
ISBN 978-89-955934-2-4　03810

 문학사회에 작품을 내놓은 세월 동안 시와 논문이라는 틀
에 갇혀 지냈다. 다른 글쓰기에 눈길을 준 적은 많지 않다.
그러다 올해 봄 몽골 기행문집을 냈다. 내친 김에 그 동안 모
아 두었던 줄글을 펴내기로 했다. 가끔 지역 언론이나 문예
지에서 청탁해 주지 않았더라면 그나마 얻지 못했을 곁가지
자식들. 양이 제법이다. 두 권으로 나누었다. 시 창작 경험과
맞물린 글은 『시는 달린다』라는 이름을 붙여 다른 곳으로
보냈다. 더 자유로운 것만 이 자리에 남겼다.
 묶고 보니 2000년을 앞뒤로 한 시기에 쓴 글이 많다. 지역
문학 실천 활동에 몸이 걸쳐 있었던 무렵에 얻은 것이다. 팍
팍한 속살도 보인다. 앞만 보고 나아가기를 즐긴 내 성정 탓
이었다. 그것조차 문학을 향한 사랑으로 읽히기 바란다. 시
보다 훨씬 자유롭다는 점이 줄글 쓰기가 지닌 즐거움이다.
나이 쉰 줄을 훌쩍 넘겨서야 그 사실을 깨닫는다. 이제부터
라도 줄글 쓰는 즐거움을 자주 누리고 싶다.
 이 책을 엮는 데 대학원의 문옥영, 유경아 두 사람이 애를
썼다. 늦깎이 공부에 보람 많기를 바란다. 작가와비평 가족
에게도 새삼스러운 고마움을 전한다.

2010년 11월
박 태 일

1부 길 안의 길을 걷다

2부 노을의 무게

3부 헌책방, 홀로 가라앉은 먼지의 마을

4부 오월 왕벚꽃 진 자리

길 안의 길을 걷다

용호농장을
떠나보내며

바다는 한결같이 고즈넉한 겨울 풍경이다. 눈에 밟힐 듯이 당겨 앉은 영도 아치섬이 서쪽으로 늦은 한낮 역광을 흩뿌린다. 바깥 바다로 자꾸 밀려 나오던 부산항 방파제는 이제 백운포 쪽에서 길게 한 줄기를 더 내뻗고 있다. 가까운 갯바위에 올라서서 낚시를 즐기는 이들은 예나 지금이나 빼곡하다. 동쪽 마루에서 넘겨다보면 멀리 해운대 동백섬과 신시가지가 한눈에 든다. 부산의 상징 경관 가운데 하나인 오륙도를 발끝에 짚고 있는 한센인 정착마을 용호농장은 어느 때 보아도 아름답다.

이 터에 한센인이 무리 지어 살기 시작한 처음은 광복 뒤인 1946년 6월이었다. 영국 구라선교회에서 감만동에 한센병원 상애원을 세워 그들을 돌보기 시작한 1909년부터 서른일곱 해 뒤다. 몇 차례 자리를 옮기다 미군정청의 도움을 받아 건너다뵈는 영도 동삼동에서 배를 타고 건너왔다. 왜로倭虜 제국주의 대륙 침략의 첫 디딤돌인 부산항을 지키는 중요 요새였던 곳이다. 오래도록 민간인은 드나들 수 없었다. 그들이 옮겨왔을 때만 해도 왜로 군대가 두고 간 자가발전소, 깨진 대포, 병영 시설이 남아 있었다.

한센인들은 그 위에다 새로운 삶터를 가꾸었다. 1948년 경상남도 도립나요양소로 틀을 갖춘 뒤, 1961년 국립용호병원이라 이름을 바꾸었다. 1968년에는 국립소록도 나병원 용호분원이 되었다. 그러다 1975년에 비로소 용호농장이라는 이름을 얻었다. 그들이 쉰아홉 해 동안 세상의 무관심과 차별 속에서 하나하나 일구었던 병원, 공회당, 성당과 교회, 닭이며 돼지 축사도 몇 달 사이 흔적을 깡그리 묻고 있다. 서쪽 낭떠러지에 가파르게 몰려 있던 한센인의 크작은 흙무덤도 빗돌도 죄 보이지 않는다.

바다 도시 부산의 화려한 이름 뒤에 숨어 있는 낮은 마을이었다. 병으로 말미암은 아픔보다 세상 사람 눈총에 더 시달려야 했을 한센인의 삶터 용호농장에 머지않아 삼천 세대나 되는 높다란 아파트 마을이 들어설 예정이다. 막무가내 밀려드는 세상 변화를 농장 사람들도 받아들이지 않을 수 없었던 탓이겠다. 낱낱으로 또는 무리를 지어 오래 눌러 앉았던 자리를 다시 일으켜 다른 곳으로 떠났다. 번듯한 역사 어디에도 모습을 찾을 수 없을 그들이다. 용호농장의 흔적과 한센인의 삶은 그렇게 새 세상 속으로 쓸려 든다.

작달막하게 농장 한쪽을 지키고 있었던 '대영나병자구료회기

넘비大英癩病者求療會紀念碑'는 눈 밝은 마을 분이나 시립박물관 쪽 사람이 간수했으리라. 이제 용호농장 자리는 숨 가쁘게 몸을 불리는 근대 건설 자본의 놀라운 식탐과 상상력을 다시 한 번 엿볼 수 있는 곳으로 바뀌었다. 커다란 아파트 마을이 세워지면 그 어느 모서리에 용호농장 옛터 내력비 하나 정도는 마련할까. 그것을 세울 아량과 장소에 대한 겸손이 토건 자본에 있을 리 만무하다. 머지않아 용호농장 일은 부산 지역사에서도 묻히고 말겠다.

숨 쉬는 목숨 가운데서 여느 짐승과 달리 사람만이 오로지 제 흔적을 줄기차게 남긴다. 오가는 곳에 길을 놓고, 머무는 터에 집을 올린다. 집과 집을 잇대어 마을을 굳힌다. 경관은 장소로 바뀌고, 돈과 권력은 끊임없이 그 자리에서 몸을 가꾼다. 긍정적인 쪽으로든 부정적인 쪽으로든 장소는 사람의 이해관계에 따라 자꾸 달라진다. 몇 해 뒤 용호농장 자리에 들어설 양회 마을은 또 어떤 삶을 보여줄 것인가. 예순 해 가깝도록 용호농장을 가꾸었던 이들의 집단 기억은 세상 어느 기슭에 가 닿을 것인가.

사회가 기층 민중을 혀에 올리고, 한겨레를 목청껏 외쳐 댈 때도 한센인은 거기서 멀리 떨어져 있었다. 힘찬 굴착기와 흙차가 파 뒤집고 있는 용호농장 붉은 비탈은 마냥 망가진 마음의 속살 같다. 켜로 쓰리고 겹으로 쓰리다. 새해 첫 달이다. 오래 익은 삶터를 일으켜 다시 거친 세상 속으로 스며든 용호농장 한센인에게는 이 닭띠 해가 더욱 버거우리라. 세상이 그들을 기억하지 않더라도 그들 스스로 자신이 겪었던 영욕을 잊지 말 것을 빌자. 그 추억만으로도 오래 오손도손 행복하기를 빌자.

---

* 「용호농장을 떠나보내며」부터 「부산 사람의 장영실 대접」까지 열여덟 편은 『국제신문』 '아침 숲길'이라는 난에 2005년 1월에서 2006년 6월 사이 달마다 실었던 글이다.

영국사 은행나무

그 은행나무가 내는 길로 가을이 온다. 참나무 숲이 골짝을 넘고 마을이 구름을 인다. 까투리 다람쥐가 아래서 대를 물린다. 놓아 기른 오이 줄기같이 흘러내린 비탈밭도 둔덕길이다. 웃자란 가지가 아직 싱싱한 것은 가까이 이웃 인심이 좋은 까닭이다. 몇 걸음 솔밭을 따라 오르면 고려 적 부도 둘이 나란히 앉아 두드리지 않아도 종종 종소리를 낸다. 715미터 영동 천태산을 한 가슴에 품고 선 영국사寧國寺 은행나무는 그렇게 가을을 맞이하고 보낸다. 발치에 키워 놓은 두어 그루 감나무 가지에 재미 삼아 매달린 아이도 영락없는 까치밥이다. 그 은행나무가 내는 길로 단풍이 족보를 엮는다. 그 은행나무가 내는 길로 금강 한 줄기가 흘러들고 금강 한 줄기가 흘러내린다.

그 은행나무를 만나기 위해서는 충청도를 한참 떠돌아야 한다. 그것도 김천으로 추풍령으로 들어서서 왼쪽 오른쪽으로 호박말랭이처럼 흐르는 길도 엿보아야 한다. 가끔 만날 못물마다 눈길을 줄 필요는 없다. 가을 못이란 텅 비어서 제 양껏 푸른 하늘을 담았을 따름이다. 어느 장터에서 장국밥을 말지는 스스로 결정할 일이다. 그래도 시간이 남으면 옥천까지 내빼는 걸음도 좋다. 옥천 옛 읍은 옥천 네걸음길에서 다시 북으로 더 든다. 누런 나락더미가 허리를 잡아 주는 실개천을 만나면 실개천을 건널 일이다. 그러다가 영동으로 되내려와 영국사를 물으면 일이 쉽다. 안내표지는 낡은 지 옛날이다. 들머리를 지나치다 다시 돌아서 지나치는 일을 거듭해도 그냥 웃을 일이다.

그 은행나무가 걸어온 세월이 천 년이라느니 천삼백 년이라느니 하는 말은 풍문일 따름이다. 사람 나이 일흔을 더 넘어선 세상 이야기는 어느 것 없이 부풀림이 많다. 그 은행나무를 만나기 위해서는 차를 버려야 한다. 사람 손을 타지 않은 너럭바위, 나무 둥치가 그대로 계단을 이룬 곳이다. 한 모퉁이 오르면 다른 모퉁이. 그 오름길 끝자리에서 막걸리에다 주전부리를 내파는 아주머니도 사실 은행나무와 먼 인척이다. 해 떨어질 때까지 사람을 기다려 주는 버릇도 은행나무를 닮았다. 거기서사 드는 은행알 주머니는 모두 영국사 은행나무가 내린 선물이라 여기면 마음 더욱 반가우리라. 맞은쪽 망탑봉에 꽂혀 있는 삼층돌탑을 닮아 이쁘기로 치면 어느 얼굴에 빠지지 않는 알들이다.

요즘에는 대웅전 손질을 위해 부처님을 잠시 누문 안으로 옮겨 놓았다. 이참에 그대로 일어서 마냥 산 아래로 내려서실 기색이다. 어찌 세상 소식이 궁금해서랴. 함께 옮겨다 놓은 어느 소년의 영정 탓이다. 그 어버이 마음이 애처로우신 게다. 부처님 상호도 은행잎 단풍이 들어 노랗다. 이대로 십일월 첫 이레를 더 내려가면 영주 어름일까. 영양 가까일까. 영양 서석지 은행나무도 알고 보면 영국사 은행의 조카뻘이다. 제 몸부터 한참 노랗게 칠하고 나서 둘레로 오가는 사람을 모두 노랗게 물들여 주는 버릇은 한결같다. 그리고 나서 청도 화악산까지는 바쁜 닷새 걸음이다. 화악산 적천사 은행나무는 족보 없이도 한집안이다. 나라가 위급하면 밤낮으로 우는 버릇까지 빼다 박았다.

영국사 은행나무가 내는 길로 가을이 오간다. 영국사 은행나무가 내는 길은 멀다. 높다. 멀고 높은 그 길로 세상이 대를 물리며 일가를 이룬다. 모르는 묏부리와 묏부리가 촌수를 맺고 모르는 물끝과 물끝이 서로 냄새를 익힌다. 은행잎처럼 분분히 잰걸음을 옮기는 능선. 그 위로 은행잎 노란 연지통을 마구 던지는 저녁 하늘. 그 은행나무가 내는 길로 보름달이 실려 가고 구름이 좇아간다. 서리 살얼음이 내리기도 앞서 십일월 첫 주면 벌써 천태산을 떠날 걸음이다. 그 어느 구비, 어느 물가에서 자꾸 새로운 하늘일까. 몇 번째 새 나라를 세우고 허물 것인가. 은행나무도 영동에 영국사 은행나무는 모든 가을을 혼자 떠메고 가듯이 넉넉한 모습이다. 천 년을 부지런한 우리나라 상머슴이다.

십이월 송광사,
길 안의 길을 걷다

　절집 송광사는 함박눈 맵시가 두텁다. 올해 처음이라 할 눈
맞이다. 모처럼 멀리 서해 곰소나 채석강에서 눈과 마음을 탁
놓고 싶었던 걸음이다. 갑작스런 폭설로 더 나가지 못하고 걸
음길을 자를 수밖에 없었다. 그래도 송광사에서 조계산을 돌
아 선암사를 거쳐 나오는 길은 손쉬우면서 늘 새로운 즐거움이
있었다. 눈 온 뒤 하늘에는 아직 구름이 듬성 남아 있다. 맑다.
사하촌 식당가를 지나 산문 쪽으로 올라선다. 눈길은 더욱 한
적하다. 아침부터 대설주의보에 갇힌 먼 절집 골짝을 누가 애써
찾을 것인가.
　그런데 희고 흰 눈길 한가운데로 길게 이어진 붉은 흙길이
눈 안으로 뛰어든다. 스님이나 거사들이 밤새 내린 눈을 일찌
감치 쓸어 놓았던 게다. 길 안에 길이 있다니. 산문 들머리에서
부터 위쪽 요사채까지 난 길은 눈으로 덮인 둘레 풍경과 묘한
대조를 이룬다. 마치 긴 연비자국 같다. 이 아침 그 길을 조심

스레 쓸고 내려왔다 다시 올라갔을 이들의 마음자리가 따뜻하다. 삼백 미터는 족히 됨 직한 길이다. 적지 않은 힘이 들었겠다. 눈바람도 솔가지도 부리 붉은 멧새도 휘청 내려앉고 싶을 만큼 길이 환하다.

천천히 길을 걸어 오른다. 흰 모자를 내려 쓴 듯 눈발을 받은 바윗돌 동자에게도 편한 눈길을 준다. 그렇다. 세상 모든 일에는 나아갈 길이 있고, 거기에는 처음과 끝이 있게 마련이다. 그 가운데 십에 구는 처음과 끝이 한결같지 않다. 늘 어긋지거나 기대를 깨뜨린다. 높은 뜻에 현실이, 마음에 몸이 못 미친다. 용두사미. 곳곳에서 낙담이 잦고 울분이 짙다. 그러나 하는 일, 뜻한 일이 처음과 달리 어긋났다 해서 세상이 무너지는 것은 아닐 터이다. 헤쳐 나갈 다른 길이 또 있게 마련 아닌가.

건강한 사회에서는 구성원 한 사람 한 사람이 제 일, 제 앞길에 대해 갖는 예측 가능도가 높다. 꾸준히 앞을 내다보고 맡은 일을 열심히 이루어 나간다면 뜻한 목표에 이를 수 있다는 믿음을 더욱 굳혀 준다. 그리 보면 이즈음 우리 사회는 앞날에 대한 전망을 갖추기가 너무 힘들다. 게다가 자기 몫이 아닌 잡다한 일에까지 긴장하게 만든다. 개인적 낭비 못지않게 사회적 낭비가 크다. 모든 일에는 선후, 경중, 완급이 있다. 병든 사회는 그런 분별력을 잃게 만든다. 제 일에 충실할 기회를 자꾸 뺏는다.

사람 사이 관계도 처음과 끝이 있다. 즐겁게 만나 끝까지 이어지는 사이라면 얼마나 좋으랴. 가족과 친구가 그렇고 이웃이 그렇다. 하지만 세상인심이 그 길을 따르지 않으니 늘 탈이다. 기대치가 서로 다른 까닭일까. 처음과 끝이 한결같은 만남이란 어쩌면 될성부르지 않은 일인지 모른다. 겪다 보면 다툼이 생기고 이해가 엇갈린다. 눈앞에 놓인 이익만 챙기고 자기 불편함만 벗으려 든다. 사필귀정이라는 고전적 정의는 글줄로만 남았을 따름이다. 그래서 사람 됨됨이는 늘 끝까지 가 보아야 알 수 있다고 했던가.

모든 흐름에도 처음과 끝이 있다. 자연 현상이건 의식 현상이건, 길건 짧건 매듭이 진다. 밤낮 하루가 있고 네 철 한 해가 있다. 어느덧 십이월이다. 한 해로 보면 끝자리다. 수선스럽다. 그러나 십 년을 단위로 삼아 보자면 십이월은 작은 과정일 따름이다. 끝자리가 아니라 새로 시작하는 첫 자리일 수 있다. 짐짓 십 년을 단위로 내다보고 살면 어떨까. 하루 앞도 점치기 힘든 터에 무슨 벌말이냐고 꾸짖는 이도 있겠다. 그래도 열심히 사는 사람에게 한 달이나 십 년은 매양 같은 단위거나 한 매듭일 수 있다.

나무들은 모두 제 기운대로 가지를 벋었다. 곧게 돋거나 옆으로 퍼졌다. 가지도 죄 처음과 끝이 있다. 봄 우듬지에서부터 가을 끝가지까지 거쳐 온 추억을 숨기지 않는다. 기운껏 벋었다 이제는 자람을 멈추고 눈 속에 흔들리고 있는 가지들. 귀를 기울이면 저마다 주어진 세월의 고단함을 이겨 온 목숨의 웅성 거림이 조계산 골짝을 가만히 들었다 내려놓는다. 송광사 식솔

들이 쓸어 둔 흰 눈길 안의 새 길이 햇살에 길게 반짝인다. 황
토 속살 붉은 길은 어느새 내 마음 위로 뜨거운 인두질을 시
작한다.

꽃의 고요,
봄의 소란

늙음은 무엇일까. 굳어가는 일이다. 가벼워지는 일이다. 그리고 더 마르는 것. 살과 뼈가 따로 놀고 가슴선이 내려앉는 일이다. 앞이 침침하고 귀가 멍멍, 때로 잇몸이 자리를 바꾸는 듯 아리는 일이 잦다면 어김없이 늙어 가는 징조다. 생리적으로 그러한 변화는 사람이라면 어찌할 수 없으리라. 모름지기 우리는 얼마나 늙어 있는 것인가. 그렇다 하더라도 마음만은, 마음만이라도 오래 젊음을 누릴 수는 없을까.

젊음은 부드러운 일이다. 맑은 물기를 머금는 일이다. 둘레 자극에 쉬 다치고 민감한 일이다. 그래서 자주 세상에 탄복하고 나 스스로에 놀랄 줄 아는 일이다. 새로운 것을 두려워하지 않는 마음이다. 우리는 늙어서도 젊게 살 수 있을까. 젊음을 가꿀 수 있을까. 이 봄날 한 시인이 길어 올린 시집 『꽃의 고요』를 들으며, 읽으며 새삼스럽게 젊음을 생각한다. 황동규 시인이다. 그는 젊다. 그리고 그의 시는 더욱 젊다.

무엇보다 시인의 시는 우리를 놀라게 한다. 풋풋한 깨달음 속에 오래도록 휘몰고 다닌다. 그래서 우리 또한 젊어진다. 이 풍진 세상에서 시로 말미암아 행복해질 수 있을 권리. 다음과 같은 시줄 앞에서 어찌 꽃잎에 데인 듯 화들짝 놀라지 않을 수 있으랴. 얼을 다치지 않을 수 있으랴.

> 삶의 끝을 정맥이 마르는 것이라 생각하지 말라.
> 발걸음이 멈출 때
> 마음이 앞으로 기울지 않는 것이다.
>
> —「바다 앞의 발」 가운데서

우리는 늘 몸보다 마음이 뒤에 서거나 몸에 마음이 끌려 다닌다. 아, 귀찮았던 마음. 그런데 시인의 한마디는 무릎을 탁 치게 만든다. 젊게 살라 젊게 살라고. 발걸음 멈추었는데도 앞으로 휘청 달려 나가는 마음의 비탈진 질주. 그 싱싱한 탄력이 지리멸렬한 우리 삶을 삶답게 만드는 것은 아닌가. 시가 하찮게 되어 버린 시대, 시보다 시인만 많은 시대. 그럼에도 좋은 시가 주는 즐거움은 한결같이 줄지 않았다.

시인은 말하는 듯싶다. 만들고 되부수는 일, 멈칫거리지 않는 일, 젊음은 그런 것이라고. 세상이 젊어지기 위해서는 시가 필요하다. 태어날 때부터 대중에 빌붙을 수밖에 없는 처세 언론, 거짓과 식언을 직업으로 올려 앉힌 철면피 정치, 무지를 특권으로 믿고 사는 몽매 학계, 그런 피폐 속에도 시가 깃들 수 있을까. 더 젊어질 수 있을까. 그러나 그런 일에 아랑곳없이 멀고 가까운 둘레로 시는 돋는다.

봄봄봄 시가 뛰쳐나오는 소리. 무기력과 낙담을 질서라 속이는 세상 옆구리를 이단으로 차는 발길질.

뒤에서 누군가 속삭인다 나직이,
그래. 자유는 참을 수 없이 삐딱한 거야.
　　　　　　　　ㅡ「카잔차키스의 무덤에서」 가운데서

그렇다. 삐딱한 젊음이 우리에게 필요하다. 그래서 봄을 아름다운 철이라 이르지 말자. 긴 삼동 지나고도 끄떡없을 듯 설치는 바깥바람과 추위를 이기기 위해 위로만 솟구쳐 오를 수밖에 없는 안간힘일 따름이니까.

봄은 잔인하고 봄은 사납다. 봄의 고요는 뱃가죽으로 흙 속을 기는 긴 뿌리의 고된 낙차다. 봄을 봄답게 하는 것은 아우성이며 절규다. 솟구쳐 오르기 위해 온힘을 다해 자신과 싸우는 시. 산과 들, 강과 골짝으로 돋아나는 이 뜨거운 느낌표들이 젊음인가. 그 혁명과 좌절의 보부상이 봄바람인가. 삶은 소란스럽고 꽃은 고요하다. 삶은 고요하고 꽃은 소란스럽다. 아니다. 삶도 꽃도 다 소란스럽다.

황사와 미세 먼지로 덮인 세상이 그래도 즐거운 것은 시가

아름다운 까닭이다. 시적인 상태가 곳곳에 널려 있는 까닭이
다. 삐딱하고 빼딱하게 빌딩 위로 지평선 너머로 날아다니는 바
람, 나날살이의 뺨따귀를 마구 때리는 햇살. 개인이 새롭고 사
회가 넉넉한 까닭이 거기에 있다. 우리 살과 뼈 사이로 찌릿찌
릿 먼 우레가 오가고 풀과 나무가 서로를 쪽쪽쪽 빨아 대는
봄날이다. 꽃들이 쏟는 비명의 아지랑이가 뜨겁다.

　삶을 구걸하지 않으려는 치열한 목숨의 고요. "고요도 소리의
집합 가운데 하나"(「꽃의 고요」)라는 시인의 일깨움과 함께 봄날
은 들뜬다. 너무 일찍 너무 오래 늙음에 한결같이 버릇 든 우리
아니었던가. 오, 소란스러워라 이 봄날. 시인은 다시 말한다.

　　시여 터져라.
　　생살 계속 돋는 이 삶의 맛을 이제
　　제대로 담고 가기가 너무 벅차다.

　　　　　　　　　　　　　　　　　　— 「시여 터져라」 가운데서

　시가 바로 젊음이다. 시를 살자. 젊음에 마구 다치자.

옥비의 달

지난해 팔월부터 여태껏 마무리 못한 시 한 편이 있다. 제목은 미리 붙여 두었다. 일컬어 「옥비의 달」이다. 긴 땅콩밭 고랑이 펼쳐진 낙동강 기슭이었다. 감돌아 나가면서 퉁겨 내는 햇살이 땅콩잎 푸른빛을 더욱 푸르게 밀고 당기며 따스했다. 그녀는 그 자리에 서서 웃고 있었다. 건너 묏줄기들이 그윽이 강 기슭 쪽으로 고개를 한차례씩 더 낮추고 앉는 늦은 한낮이었다. 안동시 도산면 원천리, 이육사 시인 고향 마을 언덕에 세워진 이육사문학관으로 오르는 걸음이었다.

차에서 내린 뒤 한 무리 일가붙이에 섞여 그녀는 문학관 쪽으로 걸어오고 있었다. 이옥비 여사. 한눈에 나는 그녀를 알아보았다. 다짜고짜 팔을 붙잡고 강 쪽으로 돌려세웠다. 긴 땅콩밭을 그림으로 삼은 뒤 한껏 내 욕심대로 사진기 셔터를 이리저리 눌러 댔다. 갑작스런 카메라눈 앞에서 그녀는 부끄럼을 탔다. 그러면서도 예순을 넘은 나이에 아직까지 결 고운 웃음을 머금는 배려를 아끼지 않았다. 혹 식장에 가면 볼 수 있을까 막연한 바람을 가지고 왔던 터에 요행을 만난 셈이다.

그렇게 사진 몇 장이 내 손에 남았다. 이옥비. 1944년 네 살 때 아버지 이육사를 중국 북경감옥에서 여읜 아이. 육사의 유일한 직계 혈족이다. 2004년 지난해 7월 31일 이육사 탄신 백주년 기념행사 가운데 하나로 제1회 이육사 시문학상 시상식과 이육사문학관 개관식이 있었다. 예술문화 기획이 나라 곳곳에서 봄풀 돋듯 마련되는 가운데서도 육사에 대한 세상 대접이 마땅찮아 보였던 터였다. 안동시청 시문학상 시상식을 본 뒤 바로 문학관 개관식이 있을 원천으로 달려갔던 것이다.

1904년 4월 4일(음력)에 태어난 육사가 서른일곱에 낳은 외딸이 여사다. 어느 신문과 한 대담 기사 속이었다. 육사가 늦게 자녀를 보게 된 일을 묻는 기자의 물음에 "아버지가 열여덟, 어머니가 열여섯에 결혼하셨고 저를 늦게 낳았어요. 두 분이 당최 만나지를 못했으니까요."라며 밝게 웃던 그녀. 왜로 경찰에 의해 저질러진 열일곱 번에 걸친 투옥과 고문이 아로새겨진 육사가 아닌가. 그 곤고한 몸과 마음을 이끌고 육사는 감시를 벗어나기 위해 이저리 요양 아닌 요양을 떠돌 수밖에 없었다.

사진을 찍고 난 다음 헤어지면서 어디 사시느냐고 짧게 물었다. 일본 신사니가타에 있다는 답이 왔다. 뜻밖이다. 앞뒤 사정을 물을 수 있는 자리가 아니었다. 놓치듯 그 말을 귀에 담은 뒤 여사와 헤어질 수밖에 없었다. 어떤 굽이진 인연이 그녀를 남의 나라, 그것도 어린 날 아버지를 죽음에 이르게 했던 나라 사람이 살고 있는 땅에 머물게 했을까. 아버지 형제 여섯 가운데서 일찍이 옥사한 아버지에 둘은 광복기에 월북하고 한 분은 전쟁 속에 소식이 끊긴 집안의 딸이 그녀다.

어린 옥비가 겪었을 곤경은 쉬 짐작할 수 있는 일이다. 그럼에도 석연치 않다. 독도 너머 먼 저쪽 남의 나라, 겨울에는 눈이 눈물처럼 쑥쑥 빠질 것 같은 곳이 신사다. 재일 교포 북송으로 한때 이름이 알려진 만경봉호가 오가는 동해 쪽 항구 도시. 조금만 애쓰면 이옥비 여사가 일본에 머물게 된 까닭은 알아볼 수 있을 것이다. 그러나 나는 지금껏 그 일을 그냥 놓아두고 있다. 기억에도 가물거릴 아버지의 무게를 어린 옥비는 어떤 방식으로 이고 지며 살아왔던 것일까.

이육사 탄신 백 주년 행사장에서 여사를 짧게 만나고 돌아온 뒤부터 나는 시 「옥비의 달」을 매만지고 있다. 마무리하기 힘들지 모른다. 그럼에도 틈틈이 내 속에서는 옥비의 달이 뜬다. 마음 또한 어김없이 함께 달뜬다. 그 달 속을 울며 걷는 한 아이가 있다. 기름질 옥沃, 아닐 비非. 간디같이 욕심 없는 사람이 되라는 뜻으로 아버지 육사가 붙였다는 이름이다. 아버지를 여읜 네 살배기 옥비. 어느새 예순을 지나 칠십을 넘겨다보는 한 여자가 세상의 동쪽 능선 위에 고요히 떠 있다.

시는
복수의 칼

　임종을 맞고서 한 달이 지났다. 부산 지역 일간신문도 임종을 크게 다루었다. 오랜 기자 생활 처음과 마지막을 지킨 국제신문에서는 각별히 후배 김규태 시인이 추도사까지 실어 기렸다. 도타운 예의를 갖춘 셈이다. 시인 이형기는 처음부터 이력이 남달랐다. 좌파문학과 우파문학 사이 다툼이 컸던 광복기 진주에서 습작기를 보내다 일찌감치 열일곱 살이었던 1950년 시단에 들어 문재를 떨쳤다.

　동국대를 나와 부산에서 기자 생활을 시작한 때가 1953년이다. 그 뒤 몇 군데 자리를 옮기다 1965년 국제신문 논설위원으로 다시 부산에 머물기 시작했다. 1981년부터는 부산산업대학(경성대학교)에서 후학을 가르쳤다. 오십을 내다보는 나이에 맞은 때늦은 전업이다. 1987년 모교 동국대학교로 자리를 옮겨 부산을 떠났다. 시인이 부산에 머물렀던 긴 세월, 부산 지역시의 기상과 품격의 한 자리는 그를 중심으로 드높았다. 이형기는 진주 시인이고 한국 시인이다. 그러나 무엇보다 부산 시인이라는 일컬음이 마땅한 까닭이다.

나는 이형기 시인과 개인적인 연이 거의 없다. 1980년 초반 갓 시단에 나서 『열린시』 동인으로 활동할 무렵이다. 처음이자 마지막으로 그와 스치듯 인사를 나눈 곳은 이름도 잊어버린 광복동 어느 찻집이었다. 그 뒤 편지가 한 차례 오갔다. 내 첫 시집을 보낸 데 대한 답신이 그것이다. 1986년 1월의 일이다. 사사로운 편지글이지만 이 자리에 죄 옮기는 결례를 망자도 허락하리라 믿는다.

박태일 선생께

안녕하십니까.

보내 주신 시집『그리운 주막』, 감사하게 받았습니다. 그동안 '열린시'에 발표하신 작품들 흥미롭게 읽어 왔습니다.

그리고 이번 시집을 대충 통독하고 나서는 저의 그러한 관심의 경주가 잘못된 일이 아님을 재확인했습니다. 부산엔 입으로만 시를 쓰는 사람들이 많은데 박 선생은 완전히 입은 다물고 시만 쓰는 시인입니다. 그래야만 진짜 시인이지요. 진짜 시인이 많아져야 부산은 물론 한국 전체가 문학적으로 촌티를 벗어날 수 있습니다.

새해엔 더욱 건필, 건강하시기를 기원합니다.

1. 8. 이형기

부산산업대학 학보사 봉투에 넣어 보낸 200자 원고지 두 장이다. 나로서야 지역 대표 시인 격인 그에게 첫 시집 한 권 올리는 일이 자연스러웠다. 그런데 시인은 굳이 답신을 아끼지 않은 것이다. 아는 것도 모자라고 사람 사귐도 두루뭉술하지 못해 "입은 다물고 시만" 쓸 수밖에 없었을 내 처지를 시인은 알 리 없다. 무엇이 그에게 "부산엔 입으로만 시를 쓰는 사람들이" 많다는 단정에 이르게 했는지도 모를 일이다. 뜻밖에 받은 시인의 답신으로 말미암았던 격려가 새삼스럽다.

그러나 편지의 속뜻은 다른 게 아니다. 당신의 본을 보라는 단호한 가르침일 따름이다. 누구보다 이형기 스스로 "진짜 시인"이었던 까닭이다. 강산이 다섯 번이나 바뀔 그 오랜 세월, 시와 말글에 맞서 끝까지 팽팽한 긴장을 늦추지 않았던 시인이다. 일찍이 그가 썼던 바 "시는 이 세계의 옆구리를 찔러 복수하는 가장 날카로운 비수"라는 섬뜩한 명제도 나는 시를 향한 엄격성으로 읽는다. 이형기 시인은 "가장 엄숙하고 장엄한 장난"(「놀이의 기하학」), 한결같은 언어의 장엄을 우리에게 보여 주고 떠났다.

바라건대 시인 이형기 영가시여. 그 먼 저승에서 가끔 이승의 불빛을 따를 때면 부디 부산 쪽 걸음도 잊지 않으시길 빈다. 경성대학교 뒤로 올라 황령산에서 내려다보는 광안대교 밤 풍경도 곧 눈에 익으실 것이다. 태종대 겨울 동백도 즐기고 광복동 옛 골목도 성큼 되걸어 보실 일이다. 그러다 어느 심지 굳으나

마음 쉬 다칠 젊은 시인을 만나면 그의 꿈에 들러 한껏 다독거
려 주시기를, 다시 깨워주시기를 삼가 빌어 올린다.

장철수
동해 용오름

통영은 예부터 왜구의 침범과 분탕질이 잦았다. 그런 만큼 일찍부터 군사 요충지였다. 임진왜란 때 충무공이 한산도에 본영을 둔 일이나, 정유재란 뒤인 1604년부터 1896년까지 300년에 걸친 통제영 문화가 꽃핀 것은 우연이 아니다. 근대 들어 경남 지역 가운데서 왜인이 일찍부터 붙박이로 살기 시작한 곳 또한 통영이다. 1900년을 처음으로 1904년 러일전쟁 때는 정주 왜인 수가 60명으로 늘었다. 1905년 을사늑약을 거치면서 통영 사람과 왜인 사이에 충돌과 시시비비 또한 잦아졌다.

1910년 경술국치 뒤로 기세 드높은 왜로가 저희에게 불리한 역사 유적이나 장소를 망가뜨리기 시작한 일은 당연한 순서였다. 통제영 자리는 헐리고 무너졌다. 충무공이 왜구를 물리치고 항복 받은 일을 기리기 위해 세웠던 수항루도 허물어뜨렸다. 오늘날 그나마 통제영 옛 모습을 간직하고 있는 객사 세병관은 우리 아이들이 해 내내 일본어, 곧 '국어'를 목청 높여 외워 댈 보통학교 교실로 바꾸는 간교한 꾀를 냈다.

　근대 초기부터 통영은 왜로 제국주의의 침탈과 식민지 어업 재편으로 말미암아 발 빠른 변화를 겪었던 셈이다. 나라잃은시기 내내 통영이 경남 여느 지역과 다른 항왜와 부왜의 역사를 펼쳤을 것임은 짐작하기 어렵지 않다. 지역문학 쪽만 하더라도 당장 통제영 마지막 주치의를 아버지로 둔 장응두 시인 민족적 기개를 버리지 않은 채 올곧게 무명한 삶을 살다 간 그와, 대표 부왜문인으로서 매끄러운 허명을 오래도록 세상에 뿌리며 산 유치진, 유치환 형제는 날카롭게 맞선다.

　1998년 '발해 1300호'를 이끌고 동해에서 장렬하게 숨져 간 장철수 대장 또한 근대 통영이 일군 한 삶의 높이를 잘 이어받은 본보기다. 그를 비롯한 길벗 네 명이 발해와 동해의 옛 진실을 증명해 보이기 위해 러시아 블라디보스톡 항구를 떠난 때는 1997년 12월 31일이었다. 울릉도와 독도를 거쳐 제주도로 향하던 그들은 배를 띄운 지 스무나흘째인 1998년 1월 23일 이승과 마지막 교신을 했다. 다음날인 1월 24일 아침 부서진 '발해 1300호'는 일본 갯가에서 발견되었다.

　서른아홉 짧은 삶을 살다 간 장철수 대장을 나는 1996년 5월, 그가 소장을 맡고 있었던 21세기바다연구소의 '해양문학의 밤' 자리에서 만났다. 바다에 미친 사람이라고 소개 받은 그를 나는, 곳곳에 널린 바 앞으로 지역 정치꾼을 꿈꾸는 야심 찬 젊은이 정도로만 예사롭게 넘겼다. 그러나 그것은 커다란 오

해였다. 그리고 동해의 비보가 언론 보도로 날아들었다. 내가
지닌 부끄러움을 조금이나마 덜어 낸 때는 그가 숨진 지 다섯
해 뒤인 2003년이었다. 시「발해를 꿈꾸며 동해에 지다」가 그
것이다.

통영 옛 이름은 두룡포
통영 사람들 퇴영이라 일컫는데

지아비 주검 찾으러 물밑 고을로 내려간
해평 열녀 감았던 천 발 그 새끼줄이
며칠 뒤 건져 올린 두 주검에는
통영 바다 꽃인연이란 인연 죄 따라 올라왔다는

사월도 가는 가랑비
동백꽃 물밑 이야기가 낯설지 않은 오늘

그 골목 걸어 동해로 건너간 사람 있다
구름 둑길 넘어 청어 골짝 지나
개펄 속 가로등 하나 둘 켜질 때
돛대 시침은 어느 별을 가리켰던가

세병관 높은 마루에 서서

이제 막 발바닥 접는 갈매기 본다
달샘 해샘 충렬사 물빛 닮은 두 눈
엎어진다 넘어진다

넘어지면서 헛바닥 파도 깊이 묻는
퇴영 사람 장철수
바다 사람 장철수
1960 ~ 1998
칼날 파도로 깎은 묘비

발해를 꿈꾸며 동해에 지다
오 독도 하얀 용오름.

　통영시 산양 미륵산 기슭에는 장철수 대장의 무덤이 있다. 열흘을 넘겨 찾아낸 그의 다리가 묻혔다. '발해 1300호 추모비'가 곁을 지킨다. 올해 2월 19일, 방의천을 대장으로 한 2차 발해뗏목탐사대 '발해 2005호'는 다시 동해 뱃길을 탔다. 비록 길을 끝내지 못했지만 새로운 장철수의 목숨 건 도전은 거듭 이어질 것이다. 우리는 동해에 혼을 뿌린 채 다리 하나로만 되돌아온 통영 사람 장철수와 그 길벗에게 두고두고 갚지 못할 빚을 졌다. 중국과 북방 강역, 일본과 독도 문제로 어수선한 이즈음일수록 그 빚은 무겁게 늘어나기만 한다.

향파의 누이

지난 5월 20일 경남·부산 지역 문학사회에서는 두 가지 기억할 만한 일이 있었다. '노산'이 옳은가 '마산'이 옳은가 여섯 해동안 거듭해 온 논란이 마산의 문학관 이름 문제였다. 그것을 시의회 의결을 거쳐 마침내 마산문학관으로 마무리하였다. 결정적인 흠을 지닌 노산 이은상 개인을 기리기 위한 문학관이 아니라, 근현대 백 년을 넘게 일궈 온 마산 지역문학의 전통을 발굴·연구·홍보하고 지역문화 창달을 위한 중심 기관으로 키워 가겠다는 뜻이다. 마산시는 문학 전공 학예사까지 두어 다부지게 몸집을 가다듬었다.

같은 날 부산시 동래구 온천동 차밭골에서는 지난해 터를 옮긴 이주홍문학관 개관식이 열렸다. 부산에 세워진 첫 개인 문학관이다. 한국 근대문학사 핵심 증인이며 부산 지역문학의 대부였던 향파 이주홍을 기리기 위한 공간이다. 그러나 이 일에는 더 큰 뜻이 담겨 있다. 나라잃은시대에 이루어졌던 민족주의 좌파 문학에 대한 실질적·공공적 복권이 그것이다. 1930년을 앞뒤로 한 시기 민족 항쟁 문학의 앞줄에서 열정적으로 일했던 작가가 이주홍이다. 이주홍문학관 개관은 민족문학사에서 볼 때 큰 걸음을 내디딘 격이다.

그가 손수 그린 누이 얼굴 소묘 한 점이 전시실 한 자리에 놓여 있어 이채롭다. 1928년 문단에 나서 1987년 영면할 때까지 예순 해에 이르는 동안 역사의 격랑을 헤치며 거의 모든 문학·예능 갈래에서 빼어난 솜씨를 내보인 총체예술가가 향파다. 그는 아래로 네 형제를 두었다. 남동생 성홍은 어릴 적부터 문학 동료였다. 1920년대 나라 곳곳에서 활발했던 지역 소년 아동 문학 조직을 고향 합천에서 모범적으로 이끈 사람이다. 황해도 해주로 압록강 건너 북방으로 떠돌았다. 광복 뒤 북녘에 남아 북한 아동문학 발전에 이바지했다.

성홍 아래 점순·소악·말순 세 누이가 있다. 맏누이 점순은 동래정문東萊鄭門에 시집가 합천에서 살았다. 병이 깊어 부산 병원으로 옮겨온 뒤, 온천동 향파 댁이 내려다보이는 맏아들 집에서 임종했다. 향파가 영면하기 세 해 앞선 1984년 일이다. 향파는 환중인 몸을 일으켜 먼저 간 누이의 비문을 지었다. 그녀는 지금 그 비문으로 곱게 차려입은 채 백운공원묘지 오라버니와 한 울타리에 잠들어 있다. 둘째 누이 소악은 칠원제문漆原諸門으로 시집을 갔다. 이승에 남아 있는 향파의 유일한 형제로 지금껏 합천을 지키고 있다.

향파가 섬나라 동경으로 건너간 때는 1924년이다. 낮에는 어깨뼈가 휘는 고된 노동을 하고 밤에는 정칙영어학교에서 영어를 배웠다. 그런 뒤 향파는 동향 합천 사람이 일찍부터 몰려 살고 있던 광도에 머물렀다. 사립 근영학원을 만들어 조선 아이에게 민족 교육을 시작했다. 연극은 그들을 깨우치기에 좋은 도구였다. 그러다 섬나라에서 강제로 쫓겨난 때가 1929년이다. 그 무렵 광도에서 받았음 직한 편지 한 장을 향파는 영면할 때까지 간직했다. 누이 소악이 합천에서 보낸 것이다.

소악 아래 막내 누이가 말순이다. 지금 이주홍문학관 2층 전시실에 한 장 소묘로 남아 있다. 향파가 1940년 8월 16일에 그린 그 그림에는 거친 맛이 물씬 묻어난다. 빈 자리에 "망매 말순의 최후의 그림자 숨떠러진 지 5시 후"라 적었다. 장티푸스로 말미암아 열여덟 꽃띠 나이에 이승을 등진 누이다. 향파가 서울에서 어렵사리 호구를 잇고 있던 때였다. 갑작스런 사망 소식을 받은 뒤 비통한 마음을 누른 채 가까스로 정신을 추슬러 그린 듯싶다. 누이를 오래도록 이승에 잡아 두고 싶었을 향파의 곡진한 마음자리가 고스란히 배어 있는 그림이다.

모든 오라버니에게는 누이가 있다. 어릴 적부터 늘 애틋한 존재가 누이다. 같은 핏줄이면서도 돌봐 줄 내 손과 눈을 벗어나 다른 집안의 어머니로 살아가야 할 형제. 고향을 돌아보면 누이가 안타깝고 세상이 더욱 고달팠을 이가 어찌 향파 한 사람이랴. 그래도 가난한 집안 맏이로서 형제 사랑 유별났던 향파

다. 동래 금정산 너른 자락 아래 이주홍문학관이 섰다. 그 2층
한 곳에 처녀 죽음으로 일찍이 향파의 가슴을 치게 만들었던
말순 누이가 눈을 감은 채 살아 있다. 오라버니 향파와 함께
따뜻한 이승의 햇살을 쬐고 있다.

성지곡을
드나들며

부산 초읍 성지곡수원지가 시민공원으로 바뀐 때는 1972년 이다. 1978년 어린이대공원으로 거듭나면서 오늘날 부산지역을 대표하는 도심 속 자연 경관으로 자리 잡았다. 새벽부터 찾아 오는 사람이 끊이질 않는다. 걷는 사람에 뛰는 사람, 이즈음같 이 더울 때면 그늘을 차지해 누운 이도 부쩍 는다. 때로 골짝 을 내려서는 사람이 무리 지어 낮게 편하게 부르는 노랫소리가 덥석 귀를 물기도 한다. 소중한 쉼터로 자리잡은 성지곡이 새 삼스레 고맙다.

성지곡수원지는 겉보기와 달리 부산에서 손에 꼽을 만한 근 대 유적이다. 높다란 둑 끝자리 다듬돌에 새긴 '융희 4년', 곧 1910년 완공 표지가 그것을 잘 말해 준다. 성지곡 물둑은 만만 찮은 시간을 버티고 서 있는 셈이다. 둑 가운데엔 공사가 1907 년에서 1909년 사이에 이루어졌음을 알리는 영어 표지가 있다. 일을 지휘했던 왜인들 이름이 나란히 적혔다. 20세기 초반 제국주의 침략자본과 기술이 우리를 노예처럼 마구 부렸을 흔적이다. 그래도 수원지 둑은 많지 않은 근대 기념물임에 틀림없다.

수원지 안에는 사람들이 잘 모르고 있는 표지가 하나 더 있다. 둑 아래 물구멍 쪽이다. 그 위에 '음수사원飮水思源'이라 써 붙여 둔 돌 표지가 그것이다. 지금은 드나들 수 없도록 막아 둔 곳이라 보기 힘들다. 숲이 우거지기 전에는 눈으로 쉽게 확인할 수 있었다. 물을 마실 때에는 그 근본(샘이나 샘을 판 사람)을 생각한다는 뜻이겠다. 꽉꽉하게 읽자면 이 둑을 만든 이른바 '대일본제국'의 은혜를 고맙게 떠올리라는 뜻이기도 하다. 언짢은 한문성어일 수 있다.

그러나 그렇게만 읽지 말자. 넓게 읽으면 제 근본을 잊지 말고 살라는 뜻을 지닌 지혜 말씀이다. 그런데 물은 그 형상으로만 보면 맹물만 아니다. 끓어오르는 물도 있고 얼어붙은 물도 있다. 구름처럼 머리 위를 떠도는 물까지 있다. 늘 위에서 아래로 흘러내리는 자연상징이 물이라는 생각은 사람의 일상적 상상력에서 비롯한 편견일 따름이다. 돌고 도는 물의 순환 고리, 그 가운데서 비롯한 근본을 어떤 모습부터 잡을 것인가에 따라 물의 상상력은 매우 달라진다.

오늘날과 같은 자본주의 사회에서 누구나 좇아가고자 하는 대중적 욕망이 있다면 그것은 돈과 권력이다. 그런데 돈은 마땅히 쓸데가 없으면 종잇조각에 지나지 않는다. 명목가치뿐인 돈을 버리고 쓸데를 근본으로 앞세워야 한다. 권력은 아무리

센 것일지라도 부릴 사람이 없으면 쓸모가 없다. 권력이 비롯한 근본은 그것을 부릴 수 있도록 해 주는 권력 없는 이다. 그들을 두려워하고 섬기는 일이야말로 권력자가 해야 할 처음이자 끝이다. 우리가 통념으로 받아들이고 있는 세상의 여러 위아래, 앞뒤 서열 의식은 뒤바뀔 필요가 있다는 뜻이다. 사람과 자연 사이 관계도 마찬가지다.

이즈음엔 수원지 아래 둑에 갇힌 작은 못물 위로 소금쟁이들이 한창 물미끄럼을 탄다. 가느다란 발로 밀어내는 물 무늬는 골짝을 드나드는 사람들 마음 위로도 슬쩍슬쩍 얹힌다. 못 둘레는 인공림과 자연림이 어느덧 한 몸을 이루었다. '음수사원' 돌표지 가까운 쪽엔 목련이 맘껏 기지개를 폈다. 그 밑으로 산나리 가는 줄기가 환약을 혀에 문 계집애 같다. 까만 열매를 차례차례 얹은 채 못 쪽을 내려다보고 있다. 버려두면 자연은 스스로 풍요롭고 아름답다.

부산시는 성지곡 시민공원을 유흥공간으로 관리하고 있는 듯싶다. 산책로를 따라 열아홉 개에 이르는 간이음식점·기념품 판매소가 낯설다. 가학적인 동물원에다 놀이기계 마당도 마찬가지다. 1970년대부터 사람의 즐거움을 위해 마련한 시설물이다. 성지곡이 사람을 바탕에 놓은 유흥공간에서 자연을 바탕에 놓은 쉼터로 거듭날 수는 없을까. 이제 부산에도 근대 백 년 무자비한 토건 상상력이 짓밟은 지역 역사를 제대로 반성한 생태경관 한 곳쯤은 있어야겠다.

송몽규의
알려지지 않은 밤

근대문학을 배우고 가르치는 일을 업으로 삼은 나다. 묵은 자료를 만질 기회가 잦다. 오늘은 옛 신문을 뒤적이다 세상에 알려지지 않은 송몽규의 시 한 편을 찾았다. 「밤」이라는 작품이다. 눈앞이 잠시 환했다.

고요히 침전沈澱된 어둠
만지울 듯 무거웁고

밤은 바다보다 깊구나

홀로 밤 헤아리는 이 맘은
험한 산山길을 걷고—

—나의 꿈은 밤보다 깊어

호수군한 물소리를 뒤로
멀—ㄹ리 별을 쳐다 쉬파람 분다.

—『조선일보』, 1938년 9월 20일

연희전문 1학년 때 쓴 작품 「밤」이다. 맑고 결 고운 마음으로 캄캄했을 세상에 대한 고심이 깊다. 젊은이의 사색이 잘 옹글었다. 벗인 윤동주의 시를 보는 듯하다.

송몽규와 윤동주는 벗 가운데서도 으뜸 벗이었다. 북간도 명동촌 한집에서 석 달 간격으로 태어났다. 송몽규가 1917년 9월 28일, 윤동주가 12월 30일이다. 둘은 고종사촌 사이였다. 송몽규의 아버지 송창희가 윤동주의 고모부다. 명동학교 조선어 교사로 일했다. 이런 혈연뿐만 아니라 얼굴과 키도 비슷해 쌍둥이 같았던 두 사람이다.

어릴 적부터 둘은 삶과 문학을 거의 같이 했다. 1938년 봄 연희전문학교 진학도 함께 했다. 처음 기숙사도 한방을 썼다. 서울 생활 네 해를 마친 뒤 1942년 봄 섬나라 경도 유학을 함께 떠났다. 거기서 왜로 경찰에게 붙잡혀 갖은 고초를 겪고 비슷한 시기에 영면했다. 지금 용정 동산에 위아래로 가까이 묻혀 있다. 윤동주와 송몽규야말로 삶과 죽음을 온전히 함께 한 벗이다. 둘 다 미혼이었다.

차이가 진다면 송몽규는 윤동주에 견주어 외향적이었다. 문단 진출도 빨랐다. 1935년 열여덟 어린 나이로 『동아일보』 신춘문예에 소설로 당선하였다. 같은 해 학업을 그만두고 김구 밑에 들어가 낙양군관학교에서 항왜활동을 위한 비밀 훈련을 마쳤다. 이 일로 1936년 왜로 경찰에 붙잡혔다. 그 뒤로 송몽규는 '요시찰인'으로 감시 대상이었다.

1942년 봄 경도에 들어간 송몽규와 윤동주는 "줄곧 조선 독립을 궁극의 목표로 삼아" 서로 "긴밀한 연락을 취하면서 경도에 있는 조선인 학생들을 충동"(『재경도조선인학생 민족주의 그룹사건 책동개요』)했다. 그러다 송몽규는 1943년 7월 10일, 윤동주는 7월 14일 왜로 '특고경찰'에게 체포되었다. 그 뒤 2년 징역을 선고받고 갇힌 채 숱한 고문과 생체실험까지 겪은 두 사람이다.

피골이 상접한 모습으로 윤동주가 절명한 날이 1945년 2월 16일이다. 송몽규도 3월 10일 그 뒤를 따랐다. 둘 다 스물일곱 나이였다. 윤동주는 외마디 소리를 질렀다. 송몽규는 눈을 감지 못했다. 시신을 거두러 간 아버지 송창희가 통곡하며 눈을 감겼다. "밤보다 깊은 꿈"을 펼치지도 못한 두 사람의 원통한 옥사였다.

나라가 어지러우면 소인은 제 이익만을 챙기고, 중인은 이저리 눈치를 보고, 대인은 나라를 위해 목숨을 아끼지 않는다 했던가. 소인·중인이 그리하는 것은 어쩔 수 없는 일이다. 하지만 나라를 위해 목숨을 아끼지 않을 듯이 대인풍을 떠벌리면서 뒤로는 소인보다 못한 짓거리를 꾀하는 이들이 많은 세상이 늘 문제다.

경술국치부터 나라잃은시대 35년의 굴욕과 노예 생활이 끼친 영향은 말할 수 없이 많다. 을유광복 뒤 우리 사회를 이끌 준재들을 그 항쟁 전선에서 숱하게 잃어버린 점도 뼈아픈 하나다. 안타깝게 전사戰死·옥사獄死·원사寃死·절사絕死한 분이 얼마인가. 오늘날 존경 받는 근대 인물 가운데는 그분들이 받을 영광을 고스란히 가로챈 이가 적지 않다. 가소로운 역사다.

윤동주와 송몽규도 옥사를 당하지 않았더라면 세상을 위해 큰일을 했을 이다. 윤동주가 겨레 시인으로 되살아난 일은 천행이었다. 송몽규는 이름조차 없다. 오늘 북방 용정 동산에는 두 젊은이의 무덤이 여름 햇살 아래 따가울 것이다. 문득 찾아낸 송몽규의 시 한 편으로 이저런 감회가 깊다.

안용복 장군 충혼탑에
마음을 얹은 사람들

독지란 말이 있다. 도탑고 친절한 마음이다. 독지가도 있다. 어떤 사회사업에 남달리 마음을 쓰고 원조·협력하는 이를 일컫는다. 갸륵한 사람이다. 이즈음 같이 공공 부조가 많아진 사회에서는 어지간한 독지는 쉬 묻혀 버린다. 그래도 독지가는 그에 마음을 두지 않는다. 그 흔한 정치꾼이라면 사정이 다르겠지만 세상에 알려지는 것을 꺼리는 독지가가 더 많다. 자그마한 팸플릿 하나를 뒤적거리다가 독지의 뜻을 새삼스럽게 생각한다.

앞머리에 적기를 '안용복 장군 충혼탑 제막'이다. 1967년 10월 31일 11시 수영 사적공원 안에다 안용복 장군 충혼탑을 세우고 그 제막식 때 나눈 팸플릿이다. 사단법인 안용복장군기념사업회에서 맡았던 일이다. 열한 쪽으로 된 작은 팸플릿 맨 앞은 식순이다. 이어 충혼탑에 새긴 이은상의 탑명이 실렸다. 오랜 세월 권력 가까이서 매끄럽게 나돌았던 기생문인이 그다. 장군에게 울릉군蔚陵君이란 시호를 올린 것은 기념사업회 쪽의 탁견이다. 기념사업회 연혁과 건립 경과, 건립보조금 찬조금과 회비 희사 방명록이 이어졌다.

작은 팸플릿이지만 내용은 무겁다. 먼저 기념사업회가 1957년부터 십 년 동안 어려운 여건 속에서도 의욕을 갖고 일했던 사실을 알 수 있다. 안용복 장군 소개 책자나 일본 쪽 관련 기록물도 여럿 발간 배포했음을 밝혔다. 방명록 명단 맨 앞은 박정희 대통령이 이름을 올렸다. 20만 원 희사다. 이어서 부산 김대만 시장과 서울 김현옥 시장이 10만 원씩을 냈다. 그 뒤로 여러 개인·단체의 이름과 금액이 4쪽에 걸쳐 빼곡히 적혔다.

가장 많이 이름을 올린 이는 안 씨 문중 분들이다. 장군 문중으로서 마땅한 일이다. 교육계 인사로서는 부산시·경상남도 두 교육감에다 홍금술·정신득·노은식이 이름을 얹었다. 역사학계에서는 경남·부산 지역사 연구에 공이 큰 김의환·박원표가 자리를 지켰다. 언론계에서는 박두석이 얼굴을 내보인다. 그런데 문학계에서는 한 사람도 이름을 찾을 수 없다. 뜻밖이다. 다만 월남 시인 한찬식이 행사 축시 낭송 식순에 이름을 올렸다.

이 방명록에서 가장 눈길을 끄는 이가 원곡 안관성이다. 식순에 따르면 개식사와 폐식사를 그가 맡았다. 당시 기념사업회 상무이사였으니 자연스러운 일이다. 기념사업회 연혁 끝자리에 다음과 같은 기림말이 붙어 있다. "10년 가까이 끌어 오던 본 사업이 예정대로 개최된 것은 본회 상무이사 안관성 씨가 현금 40여만 원을 입체한 결과로써 그분의 헌신적인 공적이 컸음을 밝혀 둔다."가 그것이다. 그의 이바지가 결정적이었음을 알 수 있다.

안관성은 누구인가. 오늘날 부산예술대학교와 동천고교를 맡고 있는 원곡학원 이사장이 그다. 건빵으로 유명했던 홍산제과를 이끈 분이다. 일반 시민사회에는 잘 알려져 있지 않다. 천도교 교계 인물로만 비친 까닭이겠다. 그는 알게 모르게 평생 굵직굵직한 독지를 아끼지 않았다. 우리 인문학을 위해서도 중요한 일을 했다. 1960년대 한국철학을 독립 학문 영역으로 굳히는 큰 역할을 맡았던 학술지가 『한국사상』이다. 고스란히 그의 도움으로 나온 것이다.

여기에 세상 사람이 잘 모르고 있는 큰 업적이 하나 더 있다. 그것은 1920 ~ 1930년대 대표 아동 잡지인 『어린이』를 영인 출판한 일이다. 1976년이었다. 천도교에서 낸 『어린이』야말로 한국 근대 아동문학의 보고다. 모두 137권 가운데서 어렵사리 102권을 찾아내 쉽게 볼 수 있도록 10권에 나누어 출판 배포한 것이다. 이 책으로 말미암아 우리 아동문학사는 비로소 큰 뼈대를 잡을 수 있었다. 연구다운 연구도 가능해졌다. 소파 방정환 선생을 되살려 낸 일은 곁가지였을 따름이다.

독지에는 여러 길이 있다. 독지가도 여러 모습이게 마련이다. 원곡 안관성은 남다른 데가 많았다. 독지가라는 참뜻에 오롯이 맞물린 분이다. 세상에는 이름을 강물에 흘리듯 살다 가 버리는 사람이 대다수다. 사회가 그 이름을 굳이 돌에 얹어 남겨

둔 이도 적지 않다. 원곡은 돌에서 나아가 겨레의 마음에 이름을 새긴 이가 아닌가. 특정 종교계 인물로 가두어 둘 분이 아니다. 1915년 평남 안주 출생이니 올해로 구순이다. 여생이 더욱 다복하기를 빌어 드린다.

이름값
제대로 하기

마음이 언짢다. 좋은 말도 자주 듣다 보면 역정이 솟는 법이
다. 처음부터 무리하게 꿰맨 일머리였다. 이름대로 이끌 안목이
아니라는 의심이 많았다. 예산 타령이 잦다는 핀잔을 지역사회
로부터 들어도 부끄러움이 없었다. 이제 와서 "예산 확보가 제
대로 되지 않아 차라리 폐관하든지 자치행정부에 반환하는 것
이 낫겠다."는 투정이다. 그에 대한 내 생각을 묻기 위해 기자가
보낸 전자편지였다. 지역 어느 문학관 운영에 관한 물음이다.

그러고 보니 문을 연 지 벌써 여러 해나 된 곳이다. 내놓고
돈이 운영 문제의 걸림돌이라는 뜻을 밝힌 셈이다. 지어만 주
면 알아서 잘 꾸려 가겠다고 지역사회를 설득했던 터다. 떠맡
을 필요도 없을 일을 앞뒤 없이 내세울 때부터 뒷날을 걱정하
게 만들었다. 새삼스러운 예산 타령은 자치행정부로부터 나랏
돈을 더 받아내기 위해 떼쓰는 일이라 여기면 무리가 없을 터.
어디서나 있을 법한 버릇이다. 그 기자의 물음은 격식을 갖춘

답변거리가 못되는 셈이다.

지역자치제에 힘입어 예술문화 행정에 대한 관심이 곳곳에서 드높다. 명망작가의 생가 복원이나 기념관이 잇따른다. 문학 기반시설 건립이 제대로 물살을 탔다. 부산만 하더라도 김정한 생가 복원을 마쳤다. 이주홍문학관은 터를 옮겨 토목공사를 마무리했다. 안쪽 설치만 남긴 상태다. 진해에서는 김달진 생가 복원이 이루어졌다. 올해는 기념관 완공까지 앞두고 있다. 마산문학관은 오월 개관을 목표로 발 빠르게 전시 계획을 세우고 있다.

경남·부산은 묵직한 전통으로 보아 앞으로도 지역문학관이 세워져야 할 곳이 적지 않다. 진주, 통영, 하동, 합천, 울산, 밀양은 근대문학관이 설 만한 자산을 일찍부터 일궈 낸 소지역이다. 부산 경우에는 한때 말이 오가다 잠잠해진 부산문학관 건립이 남아 있다. 계획이 무르익을 때다. 어디 그뿐이랴. 문학 기반시설 건립이나 다채로운 문학유적 복원은 어느 시군에서든 앞으로 드물지 않은 일이 될 참이다. 지역행정부와 주민 의지에 달린 바다.

그러나 어느 문학공간이든 그것이 이름값을 다하기 위해서는 운용 주체의 각별한 자립 노력과 전문 역량이 필수 조건이다. 돈 문제만 해결하면 이름값을 다할 수 있으리라는 생각은 너무 헐겁다. 돈을 마련한다 해도 돈 없이 할 수 있는 일 정도밖에 이루지 못할 그릇이라면 이름값 제대로 하기란 틀린 셈이다. 이름값은커녕 돈값 다하기에도 힘이 부치리라. 더 난처한 문제는 이름값도 어려울 제 처지는 돌아보지 않는 무감각이다.

예사 사람도 할 수 있을 일밖에 감당하지 못하는 이를 두고 전문인이라 일컫지는 않는다. 보통 사람과 일 처리부터 달라야 한다. 돈이 달려 훌륭한 뜻을 펴지 못하는 안타까운 경우가 세상에는 얼마나 많은가. 돈이 마련된다고 해도 예사 사람도 쉬할 수 있을 일이나 거듭할 깜냥에 머무는 이는 애초부터 일을 떠맡지 말아야 했다. 조직 또한 마찬가지다. 전문이라는 이름값을 제대로 하기 위해서는 보통 개인이나 조직이 쉬 이르지 못할 자리를 갖추는 것이 그 처음이다.

문학공간의 경우 운용 주체는 거의 문학인이다. 그런데 정작 문학한다는 이들이 제 전문 영역인 문학 잘 되는 길을 위해 기꺼이 손해 볼 생각이 없다. 자기희생에는 너무 인색하다. 예사 사람과 일 처리가 다를 바 없는 셈이다. 뜻대로 일을 꾀하기 어려운 것은 당연한 순서다. 게다가 그 탓을 돈과 같은 바깥 요인으로만 돌린다. 무엇으로도 해결하기 어려울 마음자리는 생각 밖이다. 알게 모르게 세상으로부터 딱하다는 눈총을 받게 되는 이치다.

내 스승 가운데 한 분은 사람이 급작스럽게 달라질 때는 늘 뒤에 돈 문제가 끼어 있을 터이니 잘 살펴보라는 일깨움을 주셨다. 돈이 있어도 감당하지 못할 처지는 돌아보지 않은 채 예산 타령이나 하고 있다면 염치없다는 말을 고스란히 들을 만하다. 문학인이라 일컬음을 받는 이들이 어찌 예사 사람에게 제 문학을 존중해 달라고 청을 넣을 수 있을 것인가. 마음이 언짢아 그 기자의 물음에 몇 마디 인사치레로 답변을 뚝 자른 까닭이다.

지역문학를
해치는 독

　살다 보면 사건이 잇따른다. 사건에는 이익을 보는 쪽과 손해를 보는 쪽이 나뉘게 마련이다. 이해관계에서 벗어나기 힘들다. 손해를 버리고 이익을 좇는 길이 인지상정이다. 사람이 노리는 흔한 이익은 뭐니 해도 돈과 권력이다. 쓸데가 없으면 돈은 종이쪽에 지나지 않고, 부릴 사람이 없으면 권력은 아무 것도 아니다. 그럼에도 이 둘은 세상살이의 오랜 주제였다. 사람 됨됨이를 알려면 돈이나 권력을 한번 주어 보라는 말이 있다. 누구나 쥐 휘두르고 싶을 이 둘에 흔들리지 않을 수 있다면 그는 예사 사람이 아니다.

　지금부터 10년 앞선 때다. 뜻있는 문학제를 이끌어 보고자 몇 사람이 모여 단체를 만들었다. 제 시간과 돈을 쓰며 손해를 마다하지 않았던 이들이다. 지역행정부에서도 일을 도왔다. 그리하여 진해시에서 제1회 김달진문학제가 열린 때는 1996년이다. 이 일을 못마땅하게 여겼는지 어느 문학단체에서는 같은 날 비슷한 시각, 가까운 곳에서 다른 문학 행사를 열어 훼방을 놓기도 했다. 행사 포스터 위에는 다른 포스터가 붙었다.

출발할 때 목표는 둘이었다. 첫째, 가장 모범적인 지역 문학제로 키운다. 둘째, 십 년 뒤에는 진해시 문화자산으로 고스란히 넘기고 물러선다. 그리하여 여러 어려움에도 행사를 가꾸어 왔다. 진해시에서는 지원하되 간섭하지 않는다는 문화행정의 원칙을 나름대로 지키려 애썼다. 그 사이 김달진 생가를 되짓고 문학관까지 세우게 되었다. 김달진 시인은 안정적인 지역 문화 자산으로 뿌리내리고 있었던 셈이다.

그러나 문학관 완공을 앞둔 지난해부터 수상했다. 네 해 동안 단체의 회장을 맡았던 이가 임기가 끝났음에도 그 일을 자신이 이어서 해야겠다며 말풍선을 띄우고 다녔다. 그것을 거두게 하고 새 집행부가 출범했다. 문을 열 문학관 운영은 단체에서 위탁 받기로 진해시와 결정을 보았다. 그런데 이번에는 문학관 관장직을 자신이 맡아야겠다며 억지를 부렸다. 시장의 뜻을 따른다는 명분이었다. 새로 단체 회장을 맡은 이가 여자였는데, 여자는 문학관 관장으로 곤란할 것이라는 엉뚱한 핑계까지 덧붙였다. 자리가 허욕을 부른 것이다.

막무가내 시장 뜻을 앞세웠다. 운영 주체인 단체의 결정은 무시하고, 특정인의 관장 임명을 전제 조건으로 내세웠다는 진해시의 파행적인 일 처리와 그렇게 끌고 간 뒷거래가 무엇이었는지는 알 수 없었으나 일이 단체 뜻과는 달리 흘러가기 시작했다. 지역자치 시대에 시장이란 자신의 정치 행보에 맞춰 목소리를 바꾸는 정치꾼일 따름이다. 그 속내를 예사 사람이 어찌 알겠는가. 그러나 시장이 문학관 관장으로 민다고 말한 당사자가 실은 반대 당 사람까지 만나고 다닌다는 소문까지 있고 보니 가관이었다. 속고 속이는 정치 마당 한가운데로 문학단체가 나앉은 셈이다.

문학 사업이 갑자기 문학 바깥 소지역 정치의 이해득실 자리로 넘어갔다. 한 사람만 제 이익을 접으면 자신이 오래 몸담았던 단체와 본인이 함께 빛날 수 있었다. 그러나 그 길은 끝내 열리지 않았다. 시 단위 조그만 문학관 관장에 무슨 엄청난 개인 이익이 있을 것인가. 그리 크지도 않을 돈과 허명에서 멀지 않으리라는 짐작만 할 따름이다. 몸에 걸맞지 않는 옷을 입으면 불편한 쪽은 그런 옷을 걸친 이 몸뿐이다. 당장 이익이 뒷날 큰 손해로 되돌아오기도 하는 법이다.

지난 2004년 가을 9회까지 가꾼 행사다. 어느덧 정치 마당으로 나앉았다. 파행을 두고볼 수 없었던 단체에서는 올해 10회를 앞두고 깨끗하게 진해시로 행사를 넘겼다. 깔끔한 처리다. 물론 다짐했던 십 년을 죄 채우지 못한 아쉬움이 있다. 그러나 정치 논리에 휘둘리지 않고 문학인의 초심은 지킨 셈이다. 이미 문학관 관장 임명을 둘러싼 해작질에 밟혀 모범적인 지역문화 자산으로 키워 토착화시키겠다는 뜻이 바랜 뒤가 아닌가.

가을이다. 곳곳에서 경쟁하듯 예술문화 행사가 열린다. 그와 함께 어디선가 예술문화라는 명분을 혀에 올리며 돈과 권력을 좇는 앵벌이꾼, 눈알 돌리기 바쁜 마당쇠까지 흔한 터다. 보통 사람에게 제 이익을 누르고 손해를 받아들이라고 권하기는 어렵다. 잔인하기까지 한 일이다. 그래도 나라의 돈과 권력을 위임받은 사람들은 달라야 한다. 제발 엄정하게 쓰고, 마땅하게 부리기만 바랄 따름이다.

가을을 몰고
달리는 남자들

가을을 떠밀고 달린다. 모자를 썼는가 하면 짧은 바지 차림
이다. 울긋불긋 온몸을 붉히고 바람을 앞세웠다. 마을을 지나
고 고개를 오른다. 도심을 지르고 호수를 낀다. 가을도 발을 맞
추고 목청을 함께 모으며 달리는 가을이 있다니. 땀을 닦는 달
리미. 응원하는 도우미 박수소리도 드높다. 서른 사람이었다가
스무 사람으로 줄기도 한다. 두 줄이었다가 세 줄로 이어지기
도 한다.

줄기차게 북에서 남으로, 서울에서 부산까지 사백 킬로미터
를 넘는 거리의 가을을 몰고 내닫는 한 무리 남자다. 그들이 서
울을 떠난 때는 9월 24일이었다. 이미 천안·대전·김천을 거쳤
다. 11월 20일에는 고령·창녕을 지나 밀양까지 닿았다. 이름이
잘 알려지지 않은 뜀박질 행사 이야기다. 제3회 서울부산이어
달리기줄임말 서부달가 그것이다.

두 해 앞서부터 동호회 차원에서 시작한 행사다. 그러나 지난

뜻은 가볍지 않다. 이른바 '노다이^{乃台}사건', 곧 '경진부산항왜학생의거'를 기리기 위한 뜻이다. 1940년 경진년 11월 23일 부산공설운동장에서 있었던 '제2회 경남학도전력증강국방경기대회'가 그 빌미였다. 제국주의 식민자들이 '국민정신총동원'에서 나아가 '국민총력' 책략을 펼 무렵이다. 학생에 대한 인력 수탈도 거셌다.

학생들의 '전시 동원' 역량을 키우기 위해 낸 꾀 가운데 하나가 이른바 '학도전력증강국방경기대회'였다. 대회 당일 '내태^{乃台}, 노다이' 대좌를 중심으로 한 왜인 심판관은 제1회 대회 우승교였던 동래중학교^{현 동래고}의 우승을 막기 위해 갖은 꾀를 냈다. 경기 내내 불리한 판정에다 트집을 잡고 승부를 조작했다. 우승이 왜인 학교로 넘어가게 된 것은 예정된 순서였다.

참고 있었던 우리 학생들의 울분은 마침내 폐회식에서 폭발하였다. 부산제이상업학교(부산상고교, 현 개성고) 학생들이 거들었다. 왜인 교사와 심판관에게 욕설을 퍼붓고 고함을 질렀다. 혼비백산 내빼기 바쁜 그들이었다. 두 학교 학생들은 운동장 앞에 모여 발을 맞추기 시작했다. 영주동 내태 대좌 집을 습격했다. 밤늦게까지 부산 중심가를 행진하며 의분을 토했다.

승부 조작과 차별에 대한 울분은 의거의 겉일 따름이다. 경술국치부터 서른 해에 걸쳐 이어져 온 민족 억압과 지역 수탈에 대한 의분이 그 속이었다. 젊은 학생들의 몸과 마음을 빌려 그것이 고스란히 솟구친 것이다. 1929년 기사광주항왜학생의거를 이어받은 대표적인 학생의거가 1940년 경진부산항왜학생의 거다. 나라잃은시대 마지막까지 겨레 정기가 끊이지 않았음을 보여 준 의열 활동이었다.

지역마다 명문교가 있다. 인재를 꾸준히 키워 내 지역 발전에 이바지한 바가 남다른 학교다. 아울러 그 동문은 지역으로부터 많은 혜택을 입기도 한다. 지역에 대한 책임 또한 크다는 뜻이다. 부산은 특정 명문교의 뜻이 묽은 거대도시로 바뀐 지 오래다. 그러나 소도시 경우는 다르다. 발전은커녕 지역 변화에 걸림돌이 되는 특정 학교의 배타적 연고주의가 문제인 데도 한둘 아니다.

동래고나 개성고는 나라 안에서도 드물게 개교 100년을 훌쩍 넘긴 명문교다. 두 곳 모두 뿌리는 지역의 민족 사학에 있다. 그 동문이 마련한 달리기 행사라 뜻이 새삼스럽다. 달리미 면모도 다채롭다. 사오십 대 장년이 중심이다. 하지만 삼십 대부터 칠십 대까지 몸을 아끼지 않는다. 한 세대를 뛰어넘는 나이의 동문이 한마음으로 발을 맞추며 가을 길을 달리고 있는 셈이다.

세월의 속도에 밀리고 풍속에 채이며 살아 왔을 그들이다. 하는 일과 생각이 죄 다를 이들이다. 돌아가면 어깨 무거울 한 집안 가장이다. 그러나 그들은 마냥 즐겁다. 홍안의 호연지기를 새로 배운다. 본디 남자는 달리는 사냥꾼의 전통을 이어받는다 했던가. 지난 석 달, 주말을 틈타 서울 부산 천 리 길을 몰고 오는 사람이 있다. 야성으로 빛나는 가을 사냥꾼들이다.

11월 26일 김해를 거쳐 27일 아침에 그들은 부산 도심으로 들어설 예정이다. 먼 길을 밀어 주며 함께 달렸다. 서면에서부터 둘로 나뉘어 모교로 향할 것이다. 개성고 달리미는 당감동 교정이 목표다. 동래고 달리미는 망월대 아래 교정으로 향할 것이다. 새로운 지역 축제로 나아가기 위한 디딤돌은 놓였다. 서울부산이어달리기가 해라 해마다 남하하는 우리나라 맑은 가을과 함께 번성할 것을 믿자.

교만과
아첨

신현중은 경남 하동에서 나서 통영에서 자란 사람이다. 호를 위랑葦郎으로 삼았다. 1931년 학생 신분으로 이른바 '경성제국대학 반제동맹' 활동을 이끌다 옥고를 치렀다. 옥을 나와서 조선일보사에서 몇 해 일했다. 광복 뒤부터 교육계에 몸담아 경남·부산 지역을 옮겨 다녔다. 수필을 썼으나 활동이 잦지는 않았다. 오십 대 초반인 1962년에 일찌감치 교직을 떠난 뒤 세상에 이름을 닫고 살았다. 위랑을 만년까지 모신 이가 처조카였다. 그가 남긴 수필 한 토막이 흥미롭다.

위랑을 오래 접해 보면 후천성과 선천성의 가늠을 할 수 없지만 그에게는 이상하리만치 교驕와 첨諂이 있다는 사실이다. …(줄임)… 나는 위랑의 정신세계의 밑바닥에 깔려 있는 뿌리를 알기 때문에 위랑의 교와 첨은 후천적이라고 믿고 있다.

— 서정묵, 「위랑의 명정」 가운데서

위랑에 대한 흠모를 바탕에 깔고서 조심스럽게 쓴 글이다. 그럼에도 위랑은 어떤 됨됨이었기에 오래 가까웠던 이로부터 "이상하리만치 교와 첨", 곧 교만과 아첨을 지닌 사람이라는 냉정한 평가를 받게 된 것일까?

조선일보사 시절 위랑은 시인 백석과 친교가 깊었다. 그때 백석이 마음에 둔 이가 이화고녀 학생 박경련이다. 미모가 빼어난 통영 명문가 처녀였다. 그녀의 사랑을 얻기 위해 백석이 통영까지 내려와 여관에 진을 치고 머문 적까지 있었다. 그러나 그녀와 혼인에 이른 이는 위랑이다. 백석으로서는 그녀를 친구에게 빼앗긴 처지가 된 셈이다. 마음을 다친 백석이 그 일을 시편으로 남기기까지 했다. 이 혼인 줄거리를 두고 나는 한때 위랑이 지녔음 직한 '첨'을 어렴풋이 짐작해 본 바 있다.

대체로 골목대장이나 우물 안 개구리가 제 처지는 모른 채 나도는 데서부터 교만이 비롯한다. 그걸 헤아려 살필 분별력이 들어서기란 어렵다. 교만한 사람일수록 눈과 귀에 드는 사람만 가까이 둔 채 사람 장벽, 말 장벽을 친다. 뜻에 맞는 이만을 선택적으로 받아들여 자기 과신에 더욱 빠지는 것이다. 그렇게 하지 않으면 불안하니 사정이 딱하다. 그러나 교만의 뿌리는 깊은 열등감에 닿아 있다. 아니면 지닌 것을 빼앗기지 않으려는 뻔한 방어술 가운데 하나다.

권력이나 권위 관계에서 위쪽에 알랑거리는 태도가 아첨이다. 서민들이야 자식에게 부끄럽지 않을 만한 눈칫밥은 가끔 먹는 바다. 혹 뜻하지 않은 피해를 예기치 않게 입을지도 모른다는 소박한 두려움 탓이다. 어찌 거기까지 아첨에 들까 보냐. 예의 수준이겠다. 남다른 자리나 이익을 차지한 이가 그것을 고스란히 지키고 더욱 키우기 위해 교언영색을 일삼는 태도가 아첨의 진면목이다. 뛰어난 아첨꾼은 윗사람의 눈썹 날리는 소리까지 듣는다 한다. 기막힌 재주를 지녔다.

사실 교만과 아첨은 동전 앞뒤와 같다. 자기 앞에 놓인 대상이 누군가에 따라 상관적이다. 한 사람에게서 나타나는 다른 두 태도일 따름이다. 아첨꾼은 교만을 피우는 일에도 익숙하다. 강한 곳에 알짱거리고 약한 데서 휘두른다. 더 재미있는 점은 아첨꾼의 칭찬에 가장 약한 사람 또한 교만한 이라는 사실이다. 그래서 적을 망가뜨리려면 그의 약점을 오히려 칭찬하라 했던가. 교만에 눈이 멀어 제 약점을 더욱 키우다 마침내 스스로 자충수를 두게 되는 이치다.

그렇다고 교만과 아첨이 한 개인에게 근본 품성일 리는 없다. 놓인 자리와 맞닥뜨린 대상에 따라 '교와 첨'의 정도가 엇갈리고, 나타났다 숨었다 하는 까닭이다. 게다가 그것을 자기 이익이 아닌 곳에 널리 쓰고자 한다면 쓰임새가 없다고만 말하기도 어렵다. 교만과 아첨을 독으로 다스리는가 약으로 다스리는가는 당사자에게 달린 일이다. 교만과 독선, 아첨과 비열이 한결같은 짝일 수는 없다. 그러니 차라리 역사에 아첨하고 시류에 교만한 이라도 많이 나왔으면 좋겠다.

위랑과 같은 개인이 "이상하리만치 교와 첨"을 함께 지녔다 해서 세상에 무슨 큰 위해를 끼쳤을 것인가. 한때 재기 뛰어났던 젊은이가 뜻 같지 않은 세월 속에서 겪었음 직한 분을 풀고, 자위를 얻기 위한 한 길이 교만이었을까. 자식에게도 끝내 내보이고 싶지 않았을 빈궁을 숨기기 위한 속 아픈 방비책이 아첨이었을까. 위랑이 이승을 뜬 뒤 광복유공자 서훈을 받고 대전 국립묘지로 무덤을 옮긴 때가 1999년이다. 유일한 수필집이 『두멧집』이었다. 1954년에 펴냈다. 표제는 동향 시인 초정 김상옥이 썼다.

고촌유물관을
향한 바람

반송에서 기장읍으로 이어지는 국도 14호선은 늘 바쁘다. 크
작은 차가 쉴 새 없다. 해운대 갯가를 끼지 않고 부산 도심에서
동해 쪽으로 나서는 나들목 가운데 한 곳인 까닭이다. 나는 이
길을 좋아한다. 도시 가장자리가 지닌 어수선함이 그대로 깃
든 풍경이 정겹다. 철마면 고촌과 안평을 들어앉힌 들이 넉넉하
다. 야트막한 좌청룡 우백호에다 장산에서 벋어 내린 묏줄기를
안산으로 거느렸다. 남향으로 앉은 전형적인 농촌 경관 고촌을
바라보는 맛은 또 어떤가. 고촌이라는 마을 이름부터 예스러움
을 고스란히 품었다.

게다가 고촌 일대는 백 기를 넘는 옛 무덤을 지닌 유적지다.
마을 오른쪽 산등성이 위아래로 널린 떼무덤이 그것이다. 기록
으로는 1950년대 초반부터 알려진 곳이다. 오랜 세월 여러 차
례 도굴꾼의 손을 탔다. 신라 세력이 동래로 들어서기에 앞서
있었다는 삼한시대 거칠산국 유허다. 신라와 가야 사이에서 잊

혀진 옛 나라. 크기나 뜻으로 보아 양산 북정동이나 김해 양동 것에 못지않게 중요한 곳이 고촌 떼무덤이다. 원형이 어느 정도 남아 있는 부산의 대표 역사공간일 뿐 아니라 생태 처마인 셈 이다.

이곳 일대에다 대한주택공사에서 팔만 평을 넘는 택지개발을 시작한 때가 2004년 11월이었다. 길어도 백 년을 넘기기 힘든 양회다. 이십 년만 지나면 재건축이니 뭐니 해서 새로운 쓰레기 더미로 바뀔 아파트 장벽을 쌓아 올리는 일에 얼이 빠진 듯이 바쁜 세월 아닌가. 장소와 거기에 깃들었던 삶의 집단 기억에 대한 배려는 없다. 학교와 관공서 자리를 갈라붙이고 나면 거침없다. 자연친화적인 주거나 공동성을 살린 집은 명분으로 그친다. 법규가 허락하는 최대 개발과 최대 이윤을 목표로 토건 자본은 앞으로만 나간다.

부산에서 땅이름이 제 삶의 뿌리를 스스로 밝히고 있는 몇 되지 않는 장소 가운데 하나가 고촌이다. 물을 빨아들이는 마른 스펀지처럼 자본에 의한 장소 파괴의 도미노 현상은 어김없이 이곳까지 미쳤다. 부산의 허파 한 곳이 또 다쳐 굳었다. 부산을 알려면 동래를 알아야 한다. 동래를 알자고 온천장이나 금정산을 뒤져서 될 일은 아니다. 근대 초기부터 왜인들의 식민지 관광자본이 기획해 놓은 자리인 탓이다. 오히려 동래 배후지 정관·기장·철마를 익혀야 한다. 그러나 정관과 기장은 이미 개발로 쑥대밭이 된 뒤다.

택지 개발이 벗어나기 힘든 일이었다면 철마만이라도 소지역 유물관 건립을 생각할 수는 없는 것일까. 기장군의 경관사·인문사를 죄 갈무리하는 시설공간이 그것이다. 시공처에서는 무슨 뜬금없는 소리냐 하겠다. 게다가 장소에 대한 또 다른 폭력이나 위선일 수 있는 일이다. 그럼에도 최악을 벗어나는 길이 거기에 있다. 유물관이 주거지의 값어치를 더 높여줄 것이라 부추기면 솔깃해 할까. 공영개발이라는 이름 아래 땅장사를 한다는 비난에서 자유롭지 못한 주택공사다. 택지시장 논리에서 더 내려설 필요가 있다.

장소는 진화한다. 장소도 꿈꿀 권리가 있다. 소지역 문화공간은 나날살이 속에서 그것을 가능하게 하는 중심장소다. 우리 사회는 시군구 단위 소지역 문화 경관에 대한 배려 경험이 엷다. 빠른 근대화와 획일화한 거시 정책은 그것을 더욱 부추겼다. 이런 사정은 앞으로도 나아질 기미가 보이지 않는다. 소지역의 경관사·인문사를 갈무리하고 가꿀 수 있는 방안이 나와야 한다. 지역 개별성을 살리면서 일반 사료관 역할을 하는 소지역 유물관이 한 대안이다. 모든 장소에 토목자본의 이익만 칠갑하도록 둘 수는 없다.

바람직한 장소의 진화, 재창조를 위해 주택공사와 같은 공기업이 보다 힘껏 나설 일이다. 때늦긴 했으나 대규모 택지 개발지마다 해당 장소의 특화된 문화 시설공간 마련을 의무로 삼는 것도 방법인 셈이다. 고촌유물관이 그 첫걸음일 수는 없을까.

고촌 언덕으로 굴착기가 바쁘다. 겨울바람이 휘몰아 든다. 공사장 경계를 알리는 붉은 깃발이 줄 지어 펄럭인다. 자연과 사람 사이 오랜 공간 전쟁에서 어김없이 사람이 이겨 왔음을 웅변하듯 당당하다. 저렇듯 오만해서는 우리 다음 세대에게 미래는 아예 없을지도 모른다.

권환의
절명 수필을 읽으며

우리 근대사에서 볼 때 포폄이 잘못 이루어진 사람은 숱하다. 이즈음 어느 현역 여자 국회의원이 자기 가계가 우뚝한 듯이 떠벌리고 다니다 사실은 그 반대여서 크게 혼쭐이 난 적이 있었다. 오늘날 우리가 철석같이 믿고 있는 사회적 평가가 얼마나 허약한 바탕 위에 놓여 있는가를 한마디로 보여 주는 일이다. 문학사회도 예외가 아니다. 이미 알려진 명성을 다시 검증해야 할 문인이 한둘 아니다. 광복 뒤 변신을 거듭하며 용케 살아남아 다른 사람이 누려야 할 이름을 가로채거나 분외의 거짓 이름을 얻은 이다.

그 가운데서는 아무도 손댈 수 없을 자리로까지 올라선 경우도 있다. 역사가 끝내 어리석지 않다면 언젠가는 바로잡히리라. 자신이 뜻한 바는 아니라 하더라도 남이 피 흘려 이룬 열매를 제 것으로 가로채는 일은 참으로 염치없는 짓이다. 마산이 낳은 문학인 권환도 마땅한 포폄에서 밀려나 있었다. 평론과 아동문학, 그리고 시에서 경남·부산지역 근대문학 첫 마당에 놓이는 이다. 그가 쓴 미발굴 수필 「병상독서수상록」을 찾았기로 살피니 글 첫머리부터 마음을 울컥 때린다.

나는 요양생활에 들어간 후부터 인생의 낙이란 전연 모르고 지내 왔다. 부귀, 공명, 강령 등등 모든 낙이 나에겐 하나도 없을 뿐 아니라 그와 반대인 병, 빈(貧), 고독, 우배(憂盃), 고통이 있을 뿐이다. 청춘시절에만 가질 수 있는 행복과 쾌락은 더구나 있을 수 없다. 한 잔 술 한 모금 담배의 일시적 낙은 원래부터 나에게 없다. 근 십 년간 찰나 동안이라도 낙과 기쁨은 느껴본 적이 없으며 단 한 번이라도 간담(肝膽) 속에 우러나온 유쾌한 웃음을 웃어 본 일이 없다. 그러나 나에게도 담담한 특수적 낙이 있을 때가 있다. 그것은 읽고 싶은 책을 읽을 때이다. 낮이나 밤이나 읽고 싶은 책을 읽을 그 동안에는 모든 우수와 고통을 잊어버린다. 그러나 읽고 싶은 책을 마음대로 사 볼 수 있는 가정 형편도 아니다. 돌아다닐 건강도 아니다.

마산 완월동 띠집에서 유명을 달리했던 1954년에 남긴 마지막 수필이다. 다른 군더더기가 필요 없을 만큼 그가 만년에 겪었을 삶의 참혹함이 고스란히 담겨 있다. 정지용과는 휘문중학교 한 해 앞뒤 사이인 권환이다. 그러나 문학 행로는 완연히 달랐다. 정지용이 말글을 쫓아다닐 때, 권환은 이념으로 온몸을 불살랐다. 정지용이 천재인 양 추김을 받으며 화려하게 되살아 났을 때 그는 잿더미처럼 더욱 잊혔다. 한 개인으로나 문학인으로나 매우 불행한 삶을 살다간 지식인이 권환이다. 게다가 지병 폐결핵은 오래도록 그를 여러 모로 괴롭혔다.

마산 지역문학을 말할라치면 사람들은 입에 익은 버릇대로 「가고파」의 이은상을 들먹인다. 그러나 노산은 이룬 바나 살아온 바에 견주어 과대 포장된 대표 문인 가운데 한 사람이다. 권환은 이은상보다 몇 해 늦긴 했으나 1920년대 동시대에 작품 발표를 시작했다. 조선프롤레타리아예술동맹을 중심으로 활동하면서 갖은 고초를 겪었다. 이은상과 달리 문학생애 내내 역사의 응달로만 떠돌았다. 권환은 우리 현실주의 문학사에서 뛰어난 이론가며, 올곧은 실천가였다. 마산 지역시 안에서만 보더라도 정진업과 김태홍, 그리고 올해 이승을 떠난 이선관으로 이어지는 큰 전통의 줄기는 그가 물꼬를 트고 있다.

지난 2002년에야 전집이 처음으로 마련된 권환이다. 2004년부터 해마다 권환문학제가 마산 진전면 오서리 고향에서 열린다. 뜻있는 이들의 독지와 추렴으로 발을 내딛은 행사다. 올해는 유월 초순에 3회째 행사를 연다고 한다. 젊고 활기찬 문인들이 잘 다듬고 가꾸어 좋은 행사가 되기를 빈다. 대접 받을 일에 마음을 두는 손님이 아니라, 자기 일처럼 나서서 행사를 이끌 주인이 더욱 많아지리라. 그의 절명 수필을 읽다 문득 사월 하늘을 올려다본다. 비감하다.

　권환은 본명이 경완이다. 본은 안동으로 1903년에 났다. 그의
어른이 성재 권오봉이다. 백산 안희제 선생의 오랜 벗으로 백산
상회 대주주이기도 했다. 경남·부산지역 대표 민족사학 가운데
하나인 마산 경행학교를 이끈 분이다.

부산 사람의
장영실 대접

한국 과학사에서 장영실에 견줄 만한 위인은 없다. 각급 학교 교과용 책은 물론 거의 모든 조선시대 역사서에서 그는 빠지지 않는다. 초등 교과서에는 아예 '세종대왕과 장영실'이라는 자리를 따로 마련했다. 오늘날 그 세종은 세계 문맹퇴치 유공자에게 주는 유네스코의 '세종대왕상'으로, 장영실은 우리나라 최고 산업기술상인 '장영실상'으로 이름을 올리고 있다. 게다가 포스텍(포항공대)과 더불어 과학 영재가 모인다는 한국과학기술원KAIST 교정에는 장영실 동상이 우뚝하다.

새삼스럽게 들먹일 필요가 없을 그의 위업이다. 우리 유형문화재 가운데서 국보와 보물만도 모두 여섯 개가 장영실 한 사람 손에 직간접으로 닿아 있다. 측우기, 물시계인 자격루, 해시계 앙부일구 두 개, 천문 관측기구인 혼천의, 수표水標가 그것이다. 그를 늘 따라 다니는 '우리 역사상 가장 찬란했던 과학기술문화를 꽃피운 장본인'이라는 일컬음은 단순히 수사 차원에 머무는 말이 아닌 셈이다. 장영실이 부산 사람이라는 점 또한 잘 알려진 사실이다.

부산 교육계에서는 1991년 '부산과학고'에 이어 2003년 두 번째 과학고를 세웠다. 그리고 거기에 장영실이라는 이름을 붙인 것도 그런 까닭이다. 부산지역 청소년이 그를 본받아 정보과학 시대, 한국을 지고 나갈 훌륭한 인재가 되라는 뜻이다. 올해 제1회 졸업생을 낸 '장영실과학고'가 거기다. 이즈음 그 학부모들이 '장영실'을 버리고 '부산'이라는 이름을 자신들이 갖겠다며 나섰다. 이에 부산과학고(한국영재학교) 동창회에서 발끈하여 거부 의사를 분명히 했다.

장영실과학고 학부모가 교명 변경을 꾀하고자 한 까닭이 묘하다. 부산과학고가 과학영재학교를 거쳐 지난해부터 한국영재학교로 이름을 바꾼 것이다. 장영실과학고 쪽으로서는 지역이 명시된 '부산과학고'에 더 욕심이 생긴 바다. 교명이란 행정 용어로 그치지 않는다. 구성원이 세월을 두고 만드는 사회적·심리적 상징이며 문화자산이다. 고유한 교명 안에서 청소년기의 포부를 키웠고 앞으로 그것을 유형·무형의 힘으로 삼아 살아갈 졸업생이며 재학생이다.

그들에게는 교명이 실존에 닿아 있다. 이러한 사실을 누구보다 잘 알고, 이에 예민할 수밖에 없을 동창회며 학부모다. 이번 일은 그러한 두 학교 구성원 사이에 걸려 있다. 시비가 단순치 않은 셈이다. 한쪽은 오늘날 부산과학고가 한국영재학교로 발전할 수 있도록 교명을 가꾸며 열다섯 해 동안 교풍을 마련해 온 핵심 주체다. 다른 쪽은 자녀가 다니는 학교가, 비록 남의 것이긴 하지만 더 나을 듯한 교명을 얻어 새 교풍을 얻었으면 하는 욕심을 굳이 감추지 않은 이들이다.

문제가 더욱 커지지 않을 수 없는 것은 이 일로 위인 장영실이 애꿎게 욕을 보게 된 데 있다. 장영실이라는 이름에 무슨 잘못이 있어 지워질지도 모를 일을 겪어야 하는지 딱할 따름이다. 장영실과학고는 자교 누리집에서도 "장영실, 그는 우리 민족이 낳은 가장 뛰어난 과학기술자"라고 분명히 밝히고 있는 터다. 겨레의 표상으로 부끄러움 없는 삶을 산 이가 장영실이다. 과학 영재 교육을 목표로 삼은 학교에서 장영실을 버리면서까지 얻을 것이 무엇일까.

장영실은 교명으로 올랐다가 지워지는 그런 대접을 받아야 할 분이 아니다. '부산'을 얻고 '장영실'을 버린 데 따른 비난을 먼 뒷날까지 두고두고 벗기 힘들지 모른다. 일의 결과에 따라서는 부산 교육계뿐 아니라 지역사회가 죄 입방아에 오를 처지다. 찬란한 장영실의 지역적·민족적 긍지와 무한한 가능성을 제 지역 사람이 나서서 죽이는 모양새인 까닭이다. 부산이라는 지역 대표성도 살리고 장영실도 살리는 '부산장영실과학고'라는 교명을 생각해 봄 직한 때다.

오랜 문풍文風으로 찌든 우리 역사다. 21세기 고도기술 자본이니 정보과학사회를 그저 누릴 수 있을 혜택인 양 아는 세태다. 이런 속에서 위인 장영실은 부산지역으로나 국가로나 입으로만 살아 있었던 게 아닌가. 교육사에서 유래가 없는 이번 교명 탈취 시비 또한 그로부터 받은 영향이 없다 하기 힘들다. 한국 과학사에 대한 번듯한 전문박물관 하나 없는 게 우리 처지다. 이 일을 기회로 장영실의 고향 부산에서부터 장영실 선현에 대해 제대로 된 현양사업을 시작하면 어떨까.

---

* 2006년부터 네 해를 끌었던 이 일은 2009년, 부산시 교육위원회를 거쳐 부산시 의회에서 통과하였다. 그리하여 한국영재학교의 전신인 부산과학고라는 교명을 장영실과학교에서 고쳐 쓰게 되었다. 장영실기념사업회나 아산장씨 문중, 그리고 부산과학고/한국영재학교 동창회와 학부모회에서 힘껏 반대를 했음에도 아랑곳없었다.

2부

노
을
의

무
게

새벽빛에 서다

희부옇게 흩뿌려 둔 아이들 가루 장난감 같다. 어떤 자리는
은빛 줄을 지었다. 다른 도시로 나가는 빠른 길이다. 어둠이 내
려앉은 산등성이와 거리거리 환한 주거지, 그리고 너머 더 어두
운 바다 쪽이 뚜렷하게 나뉜다. 낮은 골짜기를 중심으로 몰려
핀 불빛들은 무엇에 골몰하는지 반짝반짝 흔들린다. 할 말 많
은 듯 입술 들썩인다. 해발 422미터, 황령산 꼭대기에서 내려다
보는 새벽 부산은 크작은 불빛의 모둠 모둠살이다.

멀리서 차 소리 웅웅 올라온다. 일어나지 않은 사람의 잠이
곳곳에서 얽히겠다. 잠결에 칭얼대는 아이를 위해 젊은 어머니
는 분유통을 더듬거리리라. 어느 등성인지 고함소리가 가까워
졌다 멀어진다. 새벽 장을 보거나 먼 데 일터를 지닌 사람이라
면 벌써 집을 나서야 할 다섯 시가 넘은 때. 모든 첫 버스들이
종점을 떠났을 시간이다. 새벽 걸음에 나서는 사람 가운데는
해를 넘기지도 않고 취업 재수를 위해 서울부산철길에 몸을 실

을 아파트 아랫집 아들도 있다.

위아래 살며 초등학교 적부터 자라는 모습을 지켜본 아이다. 어머니 말로는 가을에 한 차례 면접을 보고 온 뒤 방안에서 나올 생각도 않고 풀 죽어 있다 했다. 지난해와는 견줄 수 없이 나빠진 취업 환경에 크게 낙담한 게다. 대학 졸업 학기를 미루면서까지 준비했음에도 번번한 기회가 없다 얻게 된 한 번의 면접. 그 아들에게 새 양복에 새 구두를 신겨 보냈던 어머니를 나는 안다. 당을 녹이는 해묵은 병치레로 여윈 자기 몸보다 아들을 걱정하는 아버지를 더 잘 안다.

일 층 문턱을 집으로 삼고 도둑고양이 한 마리 아파트에 머물게 된 일도 여러 달 지났다. 사람들은 그러려니 여긴다. 아이들이 건넨 먹이가 만든 버릇이다. 저녁밥 때면 어김없이 모습을 드러낸다. 지난밤은 어느 쪽 어둠을 밟고 다녔을까. 더 추워지면 그놈은 아파트 안에서 살 궁리를 할 것이다. 지금은 버릇대로 아파트 들머리, 담장집 담장 바깥 무화과나무 가지에 올라앉았으리라. 새벽 예불을 나선 아주머니, 입마개며 장갑을 챙기고 일찍 학교 운동장으로 나선 이들을 파란 눈으로 훔쳐보겠다.

어둠 속에 떠 있는 불빛 한길에는 칠 층 큰 병원도 있다. 앓는 이를 실은 구급차, 함께 따라온 가족, 간호사의 부산한 옷바람이 느껴지는 복도, 그리고 무거운 약 냄새. 위쪽 요양병동에는 침묵을 붕대인 양 감고 누운 이들이 산다. 그들 속에는 당신의 병 수발을 맡았던 이모를 오히려 먼저 여읜, 늙은 이모부도 계신다. 병원 앞길을 환경미화원이 바쁜 비질로 지나간다. 흩어진 종이 쓰레기와 비닐꽃, 남은 자신의 삶까지 비질하듯 익은 몸놀림이다. 그 뒤로 차는 달려오고 달려간다.

그리고 뒷골목에는 '진짜국밥집'이 있다. 새벽부터 문을 열고 아침 손을 받는 여주인. 김이 끓는 큰 가마솥 두 개가 창으로 비치는 식당이다. 손자가 방학 숙제로 썼던 가훈, '넓게 알고 깊게 생각하며 바르게 행동하라'는 붓글씨가 거울 위에서 낡아가고 있는 곳. 넓게 알고 깊게 생각하는 일은 그렇다 치자. 그러나 바르게 행동하자면 사람 속에 원만하게 살기는 틀린 일, 모가 날밖에 없는 이치 아닌가. 국밥을 먹으러 갈 때마다 낯설게 보이던 그 글발이 그녀 가족이나 드나든 손들에게는 어떤 격려가 되었을까.

그렇게 새벽빛은 길을 안고 삶을 품었다. 곁을 떠나려는 불빛을 끌어당기며 흔들리는 불빛. 멀찍이 떨어진 불빛으로 넘어지는 불빛, 제 목을 감싸 안는 불빛, 주저앉았다 힘겹게 일어서는 불빛도 있다. 산꼭대기에서 멀리 내려다보는 앞바다는 어둡다. 불빛 줄지어 환한 부두에서는 아침 뱃길을 준비하는 엔진이 막 발톱 다 자란 살쾡이처럼 개릉거리겠다. 파도 갈기에 몸을 맡긴 배 고물 위로 갈매기 끼웃거리겠다. 그래도 바다. 바다는 깨지 않았다.

저 바닷가에는 한때 하루바삐 어른이 되고 싶었던 한 소년이 거닐었다. 어른이 되면 무엇이든 뜻한 바를 이룰 수 있으리라 믿었던 그때. 바닷가 모래 포구가 배 끊긴 생선회 상가 단지로 뒤집혀 가는 세월을 마냥 따라왔다. 이제 바닷물에 적셔 볼 추억조차 아슴한 자리. 옆구리 깊은 데서부터 까닭 없이 솟곤 하는 슬픔은 목숨 가진 사람의 한결같은 버릇이라며 건성으로 넘기자. 목젖을 뒤집는 노여움에도, 그것을 눌러 삼키는 쓰라림에도 익숙해진 나날 아닌가.

새벽은 왔다 그렇게 간다. 희붐한 여명이 도심에 깔리기 시작하면 새벽빛은 눈꺼풀을 내린다. 달뜬 입술을 닫는다. 몸을 다 태운 듯, 할 말 다한 듯 하나하나 꺼지는 불빛. 온몸으로 하늘을 밀어 올리며 산의 용맥이 불끈 힘살을 드러낸다. 도시 이곳저곳에서 끊어졌다 이어졌다 높다가 낮다. 아침노을도 동녘 하늘을 다 채울 듯 붉더니 금방 식었다. 구름이 두터웠던 까닭이다. 바람을 이고 진 곰솔 능선, 남으로 내려다보는 거리는 이제 어제와 다름 없는 아침이다.

산으로 오르는 이가 더 잦다. 걷는 사람, 뛰는 사람. 혼자 또는 서넛 함께 어울린 이, 내외 함께 걷는 사람. 새벽마다 해를 바라 산으로 향하는 이들이다. 저들은 산 곳곳에서 화톳불같이 즐겁게 타오를 것이다. 간이 체육시설 곁에서 한 중늙은이가 허리굴렁쇠를 돌린다. 운동기구를 당기고 있는 이도 여럿이다. 낯빛이 좋다. 자신의 기억만큼이나 숱한 곡절을 건너왔을 사람들. 배우지 못해 소리칠 수 없었고, 지닌 게 적어 뜻을 꺾을 수밖에 없었을 나날. 그럼에도 어떤 보람이, 희망이 지켜 주고 보듣어 준 삶이다.

개를 데리고 오르던 젊은 여자가 잠시 서서 돌아본다. 가까운 곳에서 늦깬 왕벚나무 한 가지가 부러지는 소리였을까. 추운 바람 속에서 가지마다 새 움을 쥐고 길가에 촘촘히 섰다. 사람 발에 밟힌 가랑잎과 온전한 가랑잎이 뒤섞여 구른다. 휑하니 하늘을 긋고 산비둘기가 날아간다. 까치가 차례로 깍깍거린다. 쪽쪽쪽 바람을 쫀다. 촉새를 닮으려나 보다. 이 가지 저 가지 옮겨 다니는지 소리가 높았다 잦아든다. 다시 멀다. 산 아래쪽으로 날아갔다.

아랫집 아들이 새벽 잰 걸음으로 탄 기차는 지금쯤 낙동강 줄기를 벗어나 밀양이나 청도로 들었을 것이다. 어느덧 모든 것이 서울 서울로만 더욱 열리게 된 세월이다. 철길도 서울 길은 마냥 빨라졌다. 불빛 사라진 도시는 모습이 뚜렷하다. 양회로 쌓아 올린 커다란 시루탑 시룻집. 다딱다딱 부딪칠 듯 몸을 밀쳐 내며 돋은 고층 아파트 잿빛 척추가 곳곳에 허옇다. 사람도 길도 깼다. 길바닥을 훑는 차들 불빛만 아직 새벽 기분을 낸다.

그래 그 많던 불빛이 모두 환멸일 리야 있는가, 모멸일 리야 있나. 젖은 휴지처럼 간수하기 난처한 허욕과 치정, 온 데 엎지르는 정치처럼 흥건했던 지난밤 어둠은 어디로 갔을까, 또 불빛은. 첫새벽에 서서 내려다보는 새 아침은 맑다. 새벽빛 식은 거리는 밝다. 산을 내려가던 아주머니 둘이 멈추어 선다. 멀리 해를 향해 허리 깊은 합장을 세 번 올린다. 몸에 마음에 오래 익은 경건

함이다. 다시 걷는다. 나도 산 아래 산마을로 길을 잡는다.

슬레이트 처마 낮은 집들이 층계를 이룬 응달 마을 물만골. 허물어진 벼랑 아래 푸른 망사를 두른 텃밭, 마른 푸성귀 위로 들쥐가 긴다. 낡은 냉장고며 깨진 플라스틱 물통이 길섶에 널브러졌다. 장독대에 크작은 독을 옴기종기 키운 마당집도 보인다. 장독 안 장물은 오래 어둠까지 졸아들어 더 짜겠다. 여러 날 서 있었을 듯한 작은 화물차가 한 대, 연제이용원 표시등은 벌써부터 돈다. 춥다, 춥다. 마을 공부방이 있는 좁은 골목에서 방금 학생차림 한 소녀가 나온다.

마을버스가 올라온다. 탄 자리보다 빈자리가 늘 많은 버스다. 삼십 분 머문 뒤 다시 내려갈 것이다. 얇은 지붕을 누르고 있는 돌멩이들이 가난처럼 무겁다. 세상이 절망을 가르치더라도 절망에 질 수야 없다. 시대가 비굴을 버릇 삼더라도 비굴에 엎어질 수야 없다. 눈앞의 영욕이야 비탈을 구르는 가랑잎. 철모르고 오그려 핀 개나리가 꽃잎을 들썩인다. 겨울까지 서서 마른 국화꽃이 노랗다. 아, 아직도 입술 꼭꼭 깨물며 살아야 할 날이 남은 까닭이다.

(『교수신문』, 2009)

노을의 무게

사상 서부시외버스 종점. 차에서 내리다 문득 한 풍경에 걸음이 잡혔다. 할머님 한 분이 갓 버스에서 내려 누군가 등에 업히고 있다. 다리가 불편해 보인다. 옆에 가족인 듯싶은 젊은 아주머니 한 분이 서서 그 광경을 지켜보고 있다. 할머님은 한눈에 병색이 완연하다.

할머님을 업은 이는 아들인 성싶었다.

"다리가 자꾸 아푼교?"

뒤를 돌아본다. 할머님을 업고 봇짐까지 챙긴 뒤 주차장 쪽으로 나선다. 그들이 움직이자 비로소 곁에 있던 아주머니도 다른 길로 자리를 떴다. 할머님과 같은 버스를 탔었는지 모른다. 할머님이 걱정이 되어 곁을 지킨 것이다.

인지상정, 곧 인정이란 저런 것이 아닐까. 없는 듯이 있다가 문득 우리를 환하게 밝혀 주고는 어느새 지워지는 삶자리. 그 아들이 업은 삶은 어디 병색의 어머니뿐이랴. 아마 자신과 둘

레 가족의 삶은 더 자주 무겁고 버거우리라. 잠시 자리를 지켰
던 아주머니 또한 마찬가지일 터.

　나는 그 자리에 짐짓 서 있었다. 내일부터 할머님의 병이 부
산 어느 크고 친절한 병원에서 부쩍 나아지기를. 아들과 아주
머니, 그들 가족의 삶도 보다 가벼워지기를. 낙동강 쪽으로 쑥
내려앉는 노을의 따뜻한 무게를 잠시 느낀다.

---

* 「노을의 무게」부터 「골굴암의 달」까지 열두 편은 2004년 10월부터 『부
　산일보』 '일기'라는 난에 실었던 글이다.

시인의 아내

시인의 아내는 시인 곁에 묻혀 산다. 십 년도 더 지난 옛날, 가까운 곳에 자리잡은 문학문화재 답사 때 처음으로 찾은 마산 인곡 공원묘지. 그곳 숱한 무덤 가운데서 시인을 만났다. 그리고 시인의 아내와도 눈인사를 나누었다. 검고 낮은 빗돌에 가로되 '시인의 아내 정영애지묘'다.

시인은 젊은 시절 유랑 극단원으로 떠돌았다. 광복 뒤 혼란 속에서 이저리 뛰며 글을 팔았다. 늦게 얻은 지역 신문사 문화부 자리도 오래 버티지 못했다. 사상범으로 몰려 쫓겨났다. 늘그막에는 마산이 그를 품어 주었다. 시인의 아내는 그 긴 세월 곤궁을 같이했다. 고초가 여간만 했으랴. 시인의 아내를 시인 곁에 묻을 때 시인의 벗들은 빗돌에 새길 말을 잊지 않았다. 우리나라에서 하나뿐일 비명, '시인의 아내' ○○○지묘.

시인의 며느리 연락처를 오늘에사 얻었다. 시인의 병든 아들을 끌어안은 채 마산의료원 맞은쪽 허름한 식당 방을 지키고 있단다. 시인의 아내와 며느리가 어쩌면 그리도 닮은 길일까. 아버지의 시전집이라도 제 손으로 내고 싶다는 아들이다. 당뇨 합병증으로 눈이 거의 감겼다. 얼마 뒤엔 아버지가 내려다보고 있는 인곡 공원묘지 화장장 불길을 홀로 더듬더듬 걷게 될 것이다. 그리고 몇 해, 시인도 시인의 아내도 죄 잊힐 세상.

시인의 아내는 그래도 시인 곁에 묻혀 산다. 오래 넉넉하고 오래 따뜻하라.

마중물

　일터 평생교육원에서 시창작 강좌를 이끌어 온 지도 세 해째다. 지역에 대한 나름 소박한 이바지다. 글을 빌린 나날살이의 즐거움과 행복을 일구는 데 도움을 주고자 뜻한 생활문학 마당이다. 내가 얻는 바도 쏠쏠하다. 가끔 세상 속에서 환하게 살아 있는 말을 만나는 즐거움.

　오늘은 내어 놓은 작품 속에서 마중물이라는 낱말을 만났다. 마중물. 수도 시설이 마땅치 않았던 어릴 적, 펌프질을 해 대면서 물을 길었던 기억뿐인 나다. 마중물이라는 낱말을 써 본 적이 없다. 펌프질 때 물을 이끌어 내기 위해 먼저 한 바가지 정도 넣는 앞물이 마중물이란다. 이 기막힌 이름!

　저 깊은 땅속 어둠 뿌리까지 화들짝 들어서서 곤히 잠든 물을 깨워 어서 가자고, 어서 오라고 마중 갔다 함께 세상 속으로 돌아서는 물. 마중물의 물 마중. 마중물에 맞물리는 뒷물은 손님물일까?

그러고 보니 어느새 우리는 남 마중하고 남 배웅하는 삶에서
부터 멀리 떨어졌다. 애틋함도 애틋함의 굽이굽이 고개도 죄 걷
어 내 버렸다. 보내고 맞이하는 일을 질주와 편리 속으로 모두
가라앉혔다. 오늘 나에게 처음으로 마중물이라는 낱말을 일깨
워 준 예비시인 한영초 씨. 또 한 스승을 만났다.

바자회

　로사복지관에서 바자회를 열었다. 점심을 해결할까 하고 맨발에 운동화를 껴 신고 복지관으로 올라갔다. 그러나 아예 앉을 자리가 없다. 국물 따시한 가락국수를 먹고 싶었는데 하는 수 없다. 이곳저곳 기웃거렸다. 대부분 옷가지에 그림 소품도 여럿 보인다. 팔릴 것 같지 않았다. 그래도 몇몇에는 판매 딱지가 붙어 있다.

　막걸리 한 통과 김밥 두 줄, 딸아이 줄 볶음떡까지 한 손에 사들고 집으로 내려왔다. 조그만 단체에서 마련한 행사지만 이웃 사람은 아예 큰 축전으로 여기는 분위기다. 좋은 일이다. 자원 봉사하는 이의 손길이 바쁘다. 다음 주 토요일, 일요일에는 복지관과 맞붙어 있는 망미성당에서 바자회를 연단다. 그때도 빠지지 않고 즐길 참이다.

　남의 축전에 슬쩍 끼어드는 일은 늘 재미있다. 어릴 적 고향 산자락에서 펼쳐지던 묘사의 기억. 다른 집안 일이라도 묘사 뒤에 얻어먹는 떡이며 과일 조각은 그에 상관없이 오졌다. 그때 얼곤 했던 시루떡 노란 콩고물과 누런 가을 등성이. 할머니는 그런 자리에 참새처럼 몰려다니는 일을 싫어하셨다. 그러나 철 없는 시골 아이에게 각별한 군것질을 물리칠 뱃심이 어디 있었 으랴. 그러고 보니 막걸리 빛깔도 누렇다. 잘 익었다.

가을
운동회

배화학교 운동장을 빌려 한날 함께 잔치를 벌였다. 아파트에서 내려다보니 오랜만에 만국기도 몇 줄 걸렸다. 백군 이겨라 청군 이겨라 드높은 마이크 소리도 새삼스럽다. 오랜만에 엿보는 풍경이다. 네 줄로 서서 경기를 준비하고 있는 아이보다 운동장 둘레 자리에서 지켜보는 가족 수가 더 많다. 아버지 어머니에 할머니라도 끼이면 그럴 수밖에. 아마 저 어버이들의 희망도 그러하리라. 아이의 포부나 역량과는 무관하게 크게 웃자라 있을 그들의 기대가 눈에 보이는 듯하다.

어떤 아이에게 오늘 하루는 큰 시련이다. 나달이 즐겁게 뛰놀던 아이도 가족 앞에서 남다른 힘과 재주를 겨루어야 한다. 이기는 아이가 있고 지는 아이도 있을 터. 그들 가운데 몇은 오래 마음을 다칠지 모른다. 제 힘대로 못 달리고 넘어진 아이, 어버이 가운데 어느 한쪽이 오지 못했을 아이. 분함과 열패감은 금방 짐작된다. 어른은 아쉬워하고 말 일이겠지만, 아이에게는 예삿일이 아니다. 오늘 하루 아이들이 마음 다치지 않기를 빌자. 열두 시가 되기도 앞서 벌써 점심시간이다. 오록도록 모여 앉아 즐겁다. 지금 같이만 늘 행복하라.

늦게 배운 운동

저녁 여섯 시 무렵 나가 달려 보니 운동장이 어둡다. 가을 해가 많이 짧아졌다. 건강을 앞세운 운동을 꾸준히 해 본 적이 없었던 나다. 마흔 후반에 들어 배운 일이라 그런지 즐거움이 쏠쏠하다. 무엇보다 나 자신과 오롯하게 맞닥뜨리는 싸움 방식이 신선타. 네댓 시간 동안 오래 달릴 경우 그 점은 여실하다. 그만 서고 싶다는 마음과 싸우는 일은 예사 공부가 아닌 셈이다.

극기. 자기 자신이 가장 어려운 싸움 상대라는 점을 늘 일깨워 주는 운동이 달리기다. 둘레 사람들 반응은 가지가지다. 보통 네 해 정도도 넘기지 못하고 달리기를 즐기던 이들이 하나둘 그만두더라는 말로 거드는 이, 오래달리기가 몸에 무리를 안겨 준다고 걱정하는 사람도 있다. 몇 해 달려 보았으니 슬슬 다른 것으로 바꿀 때가 되지 않았느냐며 산타기를 권하기도 한다.

건강한 문학도 몸이 튼튼해야 이를 경지. 한 살이라도 젊어 규칙적인 운동을 시작한 일이 다행스럽다. 달리기에는 4444 법칙이라는 게 있다. 한 주일에 네 번 이상, 한 번에 40분 이상, 4킬로미터 이상, 넉 달 이상 달려야 마땅하다는 뜻이다. 따르기 쉽지 않은 일이다. 다음 주부터 저녁 밥때를 조금 앞당긴 뒤 밤 달리기로 나설 생각이다. 움직여야 건강하게 산다. 달릴 수 있을 때까지 달릴 일.

려증동 선생이 쓴 『배달겨레문화사』

선생이란 일컬음을 마땅히 받을 만한 어른은 극히 드물다. 려증동 선생은 그런 분 가운데 한 사람이다. 선생이 쓰신『배달 겨레문화사』가 집으로 부쳐져 왔다. 한달음에 읽어 내려 간다. 400쪽을 넘는 책이나 멈출 겨를이 없다. 앞선 책과 마찬가지로 앉은 자세를 바로잡으며 읽어야 할 대목이 널렸다.

선생이 지니신 깊은 뜻과 생각을 따라갈 수 없는 깜냥인 나다. 그럼에도 일찌감치 선생이 내신 책으로 얻은 바는 무겁다. 학교제도 끝자락인 대학을 나오고 박사 학위까지 받은 터이나 세상 공부, 마음 공부에는 무슨 큰 깨달음이 있었겠는가. 지식 부스러기 주워 담는 데에는 도움이 되었을까.

교사와 교수는 많되 스승이 없는 세상이다. 선생의 학문은 조부에서부터 비롯하였다. 가학家學이라는 말이 지닌 무게를 새삼스럽게 느끼게 하는 분이다. 이즈음은 심산 김창숙 선생 현양 사업에 힘을 쏟고 계시다 한다. 진주 경상대학교에서 정년으로 물러나신 지도 여러 해가 지났다.

이제까지 내신 책은 모두 열여섯 권이다. 예순 지나서 지은 책만 열한 권에 이른다. 두렵고도 아름다운 일이다. 『고종시대 독립신문』에서 『고조선사기古朝鮮史記』, 『배달글자』를 거쳐 『혼례보감』이 그 안에 든다. 선생은 호를 짐계斟溪로 쓰신다. 1933년 경북 성주군 벽진면 징기 수촌리에서 나셨다.

경부선 또는
서울부산철길

　한글날. 신문에다 방송까지 구색 갖추기에 한결같다. 정작 우리 말글살이 망가뜨리기 주범이라 할 대중매체의 반짝 기획이다. 평소 우리 말글을 얕잡아 보기로 작정한 듯싶었던 기관들이 이날만큼은 잊지 않고 생색을 낸다. 초파일과 크리스마스와 같은 특정 종교의 기념일은 공휴일로 만들어 요란스럽게 기리면서 한글날은 빼 버린 지 오래다. 시월에는 공휴일이 너무 많아 그리했다지 아마.

　조선어라는 말을 광복 뒤에 국가 공식 국자명으로 일컬은 부림말이 한글이다. 그냥 두자는 사람도 있었다. 대한민국으로 나라 이름이 바뀌었으니 어쩔 수 없었던 것일까. 사람에 따라서는 한글이 한스런 글이라는 느낌을 불러일으킬 수 있는 까닭에 배달글로 고쳐 불러야 한다고 말한다. 배달겨레, 배달말글, 배달말교육회, 배달말꽃(배달문학)이 맞물린 일컬음이다.

　국민학교를 초등학교로 고친 때가 몇 해 앞이다. 그러나 '경부선'京釜線과 같은 말을 바로잡을 기미는 보이지 않는다. '경성 부산선'의 준말이다. 이른바 조선총독부의 수도 경성京城이 버젓이 하늘 아래 살아 있는 셈이다. 아직까지 우리는 1945년 을유 광복 이전 시기에 산다. 나는 경부선을 서울부산철길이라 길게 고쳐 써 오고 있다. 궁여지책이다. 말에 지면 생각에 지고 생각에 지면 제 몸 제 나라 지킬 힘을 잃는 법이다.

택시 기사와
대학 강사

택시 기사 분마다 개성이 있다. 은근히 종교 방송을 틀어 주는 이. 어떤 분은 끝까지 정치 돌아가는 이야기다. 맞장구라도 칠라치면 목청이 갑자기 높아진다. 얌전한 어른도 있다. 자녀 이야기가 잔잔하다. 어떤 사람은 족집게다. 학교에 몸담고 있는 줄 금방 알아챈다.

오늘은 어느 회사택시의 직업 환경이 이야깃거리였다. 사원 복지 문제에 이르러 너무 형편없다 할 속살이 귀를 밟는다. 아니 부산에서 크기로 이름 잘 알려진 회사인데도 그래요? 슬쩍 반문을 넣어 보니 경영주에 대한 욕이 바가지째 쏟아 든다. 복지라는 말이 민망할 정도다. 가끔 제자들에게 택시 기사가 겪을 노동에 버금가는 공부와 집중을 요구하기도 했던. 나다. 이젠 그런 단순비교의 말은 삼가야겠다.

그래도 노동량이나 강도에 견주어 대접이 떨어지는 쪽에서는 그 택시회사나 대학사회가 비슷한 구석이 많다. 만년 대학 강

사. 내 곁에 머물며 어느덧 불혹을 내다보고 있는 제자들이 있다. 제자한테는 차 한 잔도 조심한다고 깜냥껏 마음속으로 버텨 보아야 거짓이다. 도리 없이 나는 악덕 회사택시 경영주 꼴이다. 대학원 과정까지 끝낸 제자 밥벌이도 제대로 시켜 주지 못하고 있는 힘없는 접장.

경영주를 향해 버거운 노동의 노여움을 내뱉고 있는 기사 분들 뒤에서 나는 점점 더 곤욕스러웠다.

하루의
처음과 끝

아침 아홉 시 출근에 맞추려다 늘 바빴던 시절이 있었다. 한 해에 몇 차례 길이 막혀 곤란을 겪었다. 어느 해부터 출근 시각을 아예 확 새벽으로 당겨 버렸다. 그 뒤로는 급할 일도 달뜰 일도 없어졌다. 버릇을 조금만 고치니 그렇게도 삶이 자유로워진다. 아침형 사람이 어디 따로 있는 건가.

어둠을 나다니는 고양이 마냥 일터로 나간다. 더 이른 시각부터 사상 서부시외버스 정류소에서는 날일 시장이 선다. 하루 일품을 팔기 위해 모인 사람들이 지하철 북쪽 들머리 어둑어둑한 쉼자리를 지키고 있다. 한 무리 차에 실려 떠나는 모습. 그리고 더 많이 앉아 있는 이들의 가방. 일옷이나 가벼운 연장이

들어 있을 것이다.

이즈음 들어 사람이 썩 줄었다. 쌀쌀해져서 그런가 싶지만 그것만도 아닌 성싶다. 한눈에 봐도 날일로 빠져나가는 이가 잘 뜨이지 않는다. 불황이라 하지만 직접적이고도 결정적인 아픔은 그들부터 겪고 있다. 오늘 하루 일을 얻지 못한 이들은 조금 뒤 한둘씩 집으로 돌아갈 것이다.

갈 버스에 앉아 눈을 감는다. 그들이 머물렀던 새벽에는 다른 이의 아침 발걸음이 바삐 차겠다. 그들의 셈속이 파한 자리로 지난밤 네온 불빛만 어둑어둑 흩어지겠다. 가까운 어느 곳에는 여느 사람의 아침이 채 열리기도 앞서 어느새 하루가 다 저물어 버린 곤고한 사람들 마을이 있다.

환산 이윤재 선생의 길

대구 달성군 다사우체국에서 북으로 꺾어 들어간 길은 아기자기한 가을빛이다. 오 분 남짓 달리다 차를 멈춘다. 키 작은 표지석에 이르되 '환산 이윤재 선생 묘'다. 안내판 하나 없다. 가파른 길이 버거운가 보다. 예순여섯 살 이원홍 씨. 막내 따님과 함께 오롯하게 남아 있는 환산의 핏줄이다.

환산은 1942년 임오년 조선어학회박해폭거로 말미암아 갇힌 뒤 이듬해 왜로(倭虜) 감옥에서 영면했다. 이른 나이부터 가장 노릇을 했던 선생이다. 가장을 잃은 집안은 험난했던 광복기와 전쟁기에 거덜이 났다. 두 아들 두 딸 내외가 역사 너머로 흩어졌다. 그 끝에 남은 장조카 원홍 씨. 해묵은 당뇨 탓에 훨씬 늙어 보인다.

환산 내외 합장묘는 단아했다. 곁에 환산의 어머니 묘. 마산에 있었던 아버지 것은 이미 실묘했다. 묘소를 내려와 대구 시내로 들어선다. 원홍 씨가 꼬깃꼬깃 지니고 온 환산 자료를 복사하기 위해 차를 멈추었다. 어느 교문 앞길이다. 복사를 기다리며 포장마차에서 어묵을 씹는다. 맥주 한 통.

원홍 씨는 그렁그렁한 눈으로 감회가 깊다. 갑작스런 내방 탓에 치료를 뒤로 미루었던 그다. 동산병원 정문에 원홍 씨를 내려놓고 돌아섰다. 우리가 묻어 두었던 한 시대가 힘겹게 병원 문을 들어서고 있다. 환산이 걸은 길은 너무나 높다. 그 가족이 머문 삶은 너무 낮고 가파르다.

골굴암의 달

경주, 안강, 포항 길로 문학답사를 나섰다. 차 준비가 뜻밖이었다. 버스회사에서도 한 대뿐이라는 새 차로 호사를 낸다. 일행은 신이 났다. 재간꾼 오순찬 씨는 한결같이 분답다. 언양 가까이서 잠시 머문 뒤 이내 안강이다. 시장거리에서 소 내장 전골로 점심을 마친다. 모두 만족스러운 낯빛이다.

정혜사지 십삼층석탑은 탑이 탑을 얹고 있어 퍽이나 예쁘다. 옥산서원 낮은 간살창은 또 어떤가. 바삐 홍덕왕릉에 닿는다. 조선솔의 구름 마을. 차 안에서 황동규 시인이 쓴 긴 시 「오어사에서 원효를 만나다」를 함께 읽는 맛도 남다르다. 오어사 기행에 얽힌 내력을 속속들이 옮긴 작품이다. 운제산 오어사에 이른 때는 네 시를 넘겼다.

오어호 물낯에 내려앉은 뺑대는 언제 보아도 웅숭깊다. 유물전시관 고려동종 가품은 유리갑에 갇혔다. 을씨년스럽게 푸른 빛을 뿜어 댄다. 절 밖에서는 푸성귀며 감을 사파는 이들의 홍

정 소리. 오어호를 살댓닢처럼 떠돌던 피라미들이 짙은 감물이
든 채 물가에 붙어 엿듣고 있다. 자세히 살피니 작은 붕어도 그
일에 끼어든다.

그리고 해 지는 골굴암骨窟庵. 한달음에 오른다. 요사채에서는
저녁 불빛이 무겁다. 골굴암 돌새김 부처님은 훨씬 수척해지신
상호다. 유족해 보이는 절 살림과는 대조적이다. 새집치레로 썩
달라진 골굴암이 낯설다. 그래도 개 한 마리 느릿느릿 허락하
는 저녁 절 마당. 달을 등에 지고 내려서는 골굴암이 더욱 골
굴암다웠다.

대구의 섬

그 사람일까. 시집 『목소리』를 찾았다. 쉽게 손에 잡히지 않는다. 어디 꽂아 두었더라. 시인의 이름이 이혁종 같았는데. 표지가 낡고 얇은 시집으로 1947년 나온 것이었지 아마. 어디서 본 적이 있는 이름이라 여겼다. 그러나 한참 만에 찾아낸 시집에 적힌 시인 이름은 이장학, 해적이로 보니 전남 사람이다. 손에 넣은 뒤 책꽂이 한곳에 둔 채 잊고 있었던 책이다. 이혁종 씨는 궁금했던 그 시집의 주인은 아니었다.

환산 이윤재 선생 사위인 이혁종 씨는 정정했다. 재주란 재주는 다 지닌 분이다. 삼십 년 가까이 머물고 있다는 집은 대구에서도 숨은 꽃밭이다. 한눈에 기화요초란 말이 어울릴 풀나무, 화분이 뜰에 가득했다. 이 가을날 굳이 그들을 갖추갖추 피워 놓은 심사가 무엇일까. 그리고 그는 그 꽃밭의 바깥주인이었다. 오로지 남은 환산 선생 두 혈육 가운데 한 분 따님 곁이다. 여든여덟이 거짓말 같다. 아, 여기 이렇게 사셨구나. 고마운 일이다.

따님이 두 번째로 내어 주신 커피까지 마셔 가면서 지칠 줄 모르는 달변이다. 기억력 또한 젊은이가 못 따를 지경이다. 역 술은 물론 서화에서도 대구를 대표하는 분이라고 하니 열정이 아직까지 젊은이 서넛은 누르겠다. 그 짧은 만남 끝에도 당신 나름의 예를 아랫사람에게 아끼지 않으셨다. 그윽이 나를 짚어 보시더니 '의기화풍義氣和風', 한 줄을 힘차게 써서 건네주신다. 의 로운 기상은 지키되, 화기를 잃지 마라는 매서운 경계 말씀이렷 다. 의롭고자 하는데 어찌 화평하기를 바랄 것인가. 사람 가슴 을 지그시 누르는 슬픈 역설이다.

대구에는 대구 사람이 모르는 섬이 있다. 허리를 낮추어야 들 어설 수 있는 키 낮은 대문 기와집. 일컬어 산호벽실珊瑚碧室이다. 앞산 높은 그늘이 가끔 지나치다 인사차 머문다. 낙동강 푸른 물 냄새를 멀리서도 맡을 줄 아는 꽃이 오순도순 모여 산다. 여 든여덟과 아흔 살, 산호 푸른 꽃 한 내외가 갖가지 무테꽃과 함 께 머물고 있다.

강바구에
김명입니더

마산시 진동면 광암, 곧 강바구에 사는 김명이 씨가 먼 구미에서 전자편지를 보내왔다. 오늘 수업에 사정이 생겨 나가지 못하는데, 자신이 합평 때 내놓으려 했던 작품에 대해 개별 지적 사항을 적어 보내 달라는 뜻이다. 이번 학기 개근은 틀렸으나 작품 손질만은 제대로 하겠다는 열성이다. 김명이 씨는 늘 그렇다.

평생교육원 시창작반 김명이 씨는 이제 예순넷을 넘겼을 따름이다. 새파란 서른, 마흔 살 학생과도 잘 어울리며 기죽지 않는다. 애살이 장난 아니다. 수필반과 시반을 다 들락거린다, 한 학기도 거르지 않고. 교회에도 열심히 나가고 자원봉사에도 빠지지 않는 눈치다.

전화를 걸 일이 있을 때면 "강바구에 김명입니더." 하며 씩씩하게 말한다. 젊을 때는 여자 몸으로 손수 고기잡이배를 몰기도 했다. 요즘은 미더덕을 따서 내 파는 일을 한다. 올해는 바다 농사가 시원찮아 중국 것을 가져와 팔 수밖에 없다는 귀띔도 준다. 아직까지 영락없는 열여섯 문학소녀다. 시낭송 때면 눈물도 곧잘 뽑는다.

나는 줄기차게 그녀에게 구체성을 갖춘 장소 시인, 생활 시인이 되라고 윽박지른다. 그녀의 소녀취향은 쉬 바뀔 것 같지 않다. 그래도 백 년쯤 뒤 마산 갯가 나날살이의 진솔한 민속지로 남을 수 있도록 시를 다듬었으면 하는 내 욕심이 욕심으로 끝나지만은 않을 것이다.

김명이 씨가 첫 시집을 내면 진동면사무소에서 출판 기념회라도 하라고 넌지시 권할 생각이다. 누가 알랴, 그날은 그녀 이웃 손으로 빚은 미더덕 회를 양껏 맛볼 수 있을지. 오늘도 강바구의 문학소녀 김명이 씨는 열심히 미더덕을 깐다. 씩씩하게 옹골찬 생활문학을 펼친다.

문학 축전의
개발과 육성

진해는 아름다운 도시다. 비록 가까운 시기 왜로倭虜 제국주의 침략 기지에서 비롯해 광복 뒤 우리 해군 중심항으로 탈바꿈해 온 도시 느그림(이미지)이 썩 상쾌하지만은 않지만, 안민고개나 장복산에서 내려다보는 진해시와 진해바다는 여느 도시에서 볼 수 없을 넉넉함과 맑음으로 해서 특별한 정감을 자아낸다.

그 진해시에서 지난 시월 뜻있는 문학 축전이 열렸다. 사흘에 걸쳐 이루어졌던 제1회 김달진문학축전이 그것이다. 평소 가까이 할 수 없었던 문인이 나라 곳곳에서 기꺼이 모여 들었다. 글쓴이도 자리를 같이 해 군항 진해가 품어 내는 문학의 훈향에 즐거이 젖을 수 있었다. 손해를 돌보지 않은 지역 젊은 문학인의 노력에다 뒷받침을 아끼지 않았던 진해 연고 몇몇 단체의 안목이 엮어 낸 격 높은 축전이었다.

크작은 지역 곳곳에서 그와 같이 축전이 한 해 내내 잇달아 열린다면 좀 좋겠는가 하는 바람을 떨칠 수가 없었다. 마산에서는 권환문학축전이, 부산에서는 이주홍예술축전이, 거창에서는 김상훈문학축전이 열리면 좀 좋을 것인가. 부산지역 연고 언론사에서는 자사 신춘문예를 최계락문학상으로 바꾸어 분위기를 돋울 수도 있을 것이다. 어디 문학뿐이랴. 양달석미술축전에다 김강석미술평론상은 또 어떤가?

한 지역이 거기에 몸담아 사는 이들에게 진정으로 살 만한 장소로, 안온한 고향으로 자리 잡는 것은 뜻있고도 아름다운 추억을 많이 지닐 수 있을 때다. 김달진문학축전과 같이 인습을 깨고 방법을 달리한 여러 예술 축전을 곳곳에서 개발하고 키워 내야 하는 까닭이 여기에도 있다.

눈앞의 이득을 위해서가 아니라 뒤선 세대를 위해, 예술 자체의 정당성을 위해 투자하고자 하는 젊은 문학인, 예술인들이 불끈 나설 일이다. 그리고 그 일을 하면서 늘 잊지 말아야 할 말이 있다. '이해가 여러 갈래로 맞서는 일에 있어서 중요한 점은 승패가 아니라 동기의 순수성이며, 결과의 대소고하가 아니라 질의 참됨이어야 한다'는 금과옥조가 그것이다.

---

* 「문학 축전의 개발과 육성」에서 「문학의 해」와 문학자본」까지 네 편은 1996년 10월부터 1997년 1월 사이 『국제신문』 '뜨락'이라는 난에 실은 것이다.

원로의 덕목

　우리 사회 곳곳 여러 집단을 들여다보면 이른바 원로라는 일
컬음을 받으며 나도는 이들이 한둘 아니다. 어떤 일을 꾀하려
다 보면 큰 줄기와는 관계없이 그들 원로에 대한 모양새 갖추어
주기에 발목이 잡히고 딴죽이 걸리기 일쑤여서 이내 속사정을
짐작한다.

　힘센 이가 힘을 휘두르고, 가진 사람이 가진 것을 뻐기는 짓
은 그럴 자리에 놓인다면 누구나 할 수 있는 일이다. 그렇듯 손
쉬운 일밖에 할 수 없을 사람이라면 아무리 세상에 이름이 오
르내리든 그는 기껏해야 나이 덕이나 보면 될 예사 사람이나
예사 늙은이에 머문다. 원로니 하는 일컬음이 당치 않다.

　원로라는 일컬음은 그에 걸맞은 공덕을 높이 쌓았을 때 얻을
수 있는 이름이다. 공덕이 높다는 것은 이르기 어렵고 하기 어
렵다는 뜻이다. 원로라는 이름에 합당한 덕목으로 예사 사람
이 감히 하기 어려운 일을 이루었거나, 하고 있다는 점이 그 첫

머리에 놓이는 까닭이 여기에 있다.

대접 받기보다 남 대접해 주는 길로 들어선 이는 원로라 불릴 자격이 있다. 높은 이가 낮은 이보다 더 아래로 내려설 때, 그는 원로 될 바탕을 지녔다. 존경 받아 마땅한 이가 오히려 그에게 존경을 보내는 사람을 섬기는 일로 나설 때 그는 원로 될 길로 성큼 올라섰다.

오래도록 원로라는 감당 못할 허명에도 부끄러움이 없었던 이들은 더 해악을 끼치기 앞서 자신이 원로임을 세상에 증명해 주기 바란다. 늙은 정치술사가 아니라 큰 정치가임을, 종교업자가 아니라 참 신앙인임을, 흔해 빠진 호사가가 아니라 진짜 문학가·예술가임을 검증 받아야 할 일이다.

원로라는 이름에 미련이 남고, 그 이름값을 감당할 자긍심이 아직 조금이라도 남은 이라면 이제 대접 받고자 하는 일은 그만두고, 오히려 자신을 원로 대접해 준 세상의 은혜를 갚아 나가는 길로 들어서기 바란다. 우리 사회에 참으로 원로가 필요하고 그들에 대한 두터운 대접이 뒤따라야 하는 까닭이 거기서부터 확연해지리라.

한국역사용어연구회

문학사를 공부하고자 하는 학생에게 꼭 읽히고 싶은 책이 있어 책방에 부탁을 하였더니 구할 수 없다 한다. 책 뒤 저작권지에 적힌 번호로 전화도 넣어 보고, 114번 안내원에게 물어도 보았지만 출판사 이름은 이미 빠져 있었다. 내가 지닌 책을 복사해 여럿이 보도록 하는 수밖에 딴 도리가 없었다. 경상대 국어교육과 교수자로 일하고 있는 려증동 선생이 1986년에 시사문화사라는 출판사에서 낸 『한국역사용어』가 그 책이다. 한 번 나온 뒤 엄청난 종이공해 속에서 곧 묻혀 버렸던가 싶다. 안타까운 일이다.

이 책은 만국공통기호로 된 수학과 달리 국사는 나라마다 지니고 있는 일방통행어로 이룩한다는 원칙부터 밝히고, 잘못 쓴 말들을 또박또박 바로잡고 있다. 이른바 '병자수호조약'이니, '을사보호조약'이니, '3·1운동'이니 하는 일본 쪽 일방통행어 대신 '병자겹약'과 '을사늑약', 그리고 '기미만세의거'로 고쳐 잡은 일도 여러 본보기 속에서 눈에 뜨인다. '경술국치'라는 말을 버리고, 한국과 일본이 나라를 합쳤다는 뜻을 지닌 '한일합방'이라는 말을 쓰는 일이 얼마나 얼빠진 짓인가도 이 책은 가르치고 있다.

만나 배운 적은 없으되 글로 가르침을 얻어 사숙할 분은 늘 있는 법이다. 려증동 선생이 그런 분이다. 그분이 공력을 쏟아 펴낸 『한국역사용어』는 사서 보기가 이미 힘들어졌지만, 마땅한 역사용어를 마련하고 널리 펴는 절박한 과제는 한결같이 그대로 남아 있다. 역사용어야말로 겨레 삶을 두고두고 다잡아주는 거멀못인 까닭이다. 더 이상 국사학계만 쳐다보고 있을 수 없을 듯싶다. 뜻있는 시민들이 힘을 모아 '한국역사용어연구회'를 만들 분위기가 무르익어도 한창 무르익었지 싶다.

'문학의 해'와 문학자본

올해는 나라에서 한 해를 온통 '문학의 해'라 일컬어 기리고 있다. 문학보다 더 중요한 일이 숱한 터에 대접이 이에 이르니 문학을 도구로 살아가는 나 같은 사람이야 고마울 따름이다. 어쨌든 이 일로 힘을 얻어 나라 곳곳에서는 '문학의 해'에 걸맞은 여러 행사를 치르고 있다.

그런데 그 가운데서는 잘못 들어선 일이 심심찮게 눈에 뜨인다. 경남문인협회에서 올해 안으로 내겠다고 갑자기 일을 재촉하고 있는 『경남문학대표선집』도 그 한 본보기라 하겠다. 지역 작고문인과 1985년까지 경남문인협회에 이름을 올린 회원을 대상으로 본인이 뽑은 작품을 모아 엮겠다는 '야심찬' 책이다.

작고문인에 어떤 분을 올려야 될지조차 제대로 조사가 이루어지지 않은 사정이 경남 지역문학 연구가 놓인 실상임은 익히 알려진 일이다. 게다가 '경남문학대표'라는 이름에 부끄러움을 느끼지 않을 회원은 얼마나 있을 것인가. 사정이 이럴진대 자신

들 작품에다 한 지역 '대표'라는 이름을 얹어 세상에 내돌리고
자 하니 뻔뻔스러운 일을 꾀한다는 핀잔을 피하기 어렵다. 게
다가 작품이 실릴 당사자가 선별 주체가 되어 쫓기듯 내놓을
'대표선집'이니 세상을 속이려 한다는 비난까지 받기에 이르렀
다. 문인협회사와 문학사가, 회원 작품선집과 지역문학 대표선
집이 다르다는 간단한 상식마저 저버렸다.

스스로 지역문학의 주인 될 자격이 있다고 지역 이름을 내걸
고 활동하고 있는 단체라면 주인답게 더 많이, 더 멀리 지역민
이 즐기고 누릴 문학 자본을 마련하는 일에 먼저 눈을 돌려야
마땅하다. 회원의 이름이 끼일 자리가 없더라도 앞선 지역문학
전통을 발굴·정리하는 일에 힘을 쏟고, 전문가의 연구를 북돋
워 주며 결과를 보급·홍보하는 일에 뜻을 모아야 한다.

해도 그만 하지 않아도 그만일 일은 하지 않는 것이 세금을
내는 분에게 염치를 지키는 일이다. 잘못 들어섰다고 여겨진다
면 그 걸음을 용기 있게 거두어 들이는 행동도 '문학의 해', 문인
의 위상을 드높이는 데 한몫 거드는 일이지 않을까?

3부

헌책방,
홀로 가라앉은
먼지의 마을

책읽기를
권하며

구월도 벌써 중순입니다. 사람들은 흔히 이 가을을 책읽기 좋은 철이라 일컫습니다. 그만큼 생각을 다지고 느낌을 추스르기 좋은 때라는 뜻입니다. 하나 둘 잎을 떨어뜨리고 선 가을 나무의 낮아지는 키를 바라보며 우리는 조금씩 마음 골골로 불어오는 서늘한 바람소리에 문득 아득해지곤 합니다.

그러나 책 읽는 일이 어디 가을에만 걸린다 하겠습니까. 배움에 대한 호기심과 앎에 대한 열정 하나만 있다면 어느 철인들 책 읽기 마땅한 때가 아니며, 무엇인들 책 아닌 것이 있겠습니까. 취미가 무엇인지 물을라치면 '책읽기'라 서슴없이 말하는 이를 흔히 보게 됩니다. 책 읽는 일이 몸에 익은 버릇이 아니라 특별한 관심을 기울여야 하는 일로 여겨지는 데에 책 읽지 않는 사람, 그런 이들이 모여 이루는 사회의 아픔이 있습니다.

사람이 보다 넓어지고 깊어지기 위해서는 앞선 이나 손 닿지 않는 사람과 이루는 말 나눔뿐 아니라 자연이나 신과 이루는 나눔도 소중한 일입니다. 그러한 나눔을 빌려 사람은 짐승과 달리 앞선 삶을 이어받고 뒤선 이에게 그 삶을 이어줄 뿐 아니라, 새롭고도 마땅한 삶을 창조해 낼 수 있는 힘을 얻습니다. 이치를 깨닫고 조리를 따질 줄 아는 심지를 넉넉하게 가다듬을 수 있습니다.

일컬어 책읽기야말로 사람이 사람답게 살기 위해 갖추어야 할 여러 나눔 가운데 눈일 터입니다. 책을 빌려 우리는 자신이 지닌 모자람에서 벗어나 새로운 가치와 전통을 숨 쉴 수 있고, 자신의 굴레 밖으로 멀리 나아가 세계와 기쁘게 만날 수 있습니다. 생각과 느낌을 마땅한 길로 가다듬을 수 있습니다. 책 읽는 일이 잦은 이야말로 극단에서 벗어나고 맹목에서 자유로울 뿐 아니라, 사람 된 바탕을 든든하게 지닌 이라 하겠습니다. 일의 사정이 이럴진대 어찌 가을에만 책읽기를 권해 드리겠습니까.

그래도 가을은 책읽기에 마땅한 철임이 분명합니다. 서늘한 바람소리를 들으며 한쪽 한쪽 책장 넘어가는 소리에 젊음을 기댈 수 있는 사람은 언제나 앞날이 있는 사람입니다. 자식들 앞에서 책을 펴는 일이 예사로운 어버이는 훌륭한 어버이 자격이 있습니다. 책방 드나들기를 버릇으로 삼은 어린이는 바른 어른 될 싹을 키우고 있는 것이라 보아 틀림이 없습니다. 늙어 읽는 책이 아름답고, 젊어 읽는 책이 더욱 멀리 우리를 이끌어 줍니다.

이미 사라진 옛 문명의 골짜기에서 헤매다 돌아오는 가을밤은 소중하고도 밝은 앞날에 대한 믿음을 일깨울 것입니다. 헐

벗어 울고 있는 이웃과 하나 될 수 있는 책읽기란 무엇보다 오늘 이 자리 내 삶에 대한 깊은 헤아림을 마련해 줄 것입니다. 사라져 가고 있으나 놓칠 수 없는 값어치, 새롭게 쌓여 가는 앎을 올올이 찾아 들고 기뻐 어쩔 줄 모르는 삶을 우리는 자랑스럽게 여깁니다. 가까이 있다 홀쩍 우리를 떠난 이가 남겨둔 책 속에서 문득 "사람은 결코 절망을 선택하지 않는다."는 말마디를 찾을 때, 우리 가을은 내내 풍요로울 것입니다.

책방이 사라져가는 대학가, 줄줄이 문을 닫는 동네 책방, 시험 준비에만 북적대는 도서관. 게다가 책방 드나들기가 경찰서 드나드는 일처럼 어렵게 느껴지는 현실이 부끄럽습니다. 대물린 책꽂이 하나 갖추지 못한 집집의 안방이 아쉽습니다. 그런 속에서 나돌며 힘을 쓰는 것은 폭력이요, 극단이요, 사람에 의한 사람의 지배입니다. 소리 높은 구호와 앞뒤 자른 격정만이 떠도는 듯한 거리가 안타깝습니다.

이제 가을도 깊어갑니다. 사람을 흔히 생각하는 갈대라 일컫습니다. 그러나 우리는 너무 오래 느끼는 갈대로만 살아오는 데 익숙하지 않았습니까. 이 가을이 가기 앞서 삶의 앞 뒤, 높고 낮음, 빠르고 느림을 따질 줄 아는 마음바닥을 닦는 일에 더욱 힘을 쏟아야 하겠습니다. 나 아닌 것에 대한 사랑과 겸손하게 스스로를 헤아려 살피는 버릇을 갖추어야 하겠습니다. 책 속에 깊이 들어섰다 되돌아 나올 때 거듭나는 자신을 새로 찾아 얻게 될, 몸 떨리는 기쁨을 마구 지녀야 하겠습니다.

나에 대하여, 남에 대하여, 사람 아닌 뭇 목숨에 대하여, 삶의 여러 참에 대하여 눈 감지 않기를 바랍니다. 좋은 책, 나쁜 책 가릴 때가 아닙니다. 읽다 보면 바람직한 책을 고를 수 있는 지혜로움과 분별력이 저절로 자라게 마련입니다. 가을이 깊어 가는 구월가웃, 한 마디 천천히 곱씹어 보는 일이 도움이 될 듯합니다. "책을 읽되 책에 먹히지 말고, 자신이 그 책을 씹어 먹어라." 책이 목표가 아니고 우리 삶이 목표인 까닭입니다.

(『으뜸 통신』, 1996)

옛 문헌에
새로운 관심을

올해 1997년을 '문화유산의 해'라 이름 붙인 모양이다. 그러다 보니 반짝 행사로 떨어지지 않았으면 하는 염려에서부터 행사 홍보에 이르기까지 여러 관련 기사가 눈에 뜨인다. 그러나 이름뿐인 겉치레 행사로 허둥거렸던, 지나간 '문학의 해' 경험도 있고 보니 미심쩍은 바가 많다. 그 행사 속살에 있어서도 옛 문헌, 곧 고서나 고문서 또는 여러 기록 유물에 대한 배려가 보이지 않아 못마땅하다. 옛 문헌에 대해 관심을 드높이자는 뜻에서 몇 마디 새삼스러운 말을 붙인다.

첫째, 귀중 문헌의 발굴과 보존·정리, 그리고 그 일에 대한 사회 계몽이 필요하다. 이 일은 멀리 묵은 것에서부터 근대 것에까지 두루 걸쳐 이루어져야 하겠다. 특히 가까운 시기인 1950, 1960년대 문헌까지 관심을 두어야 할 때다. 폐휴지 재활용 바람이 불면서 갈무리해 마땅한 문헌조차 바로 파지공장으로 들어가 사라지고 있다. 도서관이나 공공 기관에 대한 개인의 문헌 기증이 장려되어야 할 것이다. 공공 선별이라는 단계를 거친 다음 문헌을 재활용할 수 있게 장치를 마련할 일이다.

둘째, 다채로운 문헌 관련 문화행사를 개발할 필요가 있다. 신간이든 고서든 책을 대상으로 삼은 행사는 흔한 쪽이었다. 하지만 앞으로 대상과 범위를 넓히고 속살도 크게 바꾸어 나 갈 필요가 있다. '한 집 한 책꽂이 대물림하기', '집안 옛 문헌 자 랑대회'와 같은 일도 마련해 봄 직하다. 묵은 문헌이 시정의 삶 과 멀리 떨어져 따분한 것이 아니라 가까이 즐길 만한 완상품 이며, 흥행거리일 수 있다는 발상 전환과 전략 개발을 요구하 는 셈이다.

셋째, 귀중 문헌의 보존과 재생을 위한 연구·투자를 시작하 고 그 결과를 실용화하여 실제 처리에 들어서도록 할 일이다. 이미 자연 산화에 의해 되돌릴 수 없을 정도로 훼손이 이루어 지고 있는 이십 세기 초반 양장 문헌과, 광복기에서 1950년대 초반에 이르는 것이 특히 심각한 상태다. 머지않아 이 일이 큰 문제로 떠오를 전망이다. 전통 닥종이의 생산과 활용 방안도 마땅히 함께 할 연구거리다. 마이크로필름이나 전자말로 되고 치는 일만이 능사가 아니다.

넷째, 흩어져 있는 소장가나 수집가를 묶고 그들이 간직하고 있는 문헌을 결집, 연구 활용할 수 있도록 제도 장치를 마련해 야 한다. 오랫동안 뜻을 세워 모아 둔 문헌을 공공 자산으로 되 돌리기 위한 일에 나라가 힘껏 나서야 한다. 소장가에 의한 기증이나 기관의 구입도 활발하게 이루어져야 할 일이다. 특색 있고 기능이 다채로운 전문 박물관이나 도서 기념관과 같은 문화 간접자본을 갖추는 일이 그것을 부추기는 계기가 될 법하다.

문화는 삶 자체다. 그것이 문화로 지각되는 것은 어떤 생김새로든 떼어 놓거나 담아 놓고 바라볼 수 있을 때다. 그것을 담는 그릇 가운데 전형적이고 대표적인 것이 문헌이다. 기록 문헌이야말로 문화유산의 눈일 수 있다. 스포츠와 텔레비전에만 목을 놓고 있는 사람들 관심과 사회 역량을 되돌려 놓아야 한다. 행정부나 공공 기관뿐 아니라, 뜻있는 기업이나 개인이 크게 마음을 낼 일이다. 제 나라 옛 문헌을 하찮게 여기는 겨레는 제 역사는 물론, 마침내 제 나라 제 땅을 지킬 힘마저 잃게 되는 것이 당연한 순서 아니던가.

(『도서신문』, 1997)

묘한
헌책방

묘한 헌책방이 한 곳 있다. 부산대학교 정문께에 자리 잡은 이 가게 주인 정 형과 나는 이십 년 남짓 인연을 맺어온 사이다. 그 동안 정 형은 여러 굽이 끝에 크기가 꽤 큰 지금 가게를 얻어 또 몇 해가 흘렀다. 남들은 그럴싸해 보인다 하지만 그 속은 그렇지가 못하다. 만나면 책 사 보지 않는 대학생의 행태를 나무라며 늘상 죽는 시늉을 해 온 지가 어제 오늘이 아니니 별 문제는 아니다.

그렇다 치더라도 요즘 푸념은 예사롭지가 않다. 이제는 빚이 자꾸 늘어나 빚잔치를 해도 전세금에서 한 푼 남는 게 없을 뿐더러 빚을 더 지고 나앉아야 할 처지라 한다. 한 일에 이십 년 남짓 매달렸으면 도가 터도 한참 텄을 터다. 그럼에도 융통성 없는 정 형의 사람 됨됨이가 속으로 안타깝다 못해 안쓰럽기만 하다. 헌책방을 무슨 때깔 나는 문화사업이라고 버리지 못하는지 그 고집이 묘하다.

그런데 두 주 앞부터 이 헌책방에 큰 변화가 있었다. 보다 못한 정 형 댁이 떼를 써서 문간 쪽 책장을 뒤로 조금 물리고 쇠들문 쪽에 나무탁자를 짜 맞춘 뒤 김밥과 단술을 내다 팔기 시작한 것이다. 하루에 줄잡아 십만 원 남짓 팔린다 한다. 이십 년 헌책방 일보다 벌이가 윗길인 셈이다. 집 주인이 알면 밀린 집세에 더해 건물을 더럽힌다고 당장 나가라 할 것은 뻔한 이치라 덧붙인다.

며칠 앞선 때다. 정 형은 내게 못내 분한 낯빛을 지었다. 김밥을 사 먹기 위해 온 한 무리 학생이 가게 안을 들여다보면서 말하더라는 것이다.

"어, 언제 여기 헌책방이 생겼지?"

헌책방에 김밥 함지가 묘하고, 김밥을 먹기 위해 헌책방을 찾는 대학생의 식욕이 또한 묘하다.

(『현대시』, 1993)

두 십 년의
뒷자리

그가 전화를 걸어 왔다. 시간 나느냐고, 집 가까이로 올 일이 있다면서. 몇 해 만인가. 다음날 만나기로 하고 전화를 끊었다. 어떻게 달라졌을까. 어이, 박 형 왔소. 편하고 느릿느릿한 목소리. 그를 처음 만났던 스무 해 옛날을 생각해 본다. 늘 바빴으나 강의실 안에서는 별로 할 일이 없었던 대학 첫 학년. 학교 들머리 문 가까운 길가 자리 위에 헌책을 펴 놓은 그를 만났다. 그 자리에서 프리체가 쓴 『구주문학발달사』와 설정식이 옮긴 『햄릿』을 샀다. 즐거웠던 첫 만남이자 첫 거래였다.

그는 갓 시골서 올라와 이저곳 고물상에서 책을 사서 되팔고 있었다. 이태가 되지 않아 길 맞은쪽 가정집 차고를 빌려 가게를 내었다. 비가 새서 눅눅하던 차고 가게는 그럭저럭 번성했다. 1970년대 중반과 그 뒤를 이어 둘레에 헌책방이 두셋 들어섰다 사라졌다 하는 동안에도 그는 잘도 버텼다. 가게도 늘렸다. 1980년대 후반을 어렵게 넘어선 그는 책장 한쪽을 치우고 김밥을 말아 팔며 버티는 처지가 되었다. 그러다 지난해 십이월 초순 마침내 책방 문을 닫았다. 이미 한 달쯤 앞서 그가 산으로 들어가 버린 뒤였다. 책방 자리에는 해 밑 경기를 틈타려는 찻집이 재빨리 들어섰다. 이저리 흔들어 이천만 원의 빚을 남겨 놓은 채 삼만 권이 넘던 책들은 자원재생공사 마당으로 쓸려 들어갔다.

다음날 그와 함께 차와 순두부 점심으로 한나절을 보냈다. 한 달에 십오만 원씩 주며 내 고향 땅 가까운 어느 절집에 얹혀 있었다. 손수 담근 김치와 간장으로만 끼니를 때웠다는 그 사이 얼굴은 많이 가라앉아 보였다. 새로운 나날살이에 대해 열심히 이야기했다. 신도를 끌어들일 만한 재주라고는 통 없어 보이는 절집 같으니 공부하는 데는 제격이겠다. 늙은 대처 스님 내외가 손자와 지낸다 한다. 이십 년 생업이 거덜 난 그나 가난한 시골 노스님. 매일 네 시에 일어나 새벽 기도를 한다 했다. 그러다가 차라리 괜찮은 마귀라도 붙어 그 영험 덕에 신침이나 신점이 되어 돈을 좀 벌게 되었으면 좋겠다. 세 해를 기약하고 그는 역술을 배울 생각이었다.

두 아이와 함께 친정 가까운 진주로 내려가 있는 그의 아내가 떠올랐다. 강산이 달라진다는 십 년 두 세월을 간략하게 깔고 앉아 경을 넘기며 그는 이제 마음길을 내려서서 살기로 한 셈이다. 밀어 버린 머리가 벌써 쑥 자랐다. 헛살았다. 아니다. 나이 사십을 넘어서고부터 그나 나나 세상길이 뒤로 보이기 시작

하는 것인가. 몇 년 뒤 괜찮은 사주쟁이가 되어 돌아올지, 다시
헌책팔이로 되돌아올지는 두고 볼 일이다. 그의 남은 겨울과
봄이 건강하기를 빌자. 눈에 밟히는 고향 가까운 산골, 어느 절
집 낡은 추녀 끝에서 아침 내내 토닥토닥 뼈를 녹이고 있을 크
작은 고드름 한 가족. 그 투명한 속에 갇힌 그의 전생이 굴뚝
새가 되어 삐이삐이 연홍빛 햇살을 감고 울리라.

(『현대문학』, 1994)

헌책방,
홀로 가라앉은 먼지의 마을

그 마을로 가는 첫 기억에는 울음소리가 섞여 있다. 철부지 중학생이 학교 공부는 않고 시집이나 끼고 있는 데 낙담하셨던가 보다. 아버지는 책을 연탄아궁이로 찢어 던지셨다. 서럽게 울면서 그것을 건져 낼 때부터 장차 헌책방 순례는 짜릿한 즐거움으로 예정되어 있었던 셈이다. 대학 신입생 시절 헌책방 나들이는 전공 학습을 핑계로 더욱 떳떳한 취미로 올라섰다. 논산훈련소 입대 앞날 대전에서 사 부친 헌책을 받아 놓고 어머니는 많이 우셨다 한다. 몇 푼 쥐어 보낸 돈을 그렇게 날려 버린 데 대한 야속함은 컸으리라.

어느 일이든 도가 지나친 경우는 있다. 헌책방을 드나들었던 기억 탓에 내 지난 시절은 여러 길 여러 풍경으로 아기자기하다. 각별한 책은 그것을 얻었을 무렵, 그 서점의 모습까지 고스란히 살아 있다. 은밀한 탐닉일수록 즐거움은 두고두고 새삼스러운 법이다. 십 년 남짓 앞만 하더라도 어지간한 중소 도시에서는 한둘 찾을 수 있었던 게 헌책방이었다. 한때 대표적인 서점가를 이루며 번성했던 부산 보수동 골목은 물론 대구 시청이나 광주 계림동 거리마저 썰물이 빠져 나간 꼴이다. 하나같이 몇 집만 남아 마지막 풍경을 연출한다.

오래도록 우리 사회는 책을 모으고 보관하는 경험이 너무 엉성했다. 중요한 사회적 기억과 지식을 갈무리하고 있는 문헌에 대한 망실이야말로 근대의 문제 경험 가운데 하나다. 하찮다고 내버린 서책 속에 뜻밖에 무거운 진실이 담겨 있는 법이다. 퇴임 노교수의 장서 기증을 오히려 귀찮아하는 곳이 대학 도서관이다. 당장 보는 이 없다고 반백 년을 훌쩍 넘긴 학교 도서관이 묵은 책부터 실어다 내버린다. 그런 홀대를 거쳐 흘러 들어온 책더미를 운 좋게 만나는 기회도 있다. 허겁지겁 보석에 잡석이 따로 없이 달려든다.

그런데 헌책방이 몰락한 데에는 뜻밖에 종이 재활용이 한몫을 했다. 그것이 일상화하면서 아파트로, 고물상으로 돌아다니던 소규모 수집상은 손을 놓고 말았다. 부동산 투기자본이 지배하고 있는 세상에서 세월없는 헌책방이나 그들에게 책을 대주었던 고물상이 비싼 임대료를 견디기란 어렵다. 폐휴지를 차떼기로 실어 내는 대단위 수거 체계는 종이 재활용에만 뜻을 두지, 책의 재활용에는 마음이 없다. 종이 금이 좋은 터에 굳이 손 많이 가는 책 선별을 거칠 까닭이 어디 있으랴. 헌책들이 깡그리 파지공장으로 직행하는 까닭이다.

거기다 경기를 이끌었던 참고서 시장의 몰락은 결정타를 날린 격이다. 값싼 참고서를 얻기 위해 집과 학교 가까이를 벗어나 먼 데 헌책방까지 나가 보는 도심 여행의 신선한 경험이 이즈음 학생 세대에게는 낯설다. 어버이들도 새 책 구입을 당연시한다. 그 마을에서는 모진 절연과 망각으로 말미암은 탄식 소리가 깊다. 책 판매처이기 앞서 친교공간이었던 헌책방. 크작은 단골 서점 주인은 나이에 치이고 세월에 밀리면서 하나 둘 문을 닫았다. 그래서 그 마을로 가는 길에는 오래 앞에 다쳤던 자국처럼 빨간 접시꽃이 가끔 고개를 든다.

헌책방은 도시 안에 가라앉아 있는 먼지의 마을이다. 웅숭깊은 먼지의 길이 있고, 먼지의 가족이 모여 산다. 놀라움과 설렘을 온몸에 아로새긴 채 켜켜로 떠다니는 빛과 어둠의 일터가 있다. 사라져 버린 옛 숲의 물소리가 맞바람을 일으키는 종이 담장이 낮다. 밤늦도록 환히 등불을 밝혀 둘레 풍경을 제 속으로 끌어안는 활자의 다락방이 있다. 왜 그 마을로 가는 걸음은 늘 조바심쳤을까. 문이 닫혀 어쩌면 들어설 수 없을지도 모른다는 강박에 시달렸을까. 나는 어느새 완연히 날 저문 그 마을 바깥을 서성거린다. 쓸쓸한 일이다.

(『교수신문』, 2007)

책꽂이 사잇길로
걸어가면

알려진 부산의 고서 수집가 한 사람이 몇 달 앞서 뜻밖에 세상을 떴다. 모처럼 들른 대구 헌책방 주인으로부터 들은 이야기다. 남은 두 딸이 처분할 곳을 찾고 있으나 마땅한 데가 나타나지 않는다 한다. 아마 머지않아 그가 지녔던 책들은 무더기무더기 흩어지리라. 허망하다. 그 많은 책을 짐으로만 지고 살다 갔다. 연구 활동을 앞세운다고는 하나 나도 그와 닮지 않으리라는 보장이 없는 게 아닌가.

내 수서 취향은 문학에 뜻을 둔 고교시절부터 자리를 닦았다. 그러니 마흔 해를 내다본다. 대학 입학 무렵에 이미 적지 않은 분량을 지녔다. 입학식도 하기 앞선 이월이었다. 틈틈이 가까운 헌책방과 고물상을 뒤적이는 버릇은 부산을 벗어나 대구 고서점까지 나아가 있었다. 우연히 거기서 앞으로 학과에서 만날 교수들을 미리 맞닥뜨린 것이다. 내 딴엔 반가움에 인사를 드렸다. 그러나 그분들은 어찌 생각하셨을까.

그 걸음에는 국어교육과 류탁일 교수도 계셨다. 입학한 다음 해 국문과 도서전시회 심부름을 갔을 때다. 선뜻 1963년에 1집이 나온 『시단』 여섯 권을 꺼냈다. 그리고 1집 속장에 아래와 같이 쓰셨다. "이 책 1호~6호까지는 내 지난날 모아둔 것인데 이제 이런 것 모아 정리하고자 하는 후학이 생겨서 기꺼이 내어 놓노라. 부산대 국문과 2년 박태일에게. 1975. 6. 4. 3시 25분. 밖에는 비가 내리는데 류탁일." 작은 글맵시가 따뜻했던 옛일이다.

근대 양장본을 중심으로 삼은 내 미련한 편집증이 한창 조바심을 친 때가 그 무렵이다. 복사기도 갓 나온 시기다. 자료라고는 허술하기 짝이 없는 도서관을 어찌 믿으랴. 전공 공부는 내 수서 취향에 날개를 달아 준 격이었다. 군 입대 때도 대전 헌책방을 거친 뒤 논산으로 내려갔다. 제대하고 만난 아내는 그 지긋지긋했을 헌책방 골목 데이트를 다섯 해나 참아 준 사람이다. 혼인한 다음에도 아파트 평수 늘리기와 무관하게 늘어 가는 책에 매달린 나를 일찌감치 포기해 주었다.

그러나 그 오랜 탐닉에도 내가 지닌 물목이라고는 신통치 않다. 무엇보다 지역 한계가 뚜렷하다. 서울이나 대전과 같은 곳을 두루 돌아다닐 시간적·경제적 여유가 있을 리 없었다. 내가 쓴 기행시의 적지 않은 편수가 광주·전주로, 안동·영주로 이어졌던 수서 여행과 맞물린 것이어서 새삼스럽다고나 할까. 세월 따라 더듬더듬 사람 사귀기보다 책 뒤적이길 즐긴 셈이다. 사람 사귐도 책방 주인과 잦았으니 엇나가도 한참 엇나갔다.

공부하고자 뜻을 세우거나 책에 인이 박힌 이에게서 한뉘 만 권서, 이만 권서야 드물지 않을 일이다. 그러나 내 경우는 도가 지나쳤다. 어느 때부터는 어림잡아 볼 엄두조차 잊었다. 사실 책의 권수를 헤아리는 일이야 무슨 큰 뜻이 있으랴. 근대 문헌에 대한 잡다한 안목은 제법 얻었다 하지만 마음과 달리 얻어 보지 못한 것이 또 얼마인가. 그나마 전공을 넘어서 출판사학이나 문헌학 쪽까지 덧붙일 말을 조금 갖춘 깜냥이랄까.

지닌 책을 갈무리하는 일은 늘 문제였다. 몇 해 앞부터는 가까운 곳에 따로 집을 얻어 서고로 쓰고 있다. 전공에서 먼 책부터 거기로 옮겼다. 그래도 자리를 얻지 못한 것은 됨됨이에 따라 종이상자에 넣어서 쌓아 올렸다. 참혹한 대접이지만 어쩔 수 없는 노릇. 그리로 책 짐을 옮길 때 웃돈을 얹어 드렸는데도 업자는 일을 마친 뒤 손사래를 쳤다. 다음 이사 때는 자기 회사로 연락을 말아 달라는 당부였다.

내 아파트도 사정이 그리 낫지 않다. 주방부터 시작해 벽을 따라 책꽂이로 엮었다. 서재는 책꽂이 줄을 세워 개가식 도서관처럼 쓴다. 안방 벽까지 두 겹 책으로 도배를 하고 옷장 위에까지 책으로 메웠으니 몰골이 말이 아니다. 지난해 거실 장식장을 바꾸면서 텔레비전이 놓인 그 쪽만큼은 책이 보이지 않도록 한 게 내가 아내를 위해 베푼 으뜸 배려다. 아래층에 내 고교 동문 되는 분이 살기 다행이다. 아파트 방바닥이 견딜 무게를 진지하게 걱정할 노릇이니 그저 웃고 말 일은 아닌 셈이다.

아직까지 나는 연구용 말고는 지닌 것을 제대로 쓸 힘을 내지 못하고 있다. 그래도 학부 시절부터 학과 도서 전시회를 떠맡은 이력은 거듭되었다. 대학으로 일자리를 옮겨서도 소박하게나마 그들을 가려 뽑아 볼 기회를 몇 차례 가졌다. 국문학, 국어학 자료를 앞세워 교과용, 여성사, 잡지, 광복기 도서 들들. 그런 일도 이제는 그친 지 여러 해다. 한 번 꺼냈다 다시 종이 상자에 들어가 버리면 언제 풀어 볼지 모를 낡은 시간들.

수서 취향 덕분에 그 사이 다른 데서 책을 빌리는 궁색함은 얼추 벗어난 축이다. 책에서만큼은 남에게 아쉬운 소리하지 않았으면 하는 본분을 조금은 지킨 셈이다. 다만 묵은 사료, 주변 자료들을 남달리 뒤적거린 까닭에 얻은 버릇이 하나 있다. 엔간히 권위 있는 듯이 행세하는 연구자나 비평가의 말이라도 쉬 기죽지 않을 뱃심, 통념에서 비켜서서 볼 수 있을 눈맵시는 조금 키웠다. 앞으로도 그럴 수 있었으면 좋겠다.

이젠 간수하고 있는 책을 보다 자유롭게 쓸 기회가 있기를 바란다. 준비하고 있는 『경남·부산 지역문학 연구 2』와 『한국 지역문학 연구』에도 그런 뜻이 담겼으면 좋겠다. 올해부터 1950년 전쟁기 문헌을 간추려 볼 생각이다. 덕분에 종이상자 몇은 풀 수 있겠다. 그러고 보니 뒷날 『근대시집총람』을 내고 싶다는 바람은 꽤나 묵은 듯싶다. 디지털 정보 공유가 쉬워진 세상이라 어느덧 그 일도 큰 뜻이 있을 것 같지 않지만.

지난해 마산지역에서 권환문학관을 세우자는 공론이 일었다. 그 틈을 보아 뜻을 냈다. 그곳을 단순히 권환을 위한 개인 기념관으로 만들지 말고, 한국 근대 백 년 민족문학의 흐름을 갈무리하고 연구하는 권환민족문학관으로 나아갔으면 하는 바람이었다. 되돌아온 것은 시답잖은 반응뿐이었다. 그래도 경남·부산 소지역 단위 문학관에 대한 생각이 무르익는다면 속속들이 도움을 줄 수 있으리라.

한때는 절친했던 후배와 작은 자료관 마련을 깊이 의논했다. 내 헌책방 나들이에 동행하곤 했던 그가 오래도록 대학제도에 발을 붙이지 못해 마음을 다쳐 있을 때다. 그러나 그 일은 자식에게 짐을 지울 생각이냐는 아내의 짧은 되물음에 쑥 들어가 버렸다. 그렇지 않아도 기숙사에 있다 집에만 돌아오면 책 먼지 알레르기로 코를 불편해 하는 아들을 둔 나 아닌가. 그런데 나는 그렇다 쳐도 본인이 병으로 이승을 등졌고 자신도 재혼한 뒤인 오늘날까지 후배 아내는 그 책을 꼬박 품고 산다. 부담스럽다. 오랜 수서 취향으로 빚어진 내 인연법이 간단치 않을 조짐인 까닭이다.

책은 이미 지나간 시간 자리에 놓일 따름. 거기서 새로운 삶을 읽어야 한다. 옛날에서 오늘과 앞날을 더듬어야 하는 비합리가 보인다. 그러니 핵심은 살아 있는 이의 마음이다. 숱한 책 사이 관계 맺기란 쉽지 않다. 또 책은 오갈 데 없이 상층 문자문화다. 그 아래 더 넓게 자리하고 있을 구술문화와 관계 맺기,

더 밑 너른 세상 바닥까지 헤아릴 일이 어찌 만만하랴. 게다가 책 위로 무한히 펼쳐질 상상의 세계. 책을 벽지로 삼고 사는 나날일지언정 나는 늘 그런 다층적인 세계에 든든하게 뿌리내리고 서 있기를 바랐다.

그러고 보니 책은 이미 죽어 버린 목질의 기억이나 마른 종이의 추억이 아니다. 싱싱하게 살아 있는 숲이다. 그곳을 거닐며 헤치며 사는 삶이 어찌 늘 새롭고 놀랍지 않으랴. 그 길에 빗발 뿌리고 곁가지서 눈발 떨어진다. 그리고 혼자 지기엔 너무 무거웠을 삶을 마냥 지고 앞서 간 이들의 작은 발자국. 책꽂이와 책꽂이 사이 빈 공간을 한적한 산책길로 삼는 이 지독한 사치를 그들은 용서해 줄까.

오늘 걸음길에 보니 어느덧 책은 가랑잎이다. 겨울 덤불숲을 수북이 채우며 가랑가랑 내미는 따뜻한 손바닥, 흘러내리는 시간을 꼭 쥔 손아귀. 돌보지 않으면 불쏘시개로도 쓸모없을 것들이다. 책을 폈다 덮는다. 둥둥 떠다니는 구름 손수건을 건네받는 느낌이다. 잘 포개진 세월들. 나는 아직 책과 함께 갈 길이 멀다. "보리밭 사잇길로 걸어가면 ……" 드날려진 노랫말이다. 흥얼거리기도 좋다. 나는 휘파람을 분다. "책꽂이 사잇길로 걸어가면 ……" 나는 걷는다.

(『교수신문』, 2008)

려증동 선생이 지은 『배달겨레 노래말』

― 내 애장서

칠십년 대 초반, 갓 대학에 들어선 뒤 전공 책을 찾아 읽으면
서 바람직스럽지 못한 깨달음이 하나 늘었다. 도서관이란 이름
과 달리 믿을 구석이 많지 않다는 사실이 그것이다. 구차스러
움을 줄이는 길은 손수 얻는 길뿐이었다. 그러구러 헌책방을
드나든 지가 스무 해를 넘어섰다. 각별한 뜻을 지닌 책이 한둘
은 아니어서, 애장서 고르는 일이 쉬울 리가 없다.

삽화가 빼어난 『텬로력정』(1910)은 첫 일터 거제리의 추억을
머금은 책. 작은 시조집 『백팔번뇌』(1926)는 배움 자랑으로 줏
대 없이 떠돌았던 최남선의 책답게 번잡스러운 글로 채워졌다.
단군의 역사를 떳떳하게 밝히고 있는,『신단실기』(1914)에서『정
사』(1945)로 이어지는 대종교 책들은 그 귀한 속을 내가 알 그
릇이 못 되어 안타까울 따름이다.

그러니 려증동 선생이 내놓은 요즈음 책 『배달겨레 노래말』
(1993)이 애장서 자리 맨 위로 자연스레 올라선다. 여든여섯 쪽

에 지나지 않는 얇은 책이다. 서른다섯 편의 노랫말을 나라얼, 나라일과 같은 여섯 도막에 나누어 실었다. 앞선 여러 책에서 펼쳐 왔던 선생의 생각과 뜻을 짧고도 쉬운 가락에 녹여 담았으니, 펼 때마다 새삼스럽다.

한 선배의 권유로 『한국어문교육』(1985)을 읽은 일이 선생이 낸 책과 만난 처음이었다. 뿌리도 모를 남의 나라 용어를 주워 담는 데 휘둘려 얻는 것 없이 바빴던 그 무렵 나로서는 큰 뚫림이 있었다. 그 뒤 십 년을 지나면서 『한국역사용어』와 『고조선사기』에 이르는 선생의 책 열두 권이 내 책장 한 자리를 든든하게 지키게 된 까닭이다.

알아도 그만, 몰라도 그만이어서 애꿎게 제자들 학문할 기상이나 꺾어 놓는 쓰레기 지식, 그 바탕이야 알 바 없으니 먼저 떠들어 대는 길로 한몫 보려는 깔짝 지식이 대학 안에 나돌게 된 것은 어제 오늘 일은 아니다. 『배달겨레 노래말』에는 이른바 글 읽으며 사는 이가 그런 잘못에 떨어지지 않도록 뼈대를 잡아 주는 가르침으로 가득하다.

책이란 그 쓴 이의 얼과 기운이 그대로 옹근 것. 우뚝한 책은 늘 가까이 두고, 쓰다듬는 일로도 공부가 된다.

길 닦는 일을 공이라고 한다.
공은 세운다고들 한다.

밥을 주는 일을 덕이라고 한다.
덕은 배푼다고들 한다.

글읽은 사람은 공을 세우면 되고,
돈가진 사람은 덕을 베풀면 된다.

다섯 번째로 실린 「나라사랑」이라는 노랫말이다.

(『국제신문』, 1997)

크고 우뚝한 나무는
너른 그늘

　지난해 겨울 저는 진주 경상대학교로 가 짐계 선생을 뵈었습니다. 책으로 귀동냥으로 알게 모르게 가르침을 얻어 온 지가 열 해를 훌쩍 넘어서고 있었던 터라 저로서는 예사롭지 않은 자리였습니다. 언젠가는 먼발치로나마 뵐 수 있으리라 했던 때를 생각보다 빨리 얻게 된 셈이어서, 두근두근 조심스러우면서도 즐거웠습니다. 게다가 그 자리에서 한 대학 문을 나들었던 적이 있는 곽동훈 교수와 희곡 쪽에서 남다른 공을 쌓고 있어 일찍부터 이름이 익은 이광국 교수도 만날 수 있었습니다.

　남을 가르치는 길로 나서 있으면서 저는 많은 분의 학덕에 힘입어 그 일을 감당해 오고 있습니다. 그 가운데서 저에게 한결같이 깨우침을 주신 분이 짐계 선생이셨습니다. 크고 우뚝한 나무는 그 아래 숱한 이들에게 너르고 짙은 그늘을 마련해 준다 하는 이치가 정녕 그런가 합니다.

성주서 나신 려 선생

사람이 사람노릇 못할 때 놈이라 한다 하시고

물 건너 사람 사람노릇 못 했기 놈이라 부름이 마땅하다

하시는데

그 말씀 듣자옵고 생각하니 더욱 마땅해

경주에서도 토함산 너머

감포 아래 대왕바위 탈해바위 만나고

제가 1989년에 낸 두 번째 시집 『가을 악견산』에 실었던 「대왕바위 탈해바위」라는 시 첫머리입니다. 언젠가 저는 감은사가 있는 감포로 아내와 함께 여행을 떠났습니다. 그리고 거기서 물 건너 왜인들이 몰려와 이른바 기녀관광이니 하는 못된 짓거리를 벌이며 떠들고 다니는 것을 본 적이 있었습니다. 이 시는 뒷날에 그때 겪었던 분한 일을 떠올리고자 했던 작품입니다. 그런데 첫머리에 나오는 "성주서 나신 려 선생"이란 다름 아닌 짐계 려증동 선생을 일컫습니다. 이 시를 내놓을 무렵 저는 짐계 선생이 내신 『국어교육론』과 『한국어문교육』에서 새록새록 깨우침을 얻고 있었던 터여서, 감히 선생을 제 시 속에 올리는 일을 저질렀던 셈입니다.

그러나 제 둘째 시집에서 드러나는 바, 일깨움을 얻은 흔적은 이에 머물지 않습니다. 첫 시집에서 멀리 벗어나 토박이말을 앞세우고, 바른 말씨를 잡아 나가고자 했던 모습조차 작은 보

기에 지나지 않습니다. 교실에서 무릎을 모아 앉아 배운 바는 없으나 즐거이 따르고자 했던 모습이 곳곳에 비친 경우라 하겠습니다. 또한 학덕을 입을 수 있었던 인연을 소중히 하고자 하는 마음은 같은 시집에 아래와 같은 시로 담기기도 했습니다.

> 물살 멀리 물살 접는 햇살 손그늘 가려 남도라
> 진주 너른 강바닥 이마 가웃 가슴 가웃 댓닢 받아서
> 어허 이승 한 누리 지녀 고운 뜻도 물길 이루나
> 한 눈에 산을 보고 한 눈에 물을 보니 갈 날 먼 생각
> 젖어 도는 싸락눈 소리 쑥대머리 파란 물살에
> 두류산 골골 물끝 좇아 흐르다
> 남도라 진주 강바닥 서서 눈물 없으랴.
>
> ─「남도라 진주─곽동훈님」

큰 제목 아래 따로 달아 둔 곽동훈 교수는 짐계 선생 아래서 교수자로 일하고 있는 이입니다. 그리고 선생이 지니신 높은 생각과 모습을 귀동냥으로나마 그려볼 수 있도록 제가 대학원에 갓 들어섰을 무렵부터, 띄엄띄엄 말씀을 주신 이이기도 합니다. 이 시는 곽 교수가 진주에서 짐계 선생과 함께할 나날을 생각하면서 읊어 본 것입니다.

세상에는 아까운 종이를 버려 가며 내돌리는 책이 어찌 만권 이만 권에만 머문다 하겠습니까. 그러나 선생이 내신 책은

마냥 우뚝한 채로 빛났습니다. 1985년에 내신 『한국가정언어』가 그렇고, 이듬해 내신 『한국역사용어』가 또한 그러하였습니다. 각별히 『한국역사용어』는 저에게 더욱 놀라운 책이었습니다. 비록 펼치신 뜻을 죄 따라 나설 만큼 생각이 자라지는 못했지만, 책 첫머리에서부터 머리를 꽝 때리는 깨달음이 있었습니다. 책으로 얻는 보람이 이런 데 있는 것인가 할 정도였습니다.

책이 나온 지 십 년 한 세월이 흐르고 난 무렵이었습니다. 한 결같이 세상에는 바로잡히지 못한 역사용어들이 기세 좋게 나도는 것이었습니다. 안타까운 생각이 자꾸 더해 가던 터에, 신문에 생각을 펼 수 있는 작은 기회가 주어졌기로 저는 서슴없이 역사용어 바로잡는 문제를 다루었습니다. 「한국역사용어연구회」라는 제목으로 1996년 10월 4일 『국제신문』의 한 자리에 실었던 줄글이 그것입니다. 신문에다 실을 글이어서 하고 싶은 말을 누그러뜨려 적었으나, 제 뜻은 어느 정도 내비친 셈입니다. 그 『한국역사용어』가 제대로 된 출판사에서 다시 찍혀 나와 세상에 널리 알려지게 되기를 손꼽아 기다린 지도 어느덧 여러 해가 흘렀습니다.

1990년이었습니다. 짐계 선생은 『배달말제문집祭文集』을 한 책 내려 주셨습니다. 저에게까지 귀한 책이 이르게 되었으니, 고맙고 가슴이 뛰어 어찌할 바를 모를 지경이었습니다. 그날로 그 책을 다 읽었습니다. 다음날에 다시 읽고, 며칠 쉬었다 아무 데고 펼쳐 다시 읽고 하는 일을 되풀이하였습니다. 몇 해 뒤 그 책에 실린 배달말 제문을 본받아 아래와 같은 줄글시 「어린 소녀 왔습니다」 한 편을 지었습니다. 물론 이미 돌아가신 제 할머니를 말할이로 내세워, 일찍이 당신이 겪으셨을 법한 일과 마음을 헤아리며 썼던 것이니 경우는 다른 데 있었다 하겠습니다. 저로서는 이 시가 『배달말제문집』에 대한 한 독후문이었던 셈입니다.

갑오 정월 초이틀 임신은 우리 친가 아바 곧 이 세상 버리시고 구원천대 돌아가신 그날이라 앞날 저녁 출가 소녀 수련은 왼손으로 눈물 닦고 오른손으로 가슴 쥐고 엎드려 아뢰오니

슬프다 우리 아바 아바 얼굴 보려 하고 산도 넘고 물을 건너 어린 소녀 지가 왔소 불러도 답이 없고 울어도 말삼 없어 부녀간 깊은 속정 창회가 만 갈랜데 갈수록 생각되고 갈수록 눈물이라

아바 잃은 우리 어마 삼혼이 흩어지고 칠백이 간데없네 창천 구름에 켜켜 수심이오 강강 흐른 물에 겹겹 눈물이라 어이어이 우리 아바 빈 산 석 자 토봉 무덤 속에 무슨 낙으로 지내실고

슬프다 우리 아바 일생이 서럽도다 유월 더운 날과 엄동
추운 날에 남 안 보는 거친 참상 몇 번이나 당했는가 일신
조화 병이 깊어 동서남북 구약한들 만사가 허사로다 아바
보은 허사로다

하물며 임종시에 약 한 첩 못 달이고 화급총총 가신 날에
말삼 한 번 못 들으니 딸자식이 자식인가 출가외인 분명하다
눈에 삼삼 우리 아바 저 세상 왕래길은 얼마나 멀고 멀어 다
시 올 줄 모르시나

되오소서 되오소서 피고 지는 좋은 날에 다시 한 번 되오
소서 오호라 바쁜 세월 어언간 소상이라 구곡같이 맺힌 정
회 대강 대강 아뢰오니 아룀이 계시거든 흠향 흠향하옵소서
오호 애제 상 향.

* 대한민국시대에도 한글 제문을 수태 마련했을 터이나, 세상에 펴
  놓은 것이 없었던 터에 오침 선장본으로 꾸민 『배달말祭文集』(려
  지환 펴냄, 진주 제일인쇄소, 1990) 백열일곱 쪽을 받들 기회가 있
  었기로, 두렵고 기뻐서 앉아 읽고 서서 읽는다.

— 「어린 소녀 왔습니다」

짐계 선생은 쉬지 않고 겨레 일깨우는 책을 펴내셨습니다. 『배달겨레 노래말』을 내신 때가 1993년이었습니다. 그동안 바로 잡아 주시고 깨우쳐 주신 생각들이 쉬운 노랫말로 옹글어 한자 리에 담겼습니다. 얇은 부피임에도 오히려 예사 사람에게는 더욱 가깝고도 귀한 책이었던 셈입니다. 그러하니 1997년 8월 『국제신문』에 '내 애장서'를 밝힐 기회가 있었을 때, 손수 가락을 고르신 그 노랫말이 앞으로 널리 읽히고 불리기를 바라며, 저는 서슴없이 「려증동 선생이 지은 『배달겨레 노래말』」이라 제목을 갖추어 줄글을 실으며 즐거웠습니다.

짐계 선생은 모름지기 선생이란 일컬음에 모자람이 없는 우리 시대 큰 스승이시며 학자이십니다. 가장자리나 깔짝거리고 찌꺼기나 매만지며 도리와 마땅함에 대한 물음을 버린 시대, 짐계 선생은 한국학이라는 틀 위에서 그 큰일의 벼리를 잡아 주신 분이라 저는 생각합니다. 이제 『고조선사기』를 뒤이어 또 어떤 글로 뒷사람들에게 깨우침을 주실는지 조바심을 치기까지 합니다.

어느 때부터 저는 진주를 좋아하고 알뜰히 생각하는 버릇이 생겼습니다. 왜냐하면 진주에는 짐계 선생이 계시기 때문입니다. 오늘보다 먼 뒷날, 진주는 나라 사람들에게 더욱 사랑받는 장소가 될 것입니다. 섬나라 오랑캐와 싸왔던 진주 사람의 의로운 기상뿐 아니라, 짐계 선생이 계셨던 곳이었기에 마냥 그러할 것이라는 게 제 짐작입니다. 짐계학이 나라 안에서 크게 일어나, 베풀어 주신 바 이끌어 주신 바가 더욱 빛날 것이라 저는 믿습니다.

아무쪼록 오래 안강하시어, 배달겨레 일으키는 일을 우뚝우뚝 이어 주시기를 삼가 빌어 올립니다라는 말로, 귀한 책에 함부로 이름을 얹는 참람함과 부끄러움을 조금이나마 이겨 내고자 합니다.

(『짐계전서 독후문집람』, 1998)

헌책방이
사라지고 있다

　헌책방이 사라지고 있다. 한때 나라 안에서도 그 이름이 높았던 보수동 골목 헌책방은 물론, 부산 지역 곳곳에 있던 헌책방이 하나하나 문을 닫거나 다른 업으로 바뀌고 있다. 부산 바깥 대구나 광주, 대전도 마찬가지 사정인 듯싶다. 지난해부터 이런 일이 더욱 잦아졌는데, 일이 이렇게 된 데는 여러 까닭이 있을 것이다.

　먼저 중고등학교 교과서가 새롭게 바뀐 탓에 주요한 팔 거리였던 낡은 참고서 유통이 잘되지 않는다는 점, 헌책을 모아 내는 사람들이 손을 놓고 공사판 같이 달리 돈 되는 일자리를 찾아가 버렸다는 점, 가게 얻는 데 드는 돈이 엄청나게 비싸졌다는 점을 들 수 있겠다. 게다가 요즘 들어 헌책으로 공부하는 사람이 줄어들었다. 이른바 좋은 책이나 옛 책을 얻기가 힘들어졌을 뿐 아니라, 넓게는 책을 읽지 않는 사회 분위기도 큰 몫을 거들고 있을 것이다.

어쨌든 이저런 탓에 헌책방이 줄어들고 있음은 자료·지식 발굴·수집·보관과 재활용이라는 쪽에서 보면 바람직스럽지 않다. 도서관이라는 데가 이름과 달리 제 몫을 다하지 못하고 있는 우리 실정에서는 더욱 그렇다. 돈을 좇아다니는 자본주의 사회에서 이미 세월없는 헌책방에서 재빨리 손 빼는 일은 어찌 보면 자연스런 노릇이다. 헌책방이 맡은 바 사회·문화적 책임을 들먹여 보았자 지나친 호들갑일 뿐이다.

헌책방이 문을 닫는다. 새 책방이 잘될 것 같지만 그렇지가 않다. 무엇보다 책 사 읽는 일이 불편해지고, 사람들은 책과 더욱 멀어질 마련이다. 마침내 남는 것은 많은 자본을 지닌 이들이 꾸리는 큰 서점 몇 뿐이리라. 그리되면 출판업자도 그나마 지닌 자율권을 지키기가 어렵다. 빠른 속도감과 강한 말초자극을 버티는 힘으로 삼는 전자영상 매체 문화가 세상을 뒤덮고 있다. 그러하기에 더욱 책을 아끼지 않고, 책을 읽지 않는 겨레에게는 생각하는 힘도, 밝은 앞날도 내다보기 힘들다. 안타까운 일이다.

---

* 「헌책방이 사라지고 있다」에서 「그 먼 나라」에 이르는 다섯 편은 1991년 7월 『부산매일신문』 '칼럼' 난에 실었던 것이다.

어떤
웃음

남녘 바다 서쪽 해남반도를 내려서면 보길섬이 있다. 흔히 완섬을 거쳐 먼 뱃길로 이르거나, 해남반도 맨 아래쪽 땅끝 마을에서 노화섬을 거쳐 가까운 뱃길로 이르기도 한다. 남녘 여느섬과 다를 바 없지만 「어부사시가」로 그 이름이 우리 문학사에 들난 고산 윤선도 유적과 천연기념물 늘푸른숲을 끼고 예송마을 깨자갈 갯가가 빼어난 풍광을 이루는 곳이다. 그리고그곳 보길중학교 서무실에는 강종철이라는 분이 일하고 있다.

강 님은 누구보다 먼저 보길섬 이저곳에 버려진 고산 유적에관심을 가진 뒤, 오래도록 그것을 지키면서 남다른 사랑을 베풀어 온 분이다. 여름이면 나라 안 곳곳에서부터 많은 사람이무더위를 피해 이 섬에 드나든다. 그러나 거의 모든 사람은 고산 유적을 보는 둥 마는 둥 서둘러 갯가로 나가 낚시를 즐기거나 캠프를 치고 헤엄에 마음을 쏟는다.

이 여름 나는 보길섬을 일곱 해만에 다시 찾았다. 그 사이 섬은 많이 달라져 있었다. 옛날보다 나들이 나온 사람도 훨씬 많았고, 섬 안쪽 숲을 뭉개 마련한 큰 저수지며 양회로 덮은 길도 낯설었다. 그러나 고산이 노닐었던 부용마을 연못, 무너진 정자 터는 마냥 버려져 있었다. 마침 연락이 잘 닿아 그 한 모퉁이에서 나는 다시 강 님을 만날 수 있었다.

반갑게 강 님 손을 맞잡으며 내가 본 것은 오래도록 고산 유적을 지켜 온 사람답지 않게 풀기 없는 쓸쓸한 웃음이었다. 왁자지껄 지나치는 도시 사람과 행정 만능 인습 속에서 그는 어느새 보길섬 풍광보다 더 치지고 늙어 버린 것이다. 새삼스러운 유적 안내를 마친 뒤, 가까이 버려진 수박껍질이며 비닐 따위를 줍기 위해 웅크리는 강 님 등이 너무 시렸다. 그 시끄럽고도 사납던 1980년대는 저렇듯 낡으나 깊은 사랑과는 끝내 등을 돌린 채 저 홀로 잘도 달아나 버렸구나.

이웃 복

좋은 이웃을 둔 것도 복이다. 이름 하여 이웃 복이라 할까. 요즘같이 내 것 지키기에 짜증 많고 조바심 많은 도시 생활 속에서는 좋은 이웃 두기가 더욱 힘든 일이다. 그러니 이웃 복을 수壽나 고종명考終命과 같은 오복과 나란히 세워도 모자람이 없겠다.

내가 네 해째 터 잡고 있는 조그만 아파트 맞은쪽 집에는 논산과 청도를 고향으로 가진 내외가 사신다. 밑으로 초등학교에 다니는 아이가 둘. 나보다 다섯 살 위인 바깥분이 서면 가까운 곳에서 제법 규모 있는 푸성귀 중개업을 십 년째 하고 있다. 사람 쪽 가르기 좋아하는 요즘말로 치면 이른바 전형적인 중산층 가족이다.

몇 해 동안 문을 마주 열어 두고 오간 일은 물론, 아이들이며 집 열쇠를 서로 맡기며 지낼 수 있었으니 우리 가족으로서는 이웃 복이 참 많았던 셈이다. '돈벌이를 으뜸으로 삼는 장삿

길에서 신용을 가장 큰 자산으로 가지신 아저씨, 자기 것은 피나게 아끼면서 남과 나누는 일에는 모자람이 없으신 아주머니'. 아내의 슬기로운 표현이다.

큰엄마 큰엄마 하며 네 살배기 내 딸이 졸졸 따르는 안댁 되시는 분은 가끔 막 지진 전이며, 생김치를 들고 오시곤 한다. 그럴 때면 나는 아내의 요리 솜씨를 웃으며 나무라 본다. 아내와 내가 그 댁에 대한 고마움을 함께 나누는 묵은 방법인 셈이다.

사람이 사람답게 사는 첫 걸음이 인지상정人之常情, 곧 인정을 아는 일이라면, 내 이웃 분이야말로 타고난 인정스러움을 지녔다. 세상이 아무리 험악하고 들뜬 명분으로 시끄러워도 그런 분 탓에 살맛 더한 것이 아닌가. 그리고 둘러보면 세상에는 내 이웃과 같이 인정어린 분들이 그렇지 않은 사람들보다 훨씬 더 많다.

며칠 지나면 그 분들은 건너 산비알 새로 지어 올린 더 넓은 아파트로 옮겨간다. 한껏 기뻐해 줄 일이다. 그런데도 아내와 나는 벌써부터 섭섭한 느낌에 더 많이 젖는다.

낡은
책상 하나

　낡은 책상이 하나 있다. 곳곳에 흠집이 나고, 칠이 벗겨져 볼품이 없다. 합판으로 만든 작고 예사로운 것이다. 처음에는 걸상이 딸린 높은 책상이었다. 어느 해 다리를 낮게 잘라내고 서랍을 떼 내어 지금은 앉은책상으로 쓰고 있다. 중학교 다닐 때 아버지가 사 주신 것이다. 그러니 이 책상은 거웃 보숭보숭하던 소년 때부터 스물다섯 해를 넘도록 나와 인연을 맺고 제 몫을 다해 온 셈이다.

　그렇다고 이 책상을 버리지 못한 특별한 까닭이 있었던 것은 아니다. 두어 번 집을 옮기는 과정에서 그만 버렸으면 하는 아내의 요구가 있었다. 지금도 아내는 버릴 틈만 엿보고 있지만 나는 그 바람을 물리치고 있다. 책상은 책상이다. 제 몫을 다 하는 데 모자람이 없으니 버릴 까닭이 없다. 위에다 깨끗한 보를 덮어 두면 보기까지 그럴 듯하니 더욱 버릴 까닭이 없는 셈이다.

평소 나는 우리 사회가 버리는 데에만 너무 익숙한 게 아닌가 못마땅하게 여기고 있다. 물건은 물건대로, 생각은 생각대로, 일은 일대로 개인에서 나라에 이르기까지 너무 쉽게 버리고 잊는다. 그러다 보니 개인 나라 할 것 없이 지닐 것과 버릴 것, 잊어버릴 것과 잊지 말아야 할 것 사이 나누는 힘도 희미하다. 정작 버릴 것은 못 버리고 지녀야 할 것은 쉽게 버린다. 들뜨고 느낌에 치우치게 되는 것은 당연한 이치다.

  하찮은 책상을 두고 너무 생각이 건너뛴다고 나무랄 분이 있을 것이다. 그러나 분명한 점은 우리 사회에서 내 책상처럼 제자리에서 제 몫을 충실히 다하고 있는 사람들이 많다는 사실이다. 그런 사람들이야말로 이 세상의 참된 주인이다. 그러고 보니 묵은 책상은 어느새 발 빠른 자본주의가 부추기는 거짓 욕망과 충동에 휩쓸리지 않도록 내 줏대를 잡아 주는 늘 새로운 거울로 빛나고 있지 않은가.

그 먼 나라

 그 먼 나라에 사는 이들은 스스로를 짐승과 달리 사람이라 부르는데, 말 부려 쓰는 일로 그 되는 으뜸 잣대로 삼는다. 그래서 그 먼 나라에서는 말길에 따라 살길이 마련되고, 무리가 나뉜다. 예사 사람들이 감히 입에 담지도 못하는 말은 소리로 올라선다. 그 가운데서도 개소리를 가장 힘 있는 소리로 친다. 제 것 남의 것 없이 가져다 먹을 수 있는 몇몇 사람만이 이것을 즐겨 쓴다.

 소리로 올라서지 못한 말 가운데서 거짓말을 살길로 삼은 한 무리가 있다. 남을 속이기 위해서는 먼저 스스로를 속여야 할 일이고, 스스로를 속이다 보니 없는 생각이나 느낌을 마구 부풀리지 않을 수 없다. 그래서 그 무리는 "내 말은 참말이다."라고 눈 부릅뜨며 고집을 피우거나 떼쓰는 버릇을 미덕으로 삼는다.

 벌말을 살길로 삼은 한 무리가 있다. 무릇 '투쟁'이니 '대권 도전'이니 사람 사는 길과 터를 죄 싸움으로 뒤덮는다. 클 대大자와 새로운 신新자를 말머리에 자주 올리는 버릇이 있다. 그리고 막말을 마구잡이로 만들어 팔아먹는 회사가 여럿 있다. 스스로 민족언론 사업이라 일컬어 끼리끼리 예의를 갖춘다.

빈말을 살길로 삼은 무리를 일러 선량이라거나 금배지를 단 사람이라고 한다. 앞으로는 선량한 얼굴을 하고서 뒤로는 금붙이를 잘 모으는 재주를 지닌 탓에 붙여진 이름이다. 멀리서 보면 미혹할 혹惑자 비슷한 글자를 새긴 배지를 달고 다닌다. 그래서 그런지 사람들은 그래도 제 바탕은 밝혀 놓고 벌이는 몇 되지 않는 밥벌이 가운데 하나라고 치켜세운다.

이 밖에도 군말, 잔말로 살길을 꾀하는 무리가 있으니 앞 무리에 견주어 아랫길로 친다. 어느 무리든지 큰 버릇은 말이 잘 못되었음을 일러 주면 몹시 화를 내며 치받거나, 짐승처럼 물어뜯을 듯이 덤빈다는 데 있다. 무서운 일이다. 그 나라에 가서는 부디 입조심, 몸조심할 일이다.

공간의
정치학

정치란 위/아래 권위 관계나 지배/예속의 권력 관계를 이끌어
내는 모든 삶의 행태를 뜻한다. 공간의 소유나 사용에 있어서도
그 점이 뚜렷하다. 이것을 공간의 정치라 부를 만하다. 그리고
모든 정치의 바른 방향은 사람이 제 삶의 주인이 되어 서로 사
람대접 주받으며 행복스럽게 사는 세상, 곧 민주사회 만드는 일
이다. 마땅한 공간의 정치에 크게 마음을 써야 한다는 뜻이다.

남을 지배하거나 짐짓 권위롭다고 생각하는 사람은 애써 남
과 달리 넓고 큰 공간을 지니려 든다. 남보다 넓은 집, 남보다
큰 차, 남보다 많은 땅을 지니고, 남보다 높은 자리에 앉으려는
마음속에 이러한 옳지 못한 욕구와 만족이 도사리고 있다. 거
꾸로 사람이 몸 누이고 살 최소 요건의 집을 마련하기 위해서
평생을 꾸려 가야 하는 사람을 가진 나라, 또는 전세금 마련이
어려워 목숨을 끊어야 하는 사람을 이웃으로 둔 사회는 어떠
한 명분을 내세우더라도 사람이 주인 되는 세상은 아니다.

차를 위해 사람이 걸어 다닐 수 있는 권리를 빼앗아 버린 거

사랑을 펴고 가르치기 위한 곳인지 그것을 독점하기 위한

지 알 수 없을 정도로 화려하게 치솟은 교회가 곳곳에서

을 가로막고 선 도시는 사람을 노예로 만드는 환경이다. 가

고 배우며 더 바른 데로 나아가도록 이끌어 주는 도량인

교실이나 도서관보다 관공서나 행정기관을 꾸미는 데 세

을 더 많이 들이붓는 나라는 한탕주의 정치꾼들의 놀이터이

쉽다.

사람을 받   물리치거나 내리누르는 듯한 위압적

문을 많이   한 사람을 사람대접하는 사회가 아

다. 마침니   한 포기 풀이 저답게 살 수 있을

를 마련하   회는 참으로 사람이 이 세상에 주

인 될 자격   다. 먹이를 놓고 물어뜯고 싸우는

짐승 무리   공간의 정치를 바랄 수 없다. 그러

나 사람은

(1991)

새로운 세기
첫해를 보내면서

1

2000년 한 해도 벌써 저문다. 십이월이다. 숨 가쁘게 지나왔던 해였다. 나라 안팎으로 어려운 일이 많았다. 급작스러운 변화도 잇따랐다. 무엇보다도 남북 국가분단 문제를 보다 전향적으로 바라볼 수 있게 된 세상인심의 변화가 컸다. 정보화 흐름 또한 우리 사회에 충격적인 변화를 이끌어 내고 있다. 경제가 너나없이 어려움을 더해 가는 가운데서도 교육현장에서나 생업 현장에서나, 누리그물 산업이 마련해 가는 새로운 사회상은 짐작하기조차 어려울 지경이다.

이러한 급변 속에 내던져진 채 개개인이 겪고 있을 당혹감을 짐작하기란 쉽지 않다. 세대별로, 지역별로, 또는 빈부 정도에 따라 그것이 가져올 새로운 내일에 대한 바람은 다를 것이다. 역사 속 어느 시기나 변화와 지속의 드라마는 존재했다. 그러나 21세기에 들어선 오늘날 경우는 지난날과 달리, 겉이 아니

와 의식 … 바닥에서 …터 완연히 다른 대응을 요구

… 개인이나 …회 곳곳…서 느끼는 변화의 강도와 속

… 가닭이다 … 사람·싱… ·여자는 그 변화를 이끌 세

2

…이를 억누르고 있는 지속적인 신화 가운데 하나가

… 사람보다 사물을 더 존중하고, 사물의 값어치로

… 값어치를 매긴다. 사람이 선 자리와 그 인격을 사물이 대신

한다. 보다 높은 건물, 보다 넓은 공간이 보다 우월한 사람임을

드러내는 방편이 되었다. 자가용차 배기량이 타는 사람의 됨됨이

를 결정한다. 사람이 걸을 권리를 자동차와 주차장이 가로채도

마땅하게만 받아들인다. '옷이 날개'가 아니라, 옷은 곧 사람이

되었다. 한 벌 옷이 힘겨운 노동의 목표가 되고 만 셈이다.

사물이 그 사용자인 사람을 대신해 삶의 주인으로 올라섰

다. 보다 값비싼 사물, 보다 자신의 존재를 떠벌리게 해 주는

상품을 위해 일하고 싸우고 기꺼이 노예가 됨으로써 사람들

이 지닌 사물 숭배, 상품 신앙은 끝이 없다. 그 속에서 사물들

은 불가사리처럼 부풀어 오르고 더욱 빛난다. 사물에 깃든 사

람의 추억을 빨아먹고, 삶을 녹인다. 사물 소유와 그 욕망의 역

사는 어느덧 삶의 역사가 되고 말았다. '나는 소비한다, 고로

존재한다'는 말조차 이제 낡은 명제에 지나지 않는다. 화려한

소비를 위하여 화폐 권력의 막강한 힘에 마냥 기댄다. 돈을 위해서는 어떤 일이라도 할 준비가 되어 있는 사람들이 길거리로 넘쳐 난다.

새로운 세기 첫 번째 윤리는 사물에, 돈에 빼앗긴 삶의 주인 자리를 사람이 되찾아 오는 데서부터 비롯할 것이다. 사물과 사람 사이 서열 역전이 그것이다. 사물 교환을 위한 화폐 권력을 줄여 나가고, 실질 사용가치를 위해 사물을 쓰는 버릇은 공산주의가 지닌 지나간 꿈에 머물고 만 것인가. 일찍부터 벌이고 있는, 아껴 쓰고 나누어 쓰고 바꾸어 쓰고 다시 쓰자는 아나바다 활동은 초등학교 교과서 속 가르침으로만 머물 일이 아니다. 사물의 노예, 화폐의 노예가 되지 않으면서 사람이 제 삶의 주인이 되어 살아가는 길은 어려우나, 새로운 사회 윤리 첫자리에 오를 만하다.

두 번째 새 윤리 덕목으로 삼아야 할 일은 사람이 모든 생명체에 우월한 존재라 믿는 사람중심주의를 벗어나는 일이다. 사람이 자기 목숨을 지켜 나가기 위해 기울이는 마음을 모든 목숨에게로 넓히고, 사람 또한 그들과 한 고리로 돌고 도는 생태계 한 자리로 더불어 살아가려는 노력이 그것이다. 사람이 지구에서 가장 우월한 생명체로서, 문명을 지닌 대표종으로서 이루어 온 일은 실로 엄청나고도 찬란하다. 그러나 그와 거꾸로 사람이 저질러 놓은 생명 파괴 행위 또한 참담하기 이를 데 없다.

자연과 문명, 짐승과 사람이라는 이원 대립의 가치를 높이 추어울리며, 인류가 이루어 온 것은 뭇 목숨에 대한 학대와 파괴, 그리고 숱한 자연 생명에 대한 무시였다. 사람들은 점점 자연으로부터 우주로부터 멀어졌고, 둘레에 가득 차 있는 신성과 생명이 지닌 아름다움을 잃어버렸다. 자연은 사람과 따로 떨어진 적대 공간, 공포의 공간이 되고 만 셈이다. 뭇 생명체는 사람의 쓰임새와 선입관에 따라 값어치가 매겨진 하찮은 소모품에 지나지 않는다.

이제 그러한 잘못에 대한 헤아림이 새롭게 세상 흐름을 바꾸어 나가고 있다. 사람과 짐승 사이, 문명과 자연 사이에 가로놓였던 경계를 허물기 위한 고심이 여러 꼴로 이루어진다. 생태계 위기와 그를 바로잡아 나가려는 노력이 모든 사회 행정과 정책 결정의 초점에 놓이고 있다. 사람이 이제까지 지녔던 우월한 자리에서 성큼 내려서서 제 목숨을 대접하듯이 다른 목숨을 대접하는 분위기는 점점 커지고 깊어질 것이다. 다른 생명에 대한 겸손을 빌려 새로운 신성과 책임감을 일깨울 문학, 예술이 더욱 필요한 까닭이다.

세 번째 덕목은 여자 가치에 있다. 이제까지 사람은 엄밀히 말해 남자였다. 근대 산업사회와 자본주의 발달은 그러한 남자우월주의를 극대화시켰고, 제도 장치인 가부장제를 사회·역사 모두에 걸쳐 실천해 왔다. 여자와 아이는 남자를 위한 소도구거나, 남자들에 기대 사는 가장자리 존재였던 셈이다. 사람이 지닌 바 남자와 여자라는 생리적 차이가 사회적 차별로 굳어지고, 제도화하면서 성차별은 계급 갈등보다 더 본질적인 사회 모순으로 자리 잡았다. 역사도 남자의 역사였다. 여자의 세계상도 남자의 그것에 비춰진 모습이었다. 여자는 남자의 여자였던 셈이다.

오늘날 사회 곳곳에서 일어나고 있는 여자주의 물결은 우연한 변화나 급작스런 시도가 아니다. 남자 사회에서 밀려나고 억눌렸던 여자의 삶과 여자 가치가 이제 새로운 세기 중요한 행동 윤리 덕목으로 터 잡고 있다. 가정과 일터로 맞서 있었던 산업사회의 경계를 허물고, 낮과 밤이라는 시간 이용의 경계를 지워 버린 새로운 누리그물 사회는 그 점을 더욱 부추기고 있다. 산업사회의 일자리에서 밀려나 있었던 여자가 가정에서 가꾸어 왔던 친밀감과 유대야말로 새로운 사람 관계의 중핵으로 올라선다.

남자의 대립과 거대 논리, 완고한 외면을 고집했던 정서는 점점 섬세한 여자의 부드러움과 인정에 자리를 내어 주게 될 것이다. 새로운 누리그물 문화가 가져올 여러 인공지능과 꼼꼼한 기계 조작은 그러한 여자 가치와 문화를 놀랄 만큼 빨리 키워 낸다. 지능지수보다 감성지수를 우리 사회가 입에 올리기 시작한 일도 그러한 변화의 작은 전조일 따름이다. 남자와 여자 사이 서열이 뒤바뀌고 여자와 남자가 새로운 공생 질서를 만들어 나가는 그 자리야말로 마침내 오래도록 가장자리로 밀려나 있었던, 소외 받은 모든 사람들이 놓일 자리이기도 하다. 새로운 사회는 여자의 성숙함과 아이의 자유로움이 함께 이끌어 가는 사회가 될 것이 틀림없다.

3

새로운 21세기 첫 해는 이렇게 흘러간다. 바쁘고 당혹스러웠지만 또 새해를 맞이하는 자리다. 다양하고도 복잡한 세상의 이해관계를 이끌어 가기에 이미 제도정치는 힘이 부치나 보다. 들리는 소리는 자기 것은 끝까지 챙기겠다는 소란스럽고도 고집스런 아우성이다. 그러나 사물에 내맡긴 삶의 주인자리를 다시 사람이 되찾고, 내 목숨이 소중하듯이 다른 생명체의 목숨도 소중하게 대접해 주는 공생 윤리를 생활화하며, 소외되고 버림받았던 여자 가치를 되찾고자 하는 물줄기는 흐름을 바꾸지 않을 것이다.

켜켜 겹겹 뒤섞인 가치 혼란과 갈등 속에서 한 개인이 지닌 삶의 지표는 바람에 흩날리는 지푸라기보다 더 약하다. 그러나 늘 새롭게 시작할 수 있을 마음가짐과 자신이 선 자리에서만이라도 구체적인 실천을 일구고 밀고 나가겠다는 노력을 포기하지 말아야 할 일이다. 그 결과가 어찌 번듯한 혁명에 미치지 않으랴. 먼 산에서 고드름이 얼었다 녹아 떨어지는 물방울 소리가 들린다. 그 소리에 잠시 놀란 산비둘기가 산 높이 날고, 나는 지금 겨울 하늘 한 끝을 본다. 쉼표처럼 돌았다 이내 사라지는 산비둘기 한 마리. 겨울이 추우나, 그래도 견딜 만한 까닭이다.

(『정우건설』, 2001)

겨울
진달래꽃

며칠 앞 고성 연화산 옥천사를 둘러보았다. 임진왜란 때 큰
싸움터로 알려진 당항포에 들렀다 부산으로 돌아오는 걸음이
었다. 나로서는 두 번째 길. 옥천사에는 재미있는 것들이 많다.
절 이름 그대로 산신각과 독성각 바로 아래쪽 축대 사이로 스
며 나오는 샘물 옥천이 그 하나다. 겨울이라 그런지 물때가 질
척하게 끼인 채 말라 있었다. 그리고 또 하나가 대웅전 벽화. 여
느 절의 벽화와 달리 민화 가운데 한 가지에 드는 책거리 그림
이 두어 점 그려져 있어 유별난 맛을 준다. 그리고 예스런 공양
간과 절 위쪽 청연암의 피솔나무 한 그루도 빠질 수 없다.

절 이저곳을 둘러보다 문득 산신각 뒤쪽 깨진 기와 더미 속
에 눈을 이고 버려져 있는 대접 하나를 만났다. 많이 잡아 보
아야 쉰 해를 넘어서지 않을 흔한 대접이었다. 입이 깨지고 배
쪽에 금이 갔다. 온통 물감이 말라붙은 것으로 보아 언제인가
이 절을 손볼 때 어느 금어가 쓰다 예사롭게 버린 것이리라. 집

으로 돌아와 깨끗하게 대접을 씻고 물감을 벗겨 내기 시작하자 대접 밑바닥에서 한 송이 연붉은 진달래꽃이 떠올랐다. 겨울에 핀 진달래의 단순한 잎가지와 꾸미지 않은 꽃술. 셀 수 없이 많은 세상의 활자들이 웅웅거리며 서로 혀와 입술을 다투고 있는 내 좁은 방 책상 가운데 지금 그 옥천사 진달래는 조용히 피어 있다.

(『문학정신』, 1992)

가을과
시간

    구월 가고 시월이다. 이 시월에 우리가 만나는 것은 무엇이나 맑고 아름답다. 우리는 벌써 한 해 마무리를 생각해야 할 시간 속에 깊숙이 들어섰다.

    사람이 겪는 세계의 큰 범주 가운데 하나가 시간이다. 이 시간에는 두 차원이 있다. 기계적 시간과 심리적 시간이 그것이다. 사람은 이러한 두 시간을 아울러 산다. 사람의 경험적 삶에 보다 충실한 시간은 기계로 잴 수 있는 앞의 공공적 시간이 아니라 뒤의 시간이다. 앞의 것은 역전 불가능하나 뒤의 것은 역전 가능한 시간이다. 그러므로 심리적 차원에서 볼 때 시간은 다시 두 가지 방향성을 마련한다. 과거로 흘러드는 시간과 미래로 흘러드는 시간이 그것이다. 앞선 것이 삶의 연속적 동일성을 이루기 위한 노력과 궤를 같이 한다면, 뒤선 것은 삶의 불연속적 변화 양상에 눈길을 둔다. 삶이란 이러한 시간의 연속성과 불연속성이 만드는 긴장된 장소며 현재적 역동 과정이다.

서로 맞서는 듯한 이러한 두 방향은 어느 하나도 우리 삶에서 들어내 버릴 수 없다. 삶의 불연속성에 눈길을 둘 때 과거는 이미 지나가 오늘 여기에 없는 시간이다. 그래서 보다 새로운 것과 경험을 향한 속도, 새로움의 빈도가 모든 가치의 잣대가 된다. 이럴 때 과거란 굳어진 화석이다. 그러나 실상 과거란 버릴 수 없는 현재의 반복을 표현하는, 꿈꾸는 미래일 수 있다. 말하자면 과거란 오늘 여기에서 살고자 하는 데에 따르는 과거인 셈이다.

심리적 차원에서 시간은 바로 과거로 흘러들 수 있는 물줄기라는 점을 놓치지 말 일이다. 과거를 소중히 하고 과거와 연속적 삶에 충실한 시대나 개인은 고전적 전통을 이룬다. 여기에서는 동일성과 조화, 균형 감각이 무엇보다 미덕이다. 거기에 견주어 현재와 불연속적 삶에 충실한 시대나 개인은 낭만적 변혁과 불일치의 힘을 만든다. 우리가 삶에서 겨냥하는 것은 이러한 고전적 전통과 낭만적 힘이 아울러 이루는 폭넓은 지금, 여기가 품는 역동적 시공이다.

오늘날 우리 사회는 너무 새로운 것에만 매달려 있다. 이미 있는 것을 얕잡아 보고 새로운 것에만 찬탄을 아끼지 않는다. 쉽게 미래적 시간의 노예로 떨어지고 있다. 마침내 삶이란 변화 속의 연속적 반복으로, 거듭 반성하며 준비하는 어떤 것이다. 과거란 언제나 새롭게 거듭나는 것이며 실천적인 힘을 가진 미래가 될 수 있다. 잘 버리는 것이 현명한 일이고 보다 나은 삶의 태도로 인식하는 것은 의식의 전제다. 자신에게 주어진 이 땅, 여기에서 누릴 삶을 포기하는 일이다.

사람에게는 완전히 버릴 수 있는 자유가 있는 게 아니다. 결코 버릴 수 없는 까닭만이 있다. 그 까닭이 늘 새로운 삶의 충격을 이룬다. 우리 삶을 질적인 새로움으로 가득 채워 준다. 이 시대 사회나 개인이 보여 주는 급한 변화에 대한 기대와 맹신은 우리 삶에 신선한 충격을 주나 참으로 우리 삶을 보다 나은 방향으로 이끄는 것은 아니다. 시월 뜰에서 잎을 떨구고 있는 갖가지 나무를 바라보면서 가슴으로 익어 떨어지는 시간의 무게를 느낀다.

자화상

콧마루가 제법 두둑하다고는 하나 무슨 실속이 있단 말인가.
마른 코 후비기에만 좋으렷다. 열성 유전의 빌미를 만들었다며
딸의 핀잔만 듣는 바다. 이마가 반듯하니 초년 운이 좋았을 거
라는 말은 흘려들을 일이다. 1950년대 전쟁 떠난 뒤 세대 촌놈
이 초년에 누렸다 한들 그 운수에 무슨 큰 즐거움이 담겼으랴.
모내기 끝난 흙탕물 논배미 논고동처럼 막막한 세상에서도 숨
막히지 않고 어기적거리며 살아온 것만도 다행이다. 하관이 빠
진 듯한 행색은 늘 은인자중하라는 뜻이다. 세상에 씹히고 사
람에 걸려 넘어져도 짐짓 대인인 양 좁은 속 단내를 목젖 아래
누르고 사는 수밖에 도리가 없다.

모를 일이다. 내 얼굴을 그려 보고자 하나 살아온 얼은 보이
지 않고 앙상히 골만 남았다. 태일, 태일성泰一로이라니 할아버지
께서 너무 큰 옷을 입혀 주신 탓이다. 참자, 대기만성이라는 일
깨움도 있지 않은가. 그저 칠 벗겨진 밥상머리 따뜻한 밥심이

나 쿵쿵거릴 수 있으면 좋겠다. 나는 어느새 먼 한길을 내다보는 겨울 까치, 건넛산 골짜기 연필심 그늘을 나뭇가지인 양 깨문다.

(『수필문학』, 2010)

4부

오월 왕벚꽃 진자리

이민을
떠난다는 누이

누이 내외가 기어코 이민을 떠난다. 조카 둘을 데리고 삼월 초순에 출발하리라 한다. 두 해를 넘기며 나라 안에서 벌어졌던 이른바 구조조정을 잘 견뎌 내는가 싶었는데, 지난해 가을 매부 문 서방이 일터를 나왔다. 그리고 그 뒤 가까운 이들의 염려에도 캐나다 이민을 서두르기 시작했다. 겉으로는 두 딸에게 새로운 교육 환경과 기회를 마련해 주기 위한 결심이라고 하나 속내는 알 수가 없다.

평소 강의실에서 해외 이민을 북돋웠던 나다. 좁은 나라 안에서 아등바등 갇혀 사람대접 못 받으면서 사느니, 차라리 더 넓은 세상으로 나가 열심히 뒷날을 꾀하는 진취적인 기상도 한 길이 됨 직하다고 생각해 오던 터였다. 그러나 정작 누이 내외가 그 일을 결심하자 마음이 예사롭지 않다. 아무리 문화가 뒤섞이고 시간과 공간의 벽이 사라질 세상이라 하지만, 같은 하늘 아래서 얼굴 맞대고 사는 인연과 보람에 견줄 바랴.

누이는 조카 둘의 공부가 끝나면 돌아오겠다 한다. 그러나 내 요량으로는 그 일이 쉽지 않을 듯싶다. 중·고등학교에 다니는 조카 둘도 새 환경에 적응하는 데 많은 어려움이 따를 것이다. 게다가 그곳에서 일할 자리를 얻은 것도 아닌 눈치다. 가서 어떻게 알아본다고 하지만 걱정만 앞선다. 경주, 창원, 진주로 옮겨 다니며 기술자로 스무 해 동안 일해 왔던 문 서방의 처지로 보아 돈을 저축해 놓고 유족하게 지낼 형편은 아닌 까닭이다.

쉰에도 미치지 못한 나이에 벌써 일자리로부터 물러앉도록 이끈 우리 사회의 매몰찬 대접에 낙망한 것일까. 일자리를 그만둔 몇 달 동안 매부는 좋아하는 산타기만은 열심히 즐기는 눈치다. 이미 열 해째 앓아누워 계신 어머니까지도 마음에 쓰이는 누이다. 여자 나이 마흔넷에 다 자란 두 딸과 남편에 기대 물 다르고 말 다른 먼 나라로 나가 사는 일이 어찌 뜻 같으랴. 출근 시간, 이저런 마음고생을 겪고 있을 누이 가족을 생각하며 서쪽 진주로 눈을 들면 자꾸 가슴 한 곳이 미어져 손으로 명치를 쓸어 올리고 쓸어내린다.*

---

* 「이민을 떠난다는 누이」부터 「회고록을 남기는 사회」 네 편은 2000년 1월 한 달, 『신경남일보』 '싸롱'이라는 자리에 실은 글이다.

그리 클 까닭이
없을 터인데

그리 클 까닭이 없을 터인데, 김해들에 부산광역시 강서구청이 커다랗게 들어섰다. 여러 층으로 높이 쌓아 올린 커다란 양회 빌딩을 바라보며, 지나치는 사람들은 생김새에 자랑스러움을 느낄지 모른다. 그러나 들로서 지닐 바 몫을 다하기 어려울 정도로 썩고 다친 김해들과 농업용수로 쓰기에 어려울 정도로 더럽혀진 낙동강 물을 곁에 두고 그 커다란 건물 안에서 무엇을 꾀할지 모를 일이다.

지역자치제를 실시하고부터 의회를 짓느니, 새로운 자치단체 관청을 마련하느니 해서 혈세를 쏟아 붓는 일이 온 나라 곳곳에 유행처럼 번진 지가 벌써 여러 해다. 강서구청도 한 보기에 지나지 않는다고 지나쳐 버리면 될 일. 그렇지만 못내 화가 치미는 것은 무슨 까닭일까. 이미 그 몫이 줄어든 건물을 찾아 새 용도로 고쳐 쓰든가, 다가올 정보사회의 생태, 행정 환경에 걸맞은 건물을 짓고자 하는 배려는 찾을 수가 없다. 그런 것을 바라는 마음이 우스꽝스럽게 여겨질 뿐이다. 게다가 둘레 자연 경관과도 심한 불균형을 저질러 놓았다.

　민주사회에서 나라 녹을 먹는 관리의 일터가 그 주인인 주민이 사는 집터나 거리보다 커다랗고 화려하게 꾸며지는 것은 마땅한 일이 아니다. 그렇게 겉을 꾸며 행정력을 제대로 펼 수 있고, 권위를 인정받을 수 있다고 여긴다면 어리석은 생각이다. 관청이란 예사 사람이 드나들며 편하고 거리낌 없이 볼 일을 다 할 수 있는 곳이어야 한다. 그 커다란 흉물을 지어 올린 돈을 조금이라도 줄여서 더 긴요하고 뜻있는 일에 쓸 수는 없었던 것인가.

　논이며 밭이며 가릴 것 없이 깎고 망가뜨려 세워 올린 나라 곳곳 러브모텔이니 '가든' 홍수에도 잘 견디며 지내 온 터에, 그까짓 구청 건물 하나 짓는 일에 쓰였을 세금이 자꾸 아깝다는 생각이 드니 아무래도 내가 지닌 나라사랑이 엷은가 보다. 그렇지 않다면 이미 절반 가까이 경상남도로부터 빼앗아 놓은 뒤이니, 이제부터는 하루바삐 김해들을 도심공간으로 바꾸어 버리겠다는 부산시의 속내를 모르는 내 순진함 탓이다.

경남문학관을
세운다고?

경남문학관을 세운다고 여러 해 호들갑을 떨고 있다. 관변 문인단체에서 기금을 거둡네 하면서 말풍선을 띄웠고, 경상남도에서도 도 단위로는 처음이라는 재미에 이끌려 그 일을 밀고 나갈 모양이다. 그러나 건립 계획이라고 내놓은 것을 볼라치면 엉성하기 짝이 없다. 아직까지 건립의 필요성과 운용 방안에 대한 공론이 무르익지 않았다. 마땅한 자리는 아니지만, 두 가지 우려만이라도 짧게 내비치지 않을 수 없다.

첫째, 도 단위 문학관 건립이라는 발상부터 잘못이 있다. 문학의 향유는 늘 개별 작가와 구체적인 장소, 그리고 거듭하는 독해 경험을 한 고리로 삼아 이루어진다. 덩치만 덩그런 오백 평 공간이 필요한 일은 아니다. 커다란 건물 하나를 세워 놓고 한꺼번에 경남문학의 면모를 다 보여 주겠다는 뜻은 세운 뒤에 뒤따를 자리나 고물에 대한 욕심이 아니라면, 한건주의식 과시 행정이라는 묵은 인습에 지나지 않는다.

둘째, 문학관 안에 펼쳐 놓을 자료 확보와 운용 계획도 생각이 모자라기는 마찬가지다. 갈무리 자료를 관변단체 소속 문인들의 기증을 받아 마련하겠다고 한다. 게다가 문학관 운영 계획이라 내놓은 것도 세미나니 강연회니 해서 굳이 새로 큰 집을 지어 하지 않아도 될 일이다. 기껏 머릿수로 채운 생존 작가의 작품집이나 마구잡이 긁어모아 어찌 오래고 높은 경상남도 문학의 긴 전통을 한자리에 갈무리하겠다는 말인가?

이미 말을 내었으니, 도의회 의결을 거쳐 곧장 나랏돈을 털어 넣겠다는 오기를 부려서는 곤란하다. 외면당하는 덩그런 문학관 하나보다는, 군 단위로 추켜세울 만한 주요 작가나 작품과 맞물린 장소를 찾고 제대로 다듬어 다양한 문학 문화재나 문학관광 자본을 마련하고, 행정관청에서는 그것을 뒷받침하는 것이 바람직하다. 모든 일에는 선후완급이 있게 마련이다. 지역 대학이나 개인, 문화단체에서 해도 될 일을 경상남도라는 이름을 앞세워 놓고 후닥닥 해치워 버릴 수는 없다.

회고록을
남기는 사회

사람의 목숨은 귀하다. 태어나기 어려움이 귀한 처음이요, 살아 사람답게 행한 바 귀함이 그 둘이다. 목숨 지닌 이라 하더라도 낱낱으로 삶의 값어치가 다르게 매겨지는 까닭이다. 그러나 우리 사회에서는 여지껏 자리의 높낮이, 권력이나 돈의 많고 적음에 따라 삶의 값어치를 매기는 인습이 뿌리내려 왔다. 언론이나 학교에서까지 그것을 부추긴다.

일이 그리 되다 보니, 세상에 커다란 해코지를 한 이도 권력만 잡고 돈만 잘 뿌리면 아무런 문제가 될 까닭이 없다. 그런 이들이 설치고 다닌 뒤, 세상에 남겨 둔 화려한 삶의 기록이나 자취란 마침내 무엇일 것인가. 세상을 더욱 속여 먹기 위한 자화자찬이나 면죄부가 아니던가. 그럼에도 그런 짓거리에다 곧잘 세상은 역사라는 무거운 이름을 얹어 준다.

머지않아 새로운 세상이 올 것이라 한다. 하지만 어느 세상에서나 중요한 일은 이름이 들나지 않더라도 열심히 사람된 도리를 다하고자 했던 삶의 자취다. 그런 자취야말로 무엇보다 우뚝한 겨레의 자산이다. 여느 문학작품보다 감동적인 삶의 교과서다. 그것은 한 개인의 자기 회고를 넘어서, 뒤 세대에 대한 준엄한 말하기 방식 가운데 하나인 까닭이다.

우리 사회가 갖가지 비리와 오욕을 되풀이하는 것도 쉽게 잊어버리는 사람들 됨됨이에 뿌리가 있다. 겉으로 우뚝한 사람, 호의호식한 이가 아니라 맞춤법이 무엇인지도 모르는 예사 어버이의 자서전이나 회고록이 많이 쓰여야 한다. 왜냐하면 같은 길을 걸어온 것처럼 보이는 사람의 삶도 마침내 모두 다르고, 이룬 바 못 이룬 바, 그 높낮이가 다르기 때문이다.

먼 뒤 세대가 참으로 행복스럽게 살아가는 세상을 만드는 데 이바지하고 싶다면, 올해부터라도 늙고 젊음에 걸림 없이 기록을 남기고 회고록을 쓰는 버릇이 이어지기를 바란다. 출판하건 원고로 남건, 손자의 손을 빌건 그런 것은 다음 문제다. 햇살 받은 봄 강물 물살만큼 다양할 예사 사람의 기록이 우리 사회를 널리 가꾸어 주고 이끌어 주기 바란다.

오월
왕벚꽃 진 자리

오월 한나절 가포 갯가에 앉았다. 해마다 이때쯤이면 찾아와 주는 ㄱ, ㅇ, ㅎ. 올해는 ㅎ이 오지 못했다. ㅇ은 이제 두 해를 넘긴 둘째 아이를 씩씩하게 가슴 쪽으로 돌려 안은 채 나타났다. 건강해 보였다. 남편은 삼 학년 담임을 맡아 바쁘게 지낸다 한다. 이제는 행정직 쪽으로 일자리를 옮길 준비를 해 보는 것도 바람직할 거라고 넌지시 이야기를 꺼내 보았다. 그러나 어렵다는 말과 함께 대답은 뜻밖에 너무 쉽게 돌아온다. 이른바 행정직 쪽으로 일을 옮기기 위해서는 공부나 시험 그런 일보다는, 그것에 따라다니는 자질구레한 인사치레에 공을 더 쏟아야 한다는 것이다.

사실의 옳고 그름을 떠나서 아직까지 그런 쪽에는 어두운 구석이 많은가 보다. 앞뒤가 뒤바뀐 일들이 사회 영역 곳곳에서 거듭되고 있으니, 그 일도 예외는 아닌 성싶다. 때로는 살아가는 도리라는 혼란스러운 이치를, 때로는 남들 다 하는 관행이라는 손쉬운 명분을 앞세우며 저질러지고 있을 숱한 잘못이 어디 마산만의 파도 수에만 그치랴. ㅇ에게 더 줄 말을 찾지 못해 얼른 말머리를 바꾼다. 한 나라의 안위를 책임지고 있었던 어느 국방부장관의 어처구니없는 연서 소동에다 그 뒤의 나랏돈 훔쳐 먹는 돈 잔치로 나아가면서 이야기는 날개를 달기 시작했다. 어쩌면 ㄱ과 ㅇ은 세상 깊은 속을 나보다 더 속속들이 알고 있는지도 모른다. 한창 젊은 나이임에도 어느새 길 모를 세상인심에 자근자근 밟히고 멍들어 가고 있었다.

몇몇 제자로 화제가 옮겨졌다. ㅈ은 글쓰는 재주가 남달랐다. 고향 마을에서 유치원을 꾸리고 있었는데, 두어 해 앞부터 소식이 끊겼다. 남편이 술을 너무 많이 마셔 댄다는 걱정이 이어졌다. ㅎ은 늦게 혼인한 쪽이다. 지난해에 어렵사리 얻은 첫 아이를 뱃속에서 잃어버렸다. 학창 시절엔 한 달에 한 번씩 주말을 틈타 멀리 강원도에 있는 암자로 올라갔다. 그곳에 머물고 있는 정신박약아 허드렛일을 도와주고 돌아오곤 했다. 제자로 말미암아 얻는 깨달음과 배움이란 얼마나 각별하고 소중한 것인가. 그들을 가르칠 기회를 내가 지닐 수 있었다는 사실만으로도 나에게 너무 고마운 제자들이다.

그러나 내 어리석음과 모자람은 너무 뚜렷하다. 모름지기 열심히 가르치되 괴롭히지 말라는 옛 경전 말씀을 나는 곁귀로만 듣고 있었다. 남보다 조금 더 손해 보면서 사는 삶의 행복을 열심히 말하면서 나는 내 이익에만 자주 민감했다. 제자들이 편하고 즐거워할 길을 좇기보다는 나에게 편하고 익숙한 길을 좇는 일에 먼저 마음을 쓰지 않았던가. 베풀기보다는 누리는 일에, 북돋워 주기보다는 그들 발목이나 잡아채는 데에 시간을 더 쏟지는 않았던가. 인허가권이며, 중계권을 틀어쥔 채 도장 하나로 세상을 어지럽히는 관리나 거간꾼 행색과 내가 다를 바가 어디에 있는가 자신하기 힘들다.

어린이날에다 어버이날, 초파일이니 해서 어지럽게 여러 기념일이 돌아가는 오월이다. 가르치는 일자리에 있으면서 일찍부터 내가 알게 모르게 저질러 왔을 죄업의 깊고 무거움을 떠올리게 하기 위해 그들은 해마다 나를 찾아와 주는 것인지도 모른다. ㅇ의 둘째 아이는 감기 뒤끝이라 했다. 바닷바람에 날리는 머리카락이 안쓰럽다. ㄱ은 조금 더 머물고 싶어 했으나, ㅇ은 저녁 시간에 맞추어 서둘러 아이를 들쳐 안는다. 결핵요양소를 가로지르는 가포 옛길이다. 내 옆구리 깊숙한 안쪽이 봄날 왕벚꽃 진 자리처럼 환하면서도 너무 아프다.

---

* 「오월 왕벚꽃 진 자리」에서 「지역 예술 축전의 주인과 손님」까지 열네 편은 2000년 4월부터 2002년 2월까지 『경남도민일보』 '칼럼' 난에 실었던 것이다.

십이월의 하늘을
꿈꾸며

왕의 시간만이 존재하던 때가 있었다. 사람들은 왕과 그 일족의 시간을 거듭 기억하고 외울 뿐, 세상은 두려운 늪과 같았다. 그곳에 물이 빠지고 틈과 길이 생기고, 예사 사람의 시간이 끼어들기 시작한 때가 이른바 근대다. 그리고 그것을 불러일으킨 가장 중요한 요소는 놀랍게도 대량 인쇄기술이었다. 매체 변화로 말미암아 고인 시간의 늪, 신화에서부터 벗어나 죽 번은 시간의 다발, 곧 역사는 빠르게 내닫기 시작했다. 산업화·민주주의는 핵심 동력이었다. 도시는 그 맏이였다. 죽 번은 길을 달리는 커다란 기차와 그 축을 따라 몸을 불린 도시는 근대인의 가슴을 벅차게 했다.

그러한 근대 기획에는 다른 시간이 끼어들 자리가 없었다. 앞서 근대화에 성공한 서구 제국은 딴 나라로 들어가 그들의 기록을 지우고, 그들 공간 위에다 자신의 시간을 뒤덮었다. 서구화라는 단선적·일방향적 시간만 허락했다. 그들 시간표대로 열

차에 오르지 못한 집단은 야만이 되고, 악이 되었다. 나와 다른 삶의 차이는 차별로 증폭되었고, 친소가 선악의 잣대로 굳어졌다. 지나간 근대 이백 년 동안 세상은 서구인이 산업기차를 타고 창밖으로 둘러보는 식민지거나 새 경작지였을 따름이다. 고유문화는 망가지고, 환하고 높은 시계탑처럼 제국의 통제만이 빛났다.

이제 화려했던 근대의 시간은 신장개업을 준비하고 있다. 월드와이드웹이라는 무기와 정보화라는 옷으로 산뜻하게 갈아입고, 새로운 전자 탄환열차를 마련했다. 우리 사회 또한 유례없이 번잡스런 문화접변기 혼란을 보여 주고 있다. 근대와 전근대에다 탈근대까지 뒤섞인 셈이다. 그리고 그런 가운데서 인습의 시간 열차는 멈출 생각이 없다. 공공적이라는 명분 아래 어마어마한 나랏돈 잔치가 버젓이 이루어지고, 생활 정치는 간데없이 번지르르한 패거리 정치만이 한결같이 사람들 머리 위에서 소란을 떤다. 한 번 쥔 이득은 어떤 변화 앞에서도 내놓을 수 없다는 뜻이다.

지역은 지역대로 자치제도를 볼모로 절차 행정·과업 행정에 바쁘다. 지역 의사소통의 중요한 축인 지역언론 또한 맞장구치면서 새로운 정경유착의 지역화·토착화에 기꺼이 몸 바칠 준비가 되어 있음을 버젓이 드러낸다. 그리고 그들의 화려했던 예와 오늘을 기념하기 위한 잔치도 잊지 않는다. 문화니 역사니 이름을 내세우며, 수상한 건물을 올리고 두터운 기록물을 뿌리며, 지나간 시간을 힘껏 화석화한다. 보도 사진과 영화, 텔레비전의 다양한 영상 기록까지 끌어들여 견딜 만한 정도로 간추리고 묶어진 시간의 모자이크를 화려하게 보여 주며 객관성을 웅변한다.

새로운 시간이 온다. 낮과 밤 없이 스물네 시간 무서운 속도로 삶을 등질화하는 전자열차의 세상이 온다. 일어난 사건과 그것을 쓴 역사라는 이원적 거리를 빌려 교묘하게 작용할 수 있었던 인쇄매체의 이념적, 사회적 관리장치가 끼어들기 힘든 세상이다. 다른 먼 곳의 사건이 바로 현존이 되고, 그것은 이내 신화로 굳어 버리는 디지털사회다. 그 안에서 사람들은 새로운 빙하기로 쫓겨난 유목민처럼 야만의 풀을 찾아 헤매고 있을 것인가? 아니면 남성적·국가적·획일화한 공적·이성적 규칙보다 여성적·지역적·다원화한 사적·생태적 친밀감으로 삶자리를 옮긴 정보인으로 거듭날 것인가?

새로운 천년 첫해라는 화려한 꾸밈말을 이끌고 2000년이 우리 앞에 모습을 들낸 지 한 해가 흘렀다. 이 한 해 동안 우리 사회의 변화는 느리고 더뎠다. 변혁의 어려움을 다시 한 번 깨닫는 해였다. 사람들을 사로잡고 있는 기계의 시간과는 무관하게 우주 끝에서부터 몇 만 년을 걸어와 이제사 우리 하늘에 이른 별빛 가족도 있다. 사람 끊긴 골짝 살얼음 녹는 도랑가에는 막 핀 고들빼기 잔털같이 여린 시간도 있다. 근대 산업인이 거쳐 온 시간의 길 바깥에는 무엇이 있었을까? 또 너머에는? 십이월의 하늘 아래 땅 위에 나는 서 있다.

모난 사람에게
미래가 있다?

사람 됨됨이를 몇 개 유형으로 묶어 버리는 일은 위험한 짓이다. 목숨이란 단순하게 잴 수 없는 가치의 세계인 까닭이다. 그럼에도 유형화하는 이점은 많다. 최대근은 우리 사회의 이념적 인간형을 '모난 사람/원만한 사람', '무원칙적인 사람/원칙적인 사람'이라는 둘로 나누어 살폈다. 모남과 원만함을 가로에, 무원칙과 원칙을 세로에 놓고 따져 보면 우리가 나날살이에서 겪게 되는 실제 인물형은 모두 넷이다. 첫째 모나면서 무원칙적인 사람, 둘째 원만하면서 무원칙적인 사람, 셋째 모나면서 원칙적인 사람, 넷째 원만하면서 원칙적인 사람이 그들이다.

첫째 유형은 원칙도 없고 원만하지도 못한 까닭에 사회적으로나 문화적으로 내쳐진다. 둘째 유형은 일을 이루어 나가는 태도에 따라 다시 둘로 나뉜다. 아예 무사안일한 모습을 보이는 쪽과 편의주의에 젖는 쪽이 그것이다. 셋째 유형은 모가 나고 남달리 튄다는 느낌을 준다. 이 유형은 존경받기도 하며, 때에 따라 사람들 지지를 얻기도 한다. 그러나 대체로 소외되기 쉽다. 넷째 유형은 가장 바람직한 인물형으로 여겨진다. 그럼에도 그런 경지에 이르는 것은 극히 어렵다. 희귀하다는 뜻에서 첫째 유형과 마찬가지로 주변 인물형에 머문다.

우리 사회에서는 가장 많은 인물형이 둘째 유형이다. 셋째 유형의 사람이 이 유형에 늘 맞서면서 당위형으로 등장한다. 원칙을 지킨다는 것은 제 한 몸이나 소집단 이익보다는 보다 큰 단위의 공익에 따르며, 책임 소재를 분명히 한다는 뜻이다. 그러니 원칙을 지키고자 하는 사람 경우 원만하기가 쉽지 않다. 그들은 늘 문제나 일으키고 말썽을 부리는, 모가 난 사람으로 몰리기 십상이다. 옳은 주장을 펴더라도 마침내 지지 받기 힘들다. 원칙 없이 두루뭉술한 사람을 사회는 더 좋아하고, 사람들 또한 더욱 그렇게 보이기 위해 힘을 쏟는다.

개인의 자발성이나 집단의 유연성이 사라져 버린 관료주의 사회일수록 둘째 유형 사람이 인정받고, 살아남기 쉽다. 이 경우 원만하다는 평가는 책임질 일은 맡지 않을 뿐더러, 책임질 줄도 모른다는 뜻 이상을 넘어서기는 힘들다. 법, 도덕률과 같은 공동체 원칙, 원리보다 편의에 따른 상황윤리가 존중되는 그런 사회에서 사람들이 해야 할 일이라고는 이른바 찍히지 않거나 눈치껏 책임을 벗어나면서 제 이익을 제때 챙기는 빠른 눈치일 뿐이다. 모든 사람 관계는 신세 지기/신세 갚기, 봐주기/안 봐주기라는 정실과 연고의 크고 작음, 깊고 얕음 문제로 변질하여 버린다.

이리 보면 모났다는 말은 지극히 주관적이며 어름한 평가어다. 따라서 어떤 이가 모났다는 말을 듣게 되는 경우, 그런 평가를 하는 그 사람의 됨됨이부터 먼저 따져 볼 필요가 있다. 명분만 그럴듯할 뿐 나서서 주장할 용기도 실천력도 갖추지 못한 이들 자기 이익에만 마음을 둔 이들이 볼 때, 원칙을 말하고 말과 행동의 거리를 좁히기 위해 안간힘 쓰며 남달리 튀는 듯한 셋째 유형의 사람은 분명 성가신 존재다. 나와 다른 차이를 받아들이지 않고 딴죽을 거는, 우리 사회 묵은 병폐 가운데 하나인 하향평준화 분위기가 그들을 그냥 둘 리 없지 않은가.

오늘날 맞닥뜨리고 있는 전자사회는 산업사회의 두루뭉술 획일화한 다수 노동대중과는 전혀 다른 인물형을 우리에게 요구한다. 낡은 인습을 훌쩍 뛰어넘는 역동적인 자질은 새로운 정보인에게서나 볼 수 있다. 이른바 사회 지도층이 법이니 제도를 재주껏 들먹이며 눈부신 이 변화의 계기를 이익 증식을 위한 새롭고도 드넓은 기회로 삼기 위해 잔머리를 굴리고 있는 동안, 세상은 더 달라지고 나아질 리가 없다. 미래 변화와 발전 가능성은 오히려 원만한 이들보다는 모난 이들 속에서, 그들의 예외적인 생각과 돌출하는 됨됨이 속에 있을 가능성이 더 큰 까닭이다.

경상남도는 있는가

경상남도는 있는가? 모름지기 경상남도가 있다면 누구에 의해, 어디에, 어떻게 있는가? 다소 엉뚱하게 들릴 법한, 이러한 공간정치적인 물음에 대해 답하기란 그리 쉽지 않다. 분명 경상남도는 행정적·법적·지리적 단위로 실재하고 있음에도, 그 구성원이 자신의 나날살이 속에서 그것을 자각하게 되는 기회란 그리 많지 않은 까닭이다. 게다가 경상남도를 삶의 단위, 문화 단위로 놓고서 지형을 그릴라치면 답은 더욱 궁색해진다.

지리공간으로 볼 때 경상남도는 날줄과 씨줄로 추상화하고 축소한 지도의 한 영역으로 표상된다. 그러나 보다 구체적인 삶자리로 층위를 내려서서 그 안쪽을 들여다보면 이질적 경관과 삶을 차별 지우는 숱한 경계로 나뉘어져 있는 곳이 경상남도다. 지역자치가 제도로 들앉으면서, 오래 지켜 오고 가꾸어 온 삶과 장소 감각에는 아랑곳없이 발 빠르게 진행시킨 폭력적인 공간 구획과 새로운 장소 명명은 그 한 본보기에 지나지 않는다.

마산시와 진주시가 둘 사이 군 지역을 양껏 나누어 붙이고, 가까운 광역시로 소지역을 끌어다 넣는 일을 두고 해당 도민들은 즐거워했다. 새로운 투기 자본이 지가를 올려 줄 터이고, 이어질 개발이익이 자신들 것으로 떨어지리라는 기대 탓이다. 다수 보통 도민이 지켜온 삶의 실재와는 동떨어진 기획이었고 기대였던 셈이다. 여러 해 지난 오늘에 이르러 그러한 공간 재편성이 그들의 삶의 질을 드높이는 데 이바지했다는 지표를 찾기는 어렵다.

오히려 경상남도 안쪽의 고지가 지역과 저지가 지역, 인구 유입 지역과 유출 지역, 산업화·도시화 진행이 빠른 지역과 그렇지 못한 지역 사이 격차만 더욱 키웠을 따름이다. 근대 산업화 과정에서 우리 사회가 서울과 시골로 맞세워 실현시켜 놓았던 거리가 경상남도 곳곳에서도 가로놓여 있음을 볼 수 있다. 창원·진주를 비롯한 큰 도시 몇 곳에 따른 안쪽 식민지화가 정치·경제·교육·문화 영역 모두에 걸쳐 진행되고 있는 셈이다.

게다가 행정자치가 해당 소지역의 자발적이고도 역동적인 문화 능력과 수행력을 드높이는 쪽으로 힘을 쏟아 온 것인지도 의심스럽다. 과시적 외형주의, 규모에 치우친 반생태적 건설과 재정 분배, 다수의 미래지향적 이익이나 전문가의 의견을 존중하기보다는 결정한 일은 돌아보지 않고 밀어붙이는 관 독점주의, 제도와 법을 트집 잡아 지역의 발랄한 상상력과 새로운 의욕을 주저앉히는 보신주의는 아직까지 달라진 것 같아 보이지 않는다.

지역의회 또한 국회를 본받아, 이른바 지역의 토호·유력인사·관변 거간꾼들이 자신의 이익을 항상적으로 보호하고 재생산해 내는 새로운 장터나 친목 모임으로 변질하고 있다는 혐의를 받고 있다. 더해 가는 재정 적자에도 혈세를 쏟아 붓는 크작은 관급공사가 끊이지 않고 있다. 안보와 경제를 빌미로 오래도록 관행으로 저질러졌던 국가 주도의 비리 사슬이 지역사회 안쪽에 고스란히 옮겨지고 있는 게 아닌가라는 걱정을 숨길 수 없다.

우리에게 경상남도는 있는가? 경상남도의 변화를 이끌 주체와 수혜자는 누구인가? 시공간 경계를 없앨 디지털 세계화와 맞물려 아울러 이룩할 지역화의 물굽이 속에서, 더욱 깊어지고 있는 지역 안쪽 성적·계층적·문화적 소외와 격차를 뛰어넘기 위한 전망과 방법에 대한 이해 조정은 어떤 모습을 띠고 있는가? 경상남도는 있으되 아직까지 경상남도는 도민들 위에 있거나 훨씬 뒤쪽, 곧 20세기에 머물러 있다.

문화행정의 문제와
통영·거제 지역

　문화란 나날살이 속에 살아 있으면서도, 쉬 달라지지 않을 속
성이나 실체를 일컫는 말이다. 함부로 손을 대는 일은 피해야
한다. 이른바 민선자치가 시작된 이래, 지역행정부가 기업가처럼
나서서 지역 문화예술 시설에 공을 들이는 모습을 자주 본다.
그러나 그 안에서 저질러지고 있는 폭력에 대해서는 관심이 없
는 듯하다. 경남 소지역 문화행정 쪽·현안 가운데 하나인 유치
환 시인 현양사업만 하더라도 문제가 이만저만한 게 아니다.

　거제시에서 이즈음 이룬 일이 유치환의 생가로 알려진 둔덕
방하리 옛집에 대한 파괴다. 마을 사람들 말로는 손볼 수 없을
만큼 낡아서 거제시에서 새로 지었다 한다. 여러 해에 걸쳐 둘
러본 내 생각으로는, 그 집을 싹 밀어 버리고 위에다 옛집을 흉
내내 새 집을 지어 올릴 만한 정도는 아니었다. 유치환을 기린
다는 명분으로 그의 묵은 체취를 완전히 들어냄으로써, 야만
행정·폭력 행정의 전형을 보여 준 셈이다. 옛 흔적이라고는 주

츳돌뿐이다.

이웃 통영시에서 문학관을 짓는다 하니, 그에 맞설 만한 일로 기획했는지 모른다. 망가뜨린 생가 밑자리에 기념관까지 지을 계획이란다. 통영시에 있었던 집터나, 광복 혼란기에 유치환이 자신의 것으로 굳혔다고 알려진 부인의 적산 유치원도 사라진 바다. 유치환 연고지에서 그의 체취를 가장 잘 엿볼 수 있는 공간이 지워졌다. 거제시가 나서서 유치환에 대한 제 지역의 정통성을 고스란히 부정한 꼴이다. 먹줄이 마르지도 않은 인공 생가가 무슨 뜻이 있는가?

통영시에서도 지난해부터 일을 벌여, 유치환문학상을 만들고 유치환문학관을 호사스럽게 세웠다. 그러나 제1회 문학상을 제 지역 출신에다 유치환 후배인 김춘수 시인에게 돌림으로써, 스스로 유치환 문학의 자리를 통영 안에 가두어 버렸다. 십이 억을 넘게 들인 문학관도, 전시관으로나 정보자료관으로나 모자람이 크다. 유치환동호회 결성이나 통영문화예술연구소 지원까지는 생각이 미치지 못했다 하더라도, 누리집 정도는 마련했어야 했다.

게다가 망측스럽게 되살려 낸 유약국은 누가, 누구에게, 무엇을 보이자는 일처리인가? 유치환이 조선조 박인로 시가를 이었고, 김수영 시인이 그의 영향을 받은 바 있다는 관람 안내문 처리는 헛웃음을 지을 만큼 애교라도 있다. 그러나 왜로 오랑캐에게 열일곱 번이나 투옥 당하며 고초를 겪었던 광복지사 이육사 시의 전통에 중인계층 특유의 실리 감각과 허세, 에로틱 자유주의자의 음울을 벗어나지 못한 유치환의 시가 이어져 있다는 풀이에 이르면 그 엉뚱함이 지나쳐도 너무 지나쳤다.

민간의 유치환 현양사업은 통영 안쪽에서 동의만 이루어진다면 그 자체로 나무랄 일은 아니다. 문제는 소중한 세금까지 쏟아 붓는 그런 일은 책임진 개인이나 행정기관의 과업·치적 문제로만 그치지 않는다는 데 있다. 알게 모르게 지역사회의 삶자리로써 두고두고 영향을 끼치며, 새로운 신화 조작에 이용될 것이다. 일에는 선후완급이 있게 마련이다. 조선 해군의 기개가 퍼렇게 살아 있는 견내량 깊은 물빛이나 충렬사 붉은 동백에 얼굴을 비추어 보아 부끄러울 일을 통영·거제 지역 사람이 스스로 나서서 저지르지는 말아야 한다.

전문가나 시민사회의 건의, 충고를 제 몫에 대한 성가신 위협쯤으로 알고 있는 오만한 관료의 직무유기가 바뀌지 않는 한 행정 폭력은 곳곳에서 이어질 것이다. 세금을 손쉽게 알고, 지역주민을 섬길 줄 모르는 절차 행정·과업 행정이 그 일을 거들 것이다. 그들은 문화행정의 궁극적 수혜자가 지역 미래 세대가 아니라, 자신들이어야 한다고 착각한 듯싶다. 문화란 더불어 가꾸어 나가는 과정 그 자체지, 덩그러니 죽은 결과물이 결코 아니다.

경남문학관 건립에 따른 세 가지 공개 질의

『경남문학』 가을호가 나왔다. '기획특집 Ⅲ'이라 붙여 '경남문학관과 지역문학관'에 대한 홍보성 짙은 글을 묶었다. 올해 들어 이루어진 문덕수문학관과 유치환문학 현양사업, 그리고 시월에 완공 예정인 경남문학관을 다룬 글이 그것이다. 공교롭게도 나는 이 세 가지 일에 문젯거리가 있음을 이 난이나, 다른 언론사의 지면을 빌려 들낸 바 있다. 유치환문학 현양사업과 관련한 내 글에 대해서는 따로 개별 반박문까지 싣는 친절(?)을 베풀고 있는 점으로 보아, 기획한 글들이 내가 발표한 글과 무관하지 않음을 드러내 놓고 내비친 셈이다. 첫머리에 올린 '운영위원장' ㅈ 씨의 「경남문학관 운영의 방향」부터 다시 문제 삼겠다. 씨에 대한 짤막한 물음 꼴을 빈다. 물음과 답변 과정에서 도민의 알 권리가 얼마간 채워지고, 문학관에 대한 관심이 드높아지기를 바란다.

첫째, 문학관의 됨됨이와 관련한 물음이다. 경남문학관이 '경남문인협회'라는 현 시기 특정 단체 회원의 기념관이나 자료관인가? 그렇지 않으면 경남의 고전문학과 근현대 시기 문학에 걸치는 길고 두터운 전통을 갈무리하고 그것을 뒤 세대에 이어주는 몫을 맡을, 이름에 걸맞은 경남문학의 중심공간인가? 만약 앞의 경우라면, 전두환 행정부 때 만들어진 일개 문인단체에다 도의 이름을 내걸고 일을 맡긴 지역행정부의 편의주의나 나랏돈 지출의 적절성이 문제다. 뒤의 경우라면 다루어야 할 '경남문학'의 시기와 대상, 포괄하는 지역 범위가 문제다. 근현대 시기로 묶는다 하더라도, 경남문인협회의 활동이 최소한 백 년을 넘는 이 시기 경남문학의 업적과 연구의 전통 속에서 대표성을 웅변할 수 있어야 할 것이다.

둘째, 문학관의 쓸모와 관련한 물음이다. 문학관은 정보자료관 기능이 핵심이다. 전시·연구·홍보와 교육·문화 창출은 정보자료의 질적, 양적 수준에 결정적으로 기댄다. 씨가 경남문학관의 "일차적 이념"으로 "최소한 경남문인들의 문학 자료를 체계적으로 정리 보관하여 후대의 문학 연구 및 문예 창작에 기여"하는 것이라 밝히고 있는 까닭도 그 점에 착목한 탓이겠다. 그렇다면 쉬운 본보기로 경남 대표 문인으로 자주 들먹이는 두 사람, 곧 이은상과 유치환이 내놓은 창작 단행본 자료만이라도 현재 얼마나 갈무리하고 있는지 구체적인 수치로 밝혀 주기 바란다. 참고로 두 사람 모두 서른 종 남짓 펴낸 것으로 알려져 있다.

셋째, 문학관의 짜임새와 관련한 문제다. "통일문학의 지향을 위하여 북한문학 자료관을" 경남문학관 안에 따로 "운영"해야 한다고 적고 있다. 그 자체로써 마땅한 일임에도 '경남'을 명분으로 내건 문학관에서 굳이 그것이 필요한 까닭은 이해하기 힘들다. 현재 시도마다 있는 반공·자유관련 관변단체의 공개 자료관이나 영업 중인 북한도서 수입상의 판매품보다 나은 자료를 확보하고 있거나, 할 수 있다는 의욕을 표현한 데서 그치기를 바란다. 정작 핵심 사항인 경남문학 관련 자료의 모자람을 덮기 위한 한 꾀가 아닌지 의심스럽다. 어차피 북한문학을 문제 삼았으니, 생몰에 관계없이 경남 출신 월북문인에는 누가 있으며, 그들 관련 문헌만이라도 얼마나 갈무리하고 있는지 답해 주기 바란다.

위에 내놓은 질의는 이미 건립 계획안에서부터 상당한 수준까지 구체안을 마련하고 있어야 할 기본 틀에 걸린 것이다. 개관을 두어 달밖에 남겨 놓지 않은 상태임에도 '운영의 방향'이나 밝히고 있는 씨의 글은 아직까지 막연한 짐작과 객쩍게 원론적인 당위성을 거듭하는 데 머물러 있다. 경남문학관의 제도화가 불가피한 것이라면, 마땅한 모습으로 건립, 운영되어야 한다. 그 일이 씨의 표현과 같이 마침내 "지각없는 자들의 놀아남이나 무슨 장난"으로 떨어지지 않아야 함은 물론, 경남 지역문학의 오랜 전통과 미래에 대한 '몰역사적인' 왜곡이 되지 말아야 할 것이다. 빠른 답변을 기다린다.

경남문학관이
제대로 기능하려면

10월 12일자 이 난을 빌려 글쓴이는 '경남문학관운영위원회' 위원장 ㅈ 씨에게 세 가지 공개 질의를 한 적이 있다. 그 뒤인 10월 30일자 『경남신문』 '경남시론'이라는 자리에다 씨는 「경남문학관의 기능」이라는 글을 내놓았다. 기대에 못 미쳤다. 구체적인 수치를 내놓아 가며 글쓴이가 "빠른 답변"을 요구했던 것은 '건립 계획서'에서나 앞세울 건립 당위성과 그 기능에 대한 소박한 원론만을 언제까지나 거듭하고 있을 때가 아니라 여겼던 까닭이다.

여러 해 일을 추진하여 이제 문학관 개관을 눈앞에 둔 입장에서, 건물 외형 마감공사와는 별도로 자신의 말과 같이, 지난 몇 해 동안 "서두름 없이 중지를 모아" '착실하게' "준비해 온 바"가 무엇이며 지역사회 협조 사항이 무엇인가라는 데 대한 간접적인 지역홍보의 기회를 '운영위원회' 스스로 놓친 셈이다. 구체적인 답변이 이루어지지 않은 까닭이 개관에 즈음한 지금까지도 '기본 준비'에서부터 문제를 안고 있는 상황이 아니기만을 아무쪼록 바랄 따름이다.

그러나, 이번 글로 뚜렷해진 점은 경남문학관이 이른바 경남 문인협회의 기념관이나 자료관이 아니라, "경남인의 문화적 자존심을 천명하는" "경남문학 박물관"이라는 됨됨이 규정이다. 그렇다면 먼저 현재의 경남문인협회라는 기획, 연구, 운영 주체의 정당성과 대표성을 새삼스럽게 생각해 보지 않을 수 없다. '경남문인협회'의 경남문학사에 대한 전반적인 이해 정도와 깊이에 큰 문제가 있음은 문학관 건립 계획에 앞서 마무리했던 '경남문학선집'의 작가와 작품 선정에서 이미 확인된 바다.

지나온 긴 시기 경남문학사의 중요한 문학인이나 작품들을 숱하게 빠트린 채, 경남문인협회 '회원'의 '대표작품' 선집이라 일컬음을 받아야 될 작품집에다 '경남문학대표' 선집이라는 무거운 이름을 올린 채 내놓아 사람을 놀라게 한 때가 1997년 3월이었다. 그리고 그때 지녔던 이해 수준이 오늘에 이르러서도 별로 달라진 것 같지 않다. '경남문학대표선집' 발간 뒤 세 해가 지난 지금까지 빠졌던 문학인의 이름만이라도 얼마나 채워 보았는가?

그리고 경남문학관의 기능과 관련하여 씨는 "정작 중요한 것은 외형적 여러 조건의 화려함이 아니라, 문학관 내부자료의 충실성과 운영의 합리성"이라 적고 있다. 옳은 말이다. 그럼에도 허황(?)된 "세계적인 문학 전공 도서의 공급과 각종 문예잡지의 보급"이니, "전업작가의 창작실" 마련을 "주요 시책"으로 올린다든가, 굳이 문학관을 필요로 하지도 않을 "작가 개인의 각종 창작 기념회"와 같은 사소한 운영안을 내세운 점이 의아스럽다. 도민의 흥미를 불러일으키기 위한 '화려한' '외형적' 전략으로만 머무는 일이기를 바란다.

일부 경남 소지역에서는 경남문학관 전시의 '영광'(?)을 얻기 위하여 문인들이 서둘러 작품집을 만드는 우스꽝스러운 호들갑을 떨고 있다는 풍문마저 나돈다. "전국에서 제일 먼저 공공문학관을" '갖게' 된 일을 '자랑'으로 내세우기보다는 왜 다른 지역에서는 '공공' 문학관을 세우지 않았는가를 따져봄 직도 했다. 경남문학관 "운영의 충실"을 위하여, 두 가지 고언으로 마무리한다. 첫째, 지역 명망가 중심의 현재 '운영위원회'는 '문학관 건립위원회'의 역할에 머물고, 하루바삐 지역문학·문화행정 전문가로 짜인 실질적인 '문학관 운영위원회'를 구성, 움직여 나갈 일이다.

둘째, 성가시겠지만 도민 공청회, 아니면 문학인 공청회만이라도 열어 바람직한 개관과 운영에 따른 문제를 점검하고 지역사회의 이해와 협조를 얻는, 공론화 과정을 거치기 바란다. 경남문학관 건립 경험은 그 하나에만 그칠 일이 아니다. 이어질 경남미술관 건립의 사전 학습일 뿐 아니라, 문학관 건립에 따른 여러 의견을 수렴·조정해 나가는 과정 자체가 경남지역 문학인의 능력과 실천력을 드높여, "경상남도의 문화적 자존심"을 키우는 지름길인 까닭이다.

너그러운 문학,
너그러운 사회

너그러운 일이다. 한 몸 비비적대며 살아가기도 힘들어 아침 저녁으로 한숨을 바가지째 퍼 나르는 팍팍한 이 세상에 이렇듯 반가운 소식이라니. 지역에 드디어 문학관이 선다. 문학관이란 따르고 기릴 만한 값진 문학의 학습과 전승을 위한 중요 공간 이며, 새로운 문학 창조의 징검돌이 아닌가. 창신대학에 마련할 그곳 이름은 문덕수문학관이며, 당사자가 내놓은 책과 그림 같은 자료를 펼칠 것이라 한다.

아마도 문덕수 시인은 자신의 문학관에 마땅할 뛰어난 문학 적 업적을 쌓았음에 틀림없다. 그의 문학사적 위상을 귀히 여 기고 있지 않은 내 생각에 분명 잘못이 있었던가 보다. 그렇지 않다면 그가 내놓았다는 기증품이 크게 값나가는 것일 게다. 예사 문인에게 개인문학관을, 그것도 대학에서 세워줄 리가 없 는 까닭이다. 문학관을 세워 받들어야 할 만한 됨됨이를 갖춘 인물이니 아니니, 자료관이나 문고가 아니라 문덕수문학관이라

붙인 이름이 마땅하니 않으니 하는 지역문학인의 쑥덕거림도 괜한 시샘이나, 트집쯤으로 여겨도 될 듯싶다.

지역 언론사에서도 좋은 일이라고 기사를 내놓은 적이 있다 한다. 그러니 좁은 지역사회 안에서 시비를 불러들일 필요는 없겠다. 1907년에 세워진 마산창신학교는 근대 경남을 대표하는 사학이었다. 일찍이 안자산, 이윤재와 같은 분이 교사로 머물렀고 광복항쟁을 이끌었던 김원봉 장군이나 이극로, 안호상과 같은 분을 길러 낸 요람이다. 창신이라는 이름은 마산의 근대문화, 도시이미지를 표상하는 중요 상징 가운데 하나라 할 만하다. 그 우뚝한 이름을 앞세운 대학 안에 자기 문학관을 버젓이 지니게 될 처지가 부러울 따름이다.

문덕수 시인은 늘그막에 홍복이 터졌다. 서른 해 동안 서울에서 『시문학』이라는 전문잡지를 내었다. 김영삼행정부 아래서는 한국문화예술진흥원 원장이라는 높은 자리도 거쳤다. 시집을 여럿 내었음에도 문학연구니 비평을 전문으로 한다는 학계에서 이때까지 보여 주었던 푸대접이나 문단의 배은망덕에 대해 멋진 앙갚음이 된 셈이다. 게다가 별반 인연도 깊지 않은 대학에 그것도 생전에 문학관이 선다. 지난날 마산에 머물렀던 몇 해의 보람을 저렇듯 크게 되돌려 주는가 싶어 그 너그러운 인연법이 감동스럽다.

문신미술연구소도 문신기념관이 있는 마산 안에 두지 않고, 서울에 있는 대학에 양보하는 너그러움을 갖춘 지역이 마산이다. 제도나 건물은 한 번 일으켜 세우고 나면 없애기 어려운 법이니, 문덕수문학관이 앞으로 곳곳에 세워질 여러 문학관의 디딤돌이 되었으면 좋겠다. 온 나라 안에 백예순 곳을 넘는 문학관을 지닌 일본에 뒤진 채 이대로 있을 수는 없다. 기껏 다섯 곳에도 미치지 못하는 문학관을 지닌 게 우리나라 처지가 아닌가.

이 일을 본보기로 많은 문학인이 분발하겠지만, 나도 욕심을 좀 내어 볼 생각이다. 문단에 몸담은 지 벌써 스무 해인 데다, 좋은 제자까지 몇 두었다. 뒷날 내 이름을 앞세운 문학관이 전혀 무망한 일만은 아닐 터이다. 때가 되면 이곳저곳 기별하여 회갑잔치도 본때 있게 떠벌려야겠다. '문학의 존재'니 '존재의 문학'이니 필생의 역작임을 힘주어 축하해 줄, 이른바 저명인사들을 앞세워 제대로 된 출판기념회도 자주 열어 두어야겠다. 모름지기 너그러운 지역사회 문화풍토가 그때까지 간직되기만을 바랄 따름이다.

한국문인협회의 뿌리와
지역문단

  문학은 여러 구성요소가 켜와 겹으로 이루어 내는 역동 현상
이며 사회 과정이다. 작가와 작품, 그리고 독자는 잘 알려진 요
소다. 서점·대여점을 비롯한 유통망뿐 아니라, 동인이나 문인단
체와 같은 제도 또한 빠트릴 수 없다. 이 가운데서 문인단체는
가정이나 학교 문학학습에 못지않은 문학제도 가운데 하나다.
본격 논의에서는 늘 뒤로 밀려나긴 하지만, 그렇다고 문학의 생
산과 재생산에 미치는 중요도가 줄어드는 것은 아니다.

  흔히 신춘문예나 추천제와 같은 문인인증 방식이 우리 문학
제도의 특징으로 꼽힌다. 국가 단위의 이름과 조직을 내건 거
대 문인단체 또한 거기서 빠트릴 수 없다. 공산국가와 달리 자
유국가에서는 보기 드문 이러한 단체의 뿌리는 한창 거슬러 오
른다. 나라잃은시기 제국주의 왜로의 대륙침략에 따른 전시동
원과 사상통제를 위하여 만들어진, 이른바 '조선문인협회'(1939)
와 뒤이은 '조선문인보국회'(1943)에 닿아 있다. 이광수, 유치진과

같은 이들이 열성을 다했던 단체다.

한국의 문인단체는 광복기와 경인전쟁을 겪으며 월남·월북·전향이라는 좌우 문단 재편성 과정 속에서 크작은 분화와 통합을 거듭했다. 그리고 1950년대와 1960년대를 거치면서 남한에서 주류 문인단체는 '(사)한국문인협회'(이하 한문협으로 줄임)로 굳어졌다. 앞서 들었던 부왜단체의 문인 백철, 서정주, 모윤숙이나 우파 문인 김광주, 김동리와 같은 이가 중심이 되어 1961년 이른바 '5·16혁명정부'의 사회 '숙정' 사업에 힘입어 만든 것이다.

1970년대와 1980년대를 거치면서, '한문협'의 상층부는 중앙행정권력의 머슴이나 꾸미개 노릇을 마다하지 않았다. 체제 후원자나 묵시적인 동조자로서 관변화의 길을 줄기차게 걸었다. 일부 토착 문인 또한 그들과 연대 고리를 키우면서, 자신들이 지닌 지역 주도권을 살찌웠다. 때맞추어 찾아온 지역자치제는 거기에 따뜻한 찬까지 더 얹어준 형국이었다. 지역정부의 편의 행정, 밀실 행정의 도움을 일방으로 받으면서 관변적 위상은 더욱 굳건해졌던 셈이다.

새로운 문화변동에 맞닥뜨린 오늘에 이르러 한국의 문인단체는 공식·비공식 범위에서 헤아리기 힘들 정도로 많아졌다. 문화관광부에 등록을 마친 거대 단체만도 앞의 '한문협'을 비롯해 '(사)민족문학작가회의'가 있다. 그리고 문인집단의 다층·다양화에 맞추어 바람직한 문학행정에 이르기 위한 노력도 중앙기관

차원에서는 어렵지 않게 볼 수 있다. 문제는 여전히 낡은 관행과 문화지체 현상에서 벗어날 기미를 보이지 않는 지역 안에 있다.

　지역자치시대 문학행정의 핵심 문제가 재정분배를 명분으로 삼은 중앙기관의 지역 간섭과 수직 통합 의도라 비판하는 것은 바닥을 보지 못한 생각일 뿐이다. 지역정부의 무책임에다, 문학에 대한 뜻도 힘도 의심스러운 문인단체의 무기력, 지역 독점언론의 겉핥기식 대중주의, 사회 지도층의 해묵은 무관심이 어울려 네 박자 뽕짝을 지겹도록 거듭하고 있는 자리가 거기다. 다수 지역민의 문화능력이 왜곡될 것은 자명한 이치다.

　'한문협'뿐 아니라 모든 단위의 문인단체는 그 생성과 변모에 있어 나름의 역사성과 사회성을 지니게 마련이다. 태생적 한계가 무엇이든 변모 과정이 어떠했든, 자신의 제도적 정당성을 끊임없이 현실사회에서 검증받고 새 전망을 찾아나가고자 한다면 그 순기능은 결코 예사로운 것이 아닐 터다. 그러나 둘러보아 그럴 가능성이 엷다는 데 문제 해결의 막막함이 도사리고 있다.

　특정 문인단체 '당당한' 회원이 되고, 그것을 뽐내거나 영광으로 삼는 일은 일정한 자격 요건을 갖춘 개인이 누릴 선택 문제일 따름이다. 그러나 자신이 잘 알고 있다고 여기는 명망을 갖추고 존경 받는 많은 문인이, 왜 자신이 그토록 영광스럽게 생각해 마지않는 내 단체 소속 회원이 아닐 뿐더러 백안시까지 하는가. 전문 문학인이라면 한번쯤 곰곰 따져 봄 직한 일은 아니었던가?

소지역 신문에 대한
걱정과 바람

법적·행정적으로 지역자치제를 시작한 지 열 돌이다. 그 사이 번쩍번쩍 위압적일 뿐인 의회나 구청 건물이 늘어서고, 지역 이름을 앞세운 갖가지 눈요기 행사가 많아졌다. 그렇다고 해서 세상이 사람 살 만한 곳으로 달라지고 있다는 표지를 찾기는 힘들다. 돈과 정보, 사람, 그리고 교육, 문화 환경의 중앙 집중화는 더욱 깊숙히 나아갔다. 우스꽝스럽게도 지난 십 년 사이 지역은 더욱 헤어날 길 없는 서울 식민지가 된 셈이다. 이런 속에서 지역에 관심을 둔 이들이 눈여겨보아 온 것이 소지역 신문이다.

소지역 신문은 지역자치제 시행을 앞둔 1980년대 후반부터 온 나라 안에 나타나기 시작했다. 이제는 중소도시나 군, 대도시의 구와 같은 소지역 단위까지 어디서나 한둘씩 쉽게 볼 수 있다. 시민사회의 형성과 운영 경험이 모자란 우리 현실로 보아 역할이 크게 기대되는 지역 활동인 셈이다. 중앙 일간 대중지나

광역 단위 일간지의 취재와 배포 구역, 편집방향, 그리고 체제와는 사뭇 다를 뿐 아니라 지역사랑과 사명감을 바탕으로 지역 주민을 대상으로 삼은, 지역 문제 중심의 주간 종합지가 소지역 신문이다.

그러나 소지역 신문이 지역공동체의 발전과 지역의식을 드높이는 데 이바지하기는커녕, 지역을 볼모로 삼아 주민 위에 군림하면서 소지역 행정부의 홍보용 기사로 도배질하거나, 거꾸로 정치 야심을 키우고 있는 정상배의 놀이터로 떨어진 곳도 한둘이 아니어서 눈살을 찌푸리게 한다. 소지역은 여전히 반생명적, 반민주적 관행이 두드러진 곳이다. 거기에 빌붙어 사이비 언론인이 설치고 있는 것은 아닌지 몇 가지 우려를 거둘 수 없는 시점에 온 성싶다.

첫째, 소지역 언론인의 자격 문제다. 우리 사회는 지역 의사소통 매체가 다양하지 않다. 그런 가운데서 지역에서 지탄 받아온 인사, 태생이 의심스러운 이들이 언론인으로 얼굴을 바꾼 채, 명함을 앞세우며 자신의 이해관계를 꾀하고 지역 정보를 왜곡시키고 있다면 문제가 크다. 소지역 신문이 보도기능에 충실치 못하고, 섣부른 해설이나 내부 칼럼이라는 자리를 이용해 특정 정파 하수인 노릇을 하는 행태도 그로 말미암는다. 지역 공론장으로써 지역신문의 역할은 크게 뒤틀릴 수밖에 없다.

둘째, 소지역 신문도 사업이니만큼 이윤을 좇는 것은 잘못이 아니다. 그러나 소지역 신문의 존립 의의는 일간 대중지와는 다르다. 지역사회에 이바지하겠다는 믿음도 없는 이가 자기 사업 보호나 특권 유지, 정치적 입지 강화를 위해 그것을 소유하고 운영할 가능성은 높다. 그러다 보니 광고 확보나 구독 강요를 빌미로 원성을 사는 일도 잦다. 궁극적으로 소지역 신문은 비영리 기구로서, 실비를 받는 자원봉사자나 시민단체에서 소유할 수 있는 길로 나아가야 한다. 투명 재정에 대한 준비가 지금부터 필요한 까닭이다.

셋째, 소지역 신문은 무엇보다 지역 문제에 대한 심층 분석과 해결 전망 모색을 강점으로 가꾸어 나가야 한다. 생각은 소지역 중심으로 하고, 실천은 세계적으로 하려는 발상과 눈매 전환이 바쁘다. 따라서 이제까지 소지역 신문이 보여 온 정보의 성숙도나 속살의 충실도는 문제다. 겉도는 앎이나 공정성을 잃어버린 정보 제공으로 지역공동체의 발전을 가로막는 인습을 거듭해서는 곤란하다. 지역공동체 공익을 위해 일간신문이 눈을 두지 않는 소외계층이나 소수의 이익과 주장까지 대변할 수 있어야 한다.

소지역 신문은 지역자치제 시행 십 년과 걸음을 같이하면서 어느새 주요한 지역 의사소통의 이음매로 자리 잡았다. 그 그늘에서 지역공동체 이익과 맞서는 또 다른 억압적 권력 기구라는 우려도 함께 키웠다. 그럼에도 민주화 경험이 적고 지역화 경험이 적은 우리 현실 아래서 대안 의사소통 방식으로서 소지역 신문이 지닌 역할은 상징적이고 뜻 깊다. 스스로 자정 노력

을 보일 때다. 지역 주민 또한 방관자가 아니라 스스로 운영자
가 되어 그들에 대한 엄격한 감시를 멈추지 말 일이다.

경남지역과
한글사랑 전통

여러 학자들이 서울에서 '우리말로 학문하는 일'을 위해 모임을 가졌다는 보도가 있었다. 때늦었지만 지금부터라도 줄거리를 잡고, 바로 기워 가야 할 일거리다. 오늘날 학문이 나날살이와 겉돌게 된 사정도 따지고 보면 누구나 알 만한 말을 만들어 내는, 곧 보편 용어학에 이르는 길이 학문이라는 점에 대한 헤아림과 그에 따른 노력이 적었던 탓이다. 우리말로 학문하고자 한 이들보다 학문적 티내기에 머문 학자들이 큰 흐름을 이루었다.

사실 우리말이 겪고 있는 위기는 학문용어 차원에만 머물지 않는다. 그 본질에서는 문자 삶보다 이미지 삶으로 넘어가고 있는 커다란 문화교체로 말미암은 바다. 그런 속에서 한글은 영어, 한문에 밀려 어느덧 서열이 맨 뒤로 굳어졌다. 말은 단순한 의사소통 도구가 아니다. 삶자리와 그 전망을 보여 줄 뿐 아니라, 이념과 계층, 지위, 성별 차별을 재생산하는 핵심 장소다. 많은 나라에서 바르고 마땅한 말 부려쓰기에 관심을 두는 까닭이다.

이렇게 볼 때 부산과 울산까지 아우르는 넓은 뜻의 경남지역
은 우리나라 어느 곳보다 일찍부터 꾸준히 한글사랑을 다져 온
전통을 지니고 있다. 좋은 문학인을 많이 기를 수 있었던 까닭
도 그런 전통이나 지역 분위기와 무관하지 않을 것이다. 우리
겨레의 공식언어로서 한글이 널리 쓰이기 시작한 19세기 끝자
락에서부터 21세기의 들머리인 오늘날에 이르는, 긴 근대시기
동안 훌륭한 한글학자도 많이 나왔고 관련 매체나 조직 활동
도 활발했다.

돌아가신 이들만 하더라도 당장 여러 이름을 들 수 있겠다.
나라잃은시대 초기 마산 창신학교에서 뜻을 폈던 계몽지식인
안자산이 앞선다. 실천적 국어학자였던 김해 이윤재와 동래 김
두봉, 조선어학회를 이끈 의령 이극로에다 울산 최현배가 다시
그 뒤를 우뚝하게 잇고 있다. 진주 유열이나 동래 나진석과 같
은 분도 광복 뒤부터 한글사랑을 앞서 펼친 이다. 의령 안호상
이나 마산 이우식도 빠트릴 수 없기는 마찬가지다.

이들은 지녔던 이념이나 한글을 위해 산 길이 사뭇 달랐다.
북으로 넘어간 분도 있다. 그러나 지난 시기 그들은 오래도록
서로 끌어 주고 받쳐 주면서 나라 곳곳에서 한글사랑에 힘을
쏟았다. 우리 겨레가 사람일 수 있는 가장 밑뿌리는 한글에 있
다는 언어민족주의를 올곧게 믿고 실천했다. 그러나 오늘날 그
들에 대한 관심은 미미하다. 최현배, 이윤재 두 분의 호를 빈 울

산시 외솔백일장과 김해시 환산백일장 정도가 짚일 따름이다.

앞으로 경남의 주요한 지역성 가운데 하나로 한글사랑의 전통을 일깨우고 가꾸어 나갈 기미는 지역사회 어느 곳에서도 보이지 않는다. 외화내빈에 인이 박힌 채 커다란 토건공사에나 마음을 빼앗긴 문화예술 행정에다 제 앞가림으로 염치마저 간데없는 유력인사들의 정신지체까지 겹쳐 작은 기념자리 하나 마련하기 어렵겠다. 나날이 잊혀 가는 그들의 문헌만이라도 한자리에 묶었으면 하는 소박한 바람으로 세월에 눈을 준 지도 벌써 여러 해다.

어느 나라나 어느 문화권이나 구성원의 목적은 다르지 않다. 더불어 행복하게 살아가는 일이 그것이다. 따라서 그 방법과 전망에 대한 공론은 꾸준하게 이루어져야 한다. 감히 그 앞줄에 말살이의 행복과 말의 민주화가 놓여야 한다고 생각한다면 지나친 것일까. 말로 말미암은 불평등과 특권, 불행한 느낌이 줄어들고 없어져야 한다. 그것을 위해 나라가 힘을 모아야 한다. 그런 뜻에서 경남지역은 훌륭한 전통을 지녔다. 책임 또한 무겁다는 뜻이다.

'우리말로 학문하기'라는 뜻 깊은 목표를 세워 두고 서울에 모였다는 이들을 살펴보니, 그 일을 오래도록 궁리해 왔던 여러 소중한 분들 이름이 보이지 않는다. 제 아는 깜냥으로, 제 마당 안에서만 벌이는 일치레로 끝날지 모른다는 걱정마저 든다. 그럼에도 '열띤' 토론을 했다는 그들이 보람찬 일을 많이 이루기 바란다. 그런 마음 끝이 오늘날 경남의 지역사회나 학계가 놓여 있는 자리로 가 닿으니, 못내 짠하고 쓰려서 한마디 거든다.

지역 만들기와
역사문학 담론

새해 첫 달 아침이다. 덕담을 늘어놓아야 할 마련인데, 엄두가 나지 않는다. '문학의 해'니, '사진의 해'니 해서 이름을 붙인 뒤 온 나라 사람을 한길로 부추겨 세우던 일은 지난 열 번째 '지역문화의 해'를 끝으로 올해부터 그쳤단다. 그런 탓인지 그쪽은 조용하다. 그러나 앞으로 이어질 두 차례 선거와 맞물려 지역사회는 한 해 내내 들뜰 조짐이다. 이저곳에서 이익을 좇아 돈과 힘 그리고 사람들이 요령부득으로 섞이고 나뉘겠다.

그 요란 속에서도 끈을 놓지 말아야 할 무거운 일이 있다. 제대로 된 지역 만들기에 들일 한결같은 공력이다. 이제껏 지역은 서울의 행정권력과 화폐권력이 고스란히 실천되고 재생산되는 소비 장소였다. 신물 나게 거듭한 말이다. 지역 스스로 자신을 가꾸지 않은 채, 바깥의 어려운 조건만을 탓해서야 실질이 있을 리 없었다. 지역은 지녔다 빼앗기거나 잊힌 고정 실체가 아니다. 세우고 다듬어 가는 현재적 역동과정 자체가 지역 정체다.

이런 점에서 제대로 된 지역 만들기에 요긴한 첫 단추는 지역의 예와 오늘, 그리고 앞을 향한 꾸준하고도 활발한 담론 생산과 재구성이다. 지역 우월감이나 지역 패배감에서 벗어나, 지역 구심적 시각에서 지역의 역사문화에 대한 반성과 성찰을 거듭하는 일이다. 중앙의 지역지배 논리나 지역배제 양상뿐 아니라, 지역 스스로 밀쳐 내고 숨기고 비틀어 놓은 지역 실상과 그 속 겉도 그제야 온전히 지역 삶자리로 들어설 수 있을 것이다.

경상남도 단위로 만들어진 역사문화 담론의 큰 얼개는 1959년 한 차례 '경상남도지'를 엮었던 안목과 수준에서 벗어나지 못한 채 오늘날에 이르렀다. 1980년대와 1990년대 지역자치제 실시 분위기와 맞물려 유행처럼 이어졌던 소지역 시군지 발간 사업 또한 그것을 넘어서지 못했다. 이제 근대 반성에 터 잡은 새로운 문화학·역사학 쪽 안목으로 지역 가치와 지역성을 찾기 위해 깊이 있고 본때 있는 접근과 창발이 이루어져야 할 분위기가 무르익었다.

지역 유관단체나 대학 단위 연구소는 이 일에 능동적이고 진취적인 역할을 다할 처지에 있지 않다. 눈앞에 닥친 정치, 행정적인 의제에만 눈치 빠르게 움직이거나 지난 시기의 해묵은 관행에서 손을 떼지 못하고 있다. 새롭고도 두터운 관심 없이는 양질의 지역 정보나 가치 창출은 어렵다. 개별 동호회는 물론, 의전 장치로 머물러 있는 관변 위원회나 소지역 원로회의쯤으로 겉도는 개별 문화원 활동에다 이 일을 맡길 수는 더욱 없다.

도의회나 시민사회 안쪽에서 제대로 된 역사문화 담론 개발과 보급을 위한 제도 장치를 마련하고 키워 가기 위한 공론을 시작할 일이다. '경남문화연구원'이나 '낙동강문화학연구원'과 같은 상설기관 설립도 무망하지 않다. 이른 시기인 1960년 초반부터 '시사편찬위원회'를 만들었던 부산시 경우, 어느덧 연구서 한 권 내기 힘겨운 실정에 이른 일이 반면교사가 되겠다. 경남은 거기에도 한참 못 미치니 딱하다 할밖에 없다.

이제껏 지역사회에 정작 지역이 없었던 까닭은 지역 스스로 널리 사람을 찾고, 모자라는 돈이나마 쏟아 넣고, 질 높은 지역 정보와 가치를 만들어 내고자 하는 원려를 갖추지 않은 탓이다. 여러 영역에서 유능한 젊은이를 불러들이고 그들을 힘껏 부추겨야겠다. 지역의 주변사, 경관사, 생활사, 예술사에까지 두루 걸쳐 생생한 삶자리를 찾고 다듬어 나갈 상설 기구를 마련하여, 지역 만들기에 골몰하는 풍경을 떠올려 본다.

진정한 지역문화는 현실 앞쪽에서 화려하게 나도는 정치 수사나 속살 없는 기반시설, 단발 흥행으로 급조할 자리가 결코 아니다. 숱하게 거품을 말아 올리는 파도밭, 그 밑자리 융융한 바닷길과 같이 더 넓고 깊고 두터운 곳에 지역은 굳게 터 잡고 있다. 앞으로 다가올 세상이 '문화의 시대'가 되리라 말들 한다. 하지만 그 혜택과 보람이 아무 지역에나, 누구에게나 그냥 주어질 것은 아니다. 짐짓 엉뚱하다 할 이야기를 얹는 까닭이다.

경남 근대문학과
부왜활동

민족문제연구소가 큰 짐을 졌다. 『부왜인명사전(연구소 표현으로 '친일인명사전')』을 만들기로 했다 한다. 나라에서 해야 할 일을 한낱 연구소가 분연히 맡았으니 어려움이 많을 것이다. 겨레를 저버리고 왜로(倭虜)에게 빌붙어 자신의 명리를 탐했던 무리를 찾아, 그 행적을 세상에 밝혀 두는 큰일이다. 눈에 두드러진 부왜인(附倭人)에 대해서만 어느 정도 알려진 오늘날 상태로 보아 앞으로 여러 영역에서 밝혀야 할 일이 잔뜩 남았다.

우리나라 근대 부왜인의 역사는 뜻밖에 길다. 19세기 중반 국망 분위기 아래서부터 1945년 을유광복에 걸치는 여든 해 남짓 긴 세월 동안 여러 방식, 여러 단계, 여러 계층을 거치며 이루어졌다. 게다가 지역 편차와 특성까지 지녔다. 마땅하게 일을 마무리하기 위해서는 따지고 짚어야 할 데가 수월찮다. 글쓴이가 몸담고 있는 문학 쪽 사정도 마찬가지다. 경남문학으로 범위를 좁혀 보면 아예 조사를 기다리는 일이 태반이다.

경남지역 문인의 부왜활동을 알아보기 위해서는 일본어로 된 작품을 남긴 이들을 찾아드는 길이 한 실마리가 됨 직하다. 김소운·고두동·조연현·조향의 이름이 금세 머리에 떠오른다. 그러나 일본어(그 무렵 표현으로 '국어')로 작품 발표를 했다는 사실만 두고서 그들을 부왜문인이라 일컬을 수는 없다. 작품 속살, 발표 매체의 됨됨이, 그리고 작품 바깥쪽 사회 활동까지 아우른 뒤에 내릴 판단 문제가 아니던가. 게다가 줄기차게 한시를 써서 바쳤던 경남 유림 집단도 빠트릴 수 없다.

그러고 보니 경남 문인 가운데서 부왜 문제로 자주 들먹거려진 이는 이은상과 유치진이었다. 이은상의 부왜활동에 대해서는 조심스레 다룰 데가 있다. 유치진은 작품 안팎으로 보아 내놓은 대표 부왜문인이다. 광복 뒤에 누렸던 바가 높고 많았던 만큼, 그에 대한 꾸지람도 격렬하다. 그러나 같은 연극인이면서도 지역에서 군소극단 활동을 했거나 소장파였던 이광래나 한로단과 같은 이는 입소문에 오르는 일에서 벗어났다.

세상에 문학 명성이 드높은 이원수·김정한·유치환조차 부왜 문제에서 자유롭지 않다. 앞으로 밝혀야 할 일이 적잖다. 「고향의 봄」으로 널리 알려진 이원수 경우는 빛깔이 분명한 동시, 「지원병을 보내며」를 비롯한 부왜작품을 이른바 '국책매체'에 발표했다. 김정한 경우도 징용 가는 젊은이에게 후방에서 도움을 주어야 한다는, 부왜 색채가 짙은 희곡을 부왜매체에 발표했다. 유치환 경우는 시작품 「수」와 관련하여 일찍부터 반민족성이 공론화되어 왔다. 그러나 문제는 단순히 작품 풀이에 그치지 않는다. 그가 다섯 해 가까이 머물며 '총무'로 일했던 중국 길림성 연수현 '자유이주집단 가신흥농회'의 실체와 그에 대한 정치경제학적인 조사·해명은 길 바쁜 과제로 학계에 남아 있다.

물론 도덕적 완결성만을 고집하거나 앞뒤를 잘라 버린 채, 겉으로 드러난 단편적인 사실만으로 어려운 시기를 살았던 이들의 긴 삶에 대한 단정에 이르는 자세는 너무 가파른 접근일 것이다. 삶은 다면적이고 다층적이다. 당대 명성이나 대중 취향에 관계없이, 자랑스러운 일 부끄러운 일에 관계없이, 그 맥락을 밝히고 바로잡고 뜻을 따지는 것은 꾸준히 이어져야 할 일거리다. 경남의 부왜문학 활동에 있어서도 마찬가지다.

이렇게 보면 1960년대부터 반민족 행위의 발굴과 공개에 혼신을 다해 평생을 고초 속에서 살다 세상을 뜬 임종국 선생이 경남 창녕 출신이라는 점은 일깨우는 바가 크다. 『부왜인명사전』을 만들고 있는 민족문제연구소도 그 디딤돌은 선생이 놓은 바다. 게다가 경남은 우리가 숨 가쁘게 거쳐 온, 왜곡되고 압축된 근대의 주요 대문이 아니었던가. 부왜활동의 조사·연구에 있어서 경남이 무거운 책무를 지닌 장소란 뜻이다.

지역 예술 축전의
주인과 손님

시월 들어 나라 안 지역 곳곳에서 예술문화 축전이 열리고 있다. 크작은 행정 단위 지역 곳곳에서 이루어지고 있는 여러 행사를 빌려 이번 가을은 어느 해보다 예술문화 분위기에 젖을 수 있는 기회가 풍성하다. 각별히 이러한 행사들은 불완전하나마 지역자치제라는 제도의 시작과 더불어 경쟁적으로 도입·개발되고 있다. 분명 지역 예술문화의 발전을 위해 바람직한 분위기지만 그 속을 잠시 들여다보면 한쪽으로는 마뜩잖은 점이 없지 않다.

크게 보아 지역 단위 예술문화 축전은 지역자치 단체에서 그 지역을 대표한다고 이름을 내세운 하부 이익단체들에게 예산을 나누어 주어 이루어지고 있는 쪽이다. 관례로 볼 때 행정 편의를 꾀하면서 일을 '손쉽게 해치워 버릴' 수 있는 좋은 길이다. 그러면서 업적에는 한 줄 올릴 수 있다. 문제는 지역 이름을 그럴 듯하게 내세워 대표성이 있는 양 만들어진 많은 협회니 단체가 그 일을 맡아 치르는 행사에 문제가 만만찮게 도사리고 있다는 점이다.

그 이익단체나 구성원이 지역 대표성을 지닌 것인지 검증을 하기 어렵다는 데 문제의 빌미가 있다. 그러다 보니 예술문화 동호인 수준에 끼여야 할 사람이 이리저리 모여 무겁고도 화려한 이름을 내걸고 나도는 경우가 숱하다. 그리하여 예술문화 향상이나 지역민에 대한 직접적인 이바지와는 관계없이 겉치레 행사만 되풀이한다. 게다가 지역에서 회장이니 부회장이니 끼리끼리 직함을 올려 영향력 있는 양 정치인 행세를 하고 다니는 이익단체와 회원의 한바탕 놀이판만 걸쭉하다.

지역과 지역 사이 행정 단위 지원구조에 대한 경계는 더욱 두터워지고, 이 참에 손해 보는 데는 꼬박꼬박 세금을 빼앗긴 지역과 지역민의 권리일 뿐이다. 지역자치와 그에 따른 지역 예술문화 행사의 주인과 손님이 뒤바뀌어 버린 것이다. 손님을 청할 경우, 기꺼이 자신의 손해를 보아 가며 손님을 대접해 주는 일이 주인이 지닌 책무다. 권리가 아니라 책무를 다하는 데서 주인 몫이 살아나는 것을 누가 모르랴. 일을 떠맡은 사람들이 참으로 자신이 지역 예술문화의 주인이라고 여긴다면, 또 그러한 자격이 있다고 믿는다면 제대로 된 주인 노릇을 할 일이다. 손님 대접할 줄 알아야 한다는 뜻이다. 그런데 정작 자신이 주인이라며 지역 행정 단위 정부로부터 혈세를 지급 받아 행사를 벌이고 지역민을 볼모로 잡아 놓고 자신만의 소모적인 허례 행사에만 머문다. 지역 예술문화의 생동감 있는 변화·발전을 처음부터 기대하는 것은 어려운 일인지 모르겠다. 그리하니 다음 선거에서 표를 의식하지 않을 수 없는 자치단체 장은 지역에서 허세를 부리고 있는 그 숱한 이익단체와 조직에 꼬리를 내리고 눈치를 보아야 하는 꼬락서니가 더욱 깊어지게 되는 셈이다.

이러한 현상은 규모만 다를 뿐 대지역이나 소지역이나 할 것 없다. 지역 예술문화 축전의 주인은 지역 이름을 내걸고 이익을 독점하기 위해 관 둘레를 맴도는 협회 회원이다. 그들은 손님인 지역민과 다른 사람들을 받아들여 그들에게 최선을 다해 주인 된 노릇을 하고 손님 대접할 의무가 있다. 그 돈이 손님 주머니에서 나온 것임에야 더욱 그렇다. 그러나 이른바 주인이라는 이들은 손님맞이에 최선을 다하기보다는 하도급 받을 때만 주인 됨을 요란스럽게 내세운다. 그런 다음 끼리끼리 한 건 올리고 지역을 나돌며, 자신이 손님이므로 대접 받아야 한다고 설쳐 대니 가관이다. 생각해 보라. 집 청소나 방 닦기는 하지 않고 골목으로 나돌아 다니며 자기 집을 가리켜 저 집은 내 집이다 하고 떠들고 다니는 데 세월 다 보내고 있는 어느 집 주인의 우스꽝스럽고도 얼빠진 짓거리를.

질 높은 예술문화 행사를 맛볼 수 있는 기회는 지역자치제가 해를 더할수록 사라질밖에 없을 것이다. 지역자치의 이상과 다른 방향으로 변질한다. 그리하니 그러한 행동을 되풀이할 때 지역민이 예술문화에 대해 갖게 될 역겨운 느낌을 염두에 둘 필요가 있다. 스스로 자신의 위상과 지역 기반을 떨어뜨리는 행위가 될 것임을 모르는 염치없는 짓거리라 하지 않을 수 없다. 있는 돈을 받아쓰는 일은 누가 못하랴. 이런 일을 기회로 어떤 이익이 있을 것인가를 요모조모 챙기고 이리저리 잔머리를 굴리며 예술문화계를 발판으로 삼고자 하는 정치병 환자나 거간꾼, 행정기관의 잿밥이나 거두고 다니는 예술문화계 허우대 버젓한 모리배, 사기꾼 또는 감당 못할 허명에 휘둘려 그들의 졸개가 된 것만으로 기쁜 나머지 제 발바닥은 돌보지 않게 된 소박한 교양 문화인들, 동호인에게 일을 마냥 맡겨 둘 수는 없는 일이다.

지역 자치 단체에서도 손쉬운 방법을 택하지 말고 예술행정, 문화정책이라는 개념을 빨리 끌어들이거나 전문가 집단에 맡겨야 한다. 효과적인 시민 혈세 배분과 지역 예술문화의 확실한 자산을 마련하기 위해 장기적인 안목에서 노력하여야 한다. 그 책임을 나 몰라라 하고 거듭 손쉬운 현실 논리만 좇다가는 무엇보다 저들 스스로 자격 없고 어차피 손해 볼 것 없는 이익단체에 발목이 붙잡혀 꼼짝 못하고 공멸할 수밖에 없다. 시월, 낙엽 떨어지는 거리를 걸어가며, 나무 가지 사이로 화려하게 걸려 있는 예술문화 축전 행사 현수막들을 보면서 살림을 키우고 보탤 줄은 모르고 거덜만 내고 있는 춤바람 주부의 모습을 보는 것 같아 마음이 편치 않다.

'지역문화의 해'에
거는 기대

1

　문화관광부에서는 2001년을 '지역문화의 해'라 이름 붙였다. 사진·책·문학·춤과 같은 여러 개별 예술문화 영역을 거쳐 비로소 지역문화를 주제로 삼은 것이다. 두 가지 점에서 배경을 짐작해 볼 수 있다. 첫째, 2002년에 이루어질 월드컵대회라는 세계 행사를 앞두고 문화를 앞세운 점검과 대응안 마련이라는 현실적인 필요다. 여러 지역으로 나뉘어 이루어질 경기 개최지에 대한 문화행정 차원의 요구가 그것이다. 둘째, 여러 해 동안 시행착오를 거듭해 온 지역의 행정적·제도적 자치가 마침내 문화자치로 나아가야 한다는 우리 사회의 반성, 발상 심화로 말미암은 자연스런 흐름이다.

　어느 경우든 '지역문화의 해'에 이르러 앞서야 할 일은 지역에 대한 이해를 새롭게 가다듬는 일이다. 지역이란 오랫동안 획일화한 여러 부문의 중앙 집중으로부터 구조화하고 다져진 우리 사회의 모순을 발견하고, 그것을 극복하기 위한 새로운 문제 틀이라는 인식 전환이 그것이다. 말하자면 지역은 되찾아야 할 복고 가치가 아니라 새롭게 인식하고 다듬어 나갈 형성 가치인 셈이다. 근대시기 정치적·경제적 분배의 불평등과 그것의 대물림으로 말미암은 지역패권주의는 아직까지 한결같다. 지역자치 행정부 또한 중앙에 정보와 돈을 장악당한 채 하루살이 하청 행정에서 벗어날 기미는 보이지 않는다.

이런 가운데서 지역과 지역문화 또한 거대 대중매체의 공세에 사로잡혀 중앙문화의 무기력한 소비지요, 명성의 재생산을 위한 후방기지로서 제 몫에 충실할 뿐이다. 게다가 지역민의 구체적인 삶에서 벗어난 채, 즉흥적인 과시 행사나 시설 확충을 문화 복지 쪽 성과로 오인한 문화행정으로 말미암아 지역문화 왜곡 현상은 더욱 속도를 더하고 있다. 새삼스럽게 '지역문화의 해'가 지역사회 문화 능력과 문화 수행력을 드높이는 계기가 되기를 바라는 기대감을 몇 가지 당부의 말로 드러내고자 한다.

2

첫째, 지역문화의 오늘과 앞날에 대한 장기 계획을 지금부터라도 세우고 검토하기 바란다. 아직까지 우리 사회에서 지역문화가 중요한 담론 주제로 등장하여, 공론을 만들고 그 실천 방향을 찾아보고자 한 자리는 많지 않았다. 국가는 국가대로 지역은 지역대로, 지난 시기 민속문화 재현이나 문화유적 복원과 같이 단선적·단속적인 문화정책 시행을 거듭한 것이 큰 버릇이었다. 그러다 보니 국가사나 세계사의 보편성 위에서 지역의 위상 파악이나 지역성을 자각하고자 하는 노력은 보기 힘들었다. 지역사에 대한 심대한 왜곡이 의심 없이 저질러지는 것도 그 까닭이다.

오늘날 우리 사회가 놓인 삶의 실상 파악과 가치 평가에 있어서 가장 핵심적인 고리는 나라잃은시기 제국주의자 왜로들이 교묘하게 저질러 놓은 왜곡과 서구화가 가져온 굴절이다. 이둘이 만들어 낸 문제에 대한 이해의 피상성이 심각한 문화실조의 주범인 셈이다. 경남 밀양시에서 이미 시작한 바 대중가요 작곡가 박시춘의 생가 복원사업이 좋은 본보기다. 전통 음악의 사회경제적 기반을 무너뜨리고, 나약한 민족허무주의를 널리 퍼뜨린 이른바 왜풍 '뽕짝'과 왜로 제국주의자의 대륙침략전쟁시기 그들을 위해 '국책음악'을 작곡했던 1급 부왜작곡가 박시춘에 대한 평가의 잘못이 가져온 어처구니없는 정책 결정이었다. 시민사회의 저항으로 말미암아 1급 부왜문학인이었던 유치진의 흉상이 길거리로 끌려 내려온 통영과 달리, 밀양 지역의 관 독점주의가 불러들인 당연한 결과였던 셈이다.

둘째, 대규모 토건사업을 앞세워 이루어지는 지역의 문화시설 건립 관행에 대한 헤아림이 올해부터 심각하게 일어나기를 바란다. 지역자치가 마련된 뒤부터, 해당 지역의 자연·역사 경관이나 생활 환경에 관계없이 돌출하고 있는 커다란 양회 문화시설은 지역 곳곳에 독버섯처럼 자라고 있다. 아마 우리 뒤 세대는 그것들을 걷어 내는 데만도 다시 숱한 땀과 돈을 낭비해야 할 것이다.

지난 시기 문화행정에서 반성해야 할 주요한 일 가운데 하나가 바로 덩그러니 마구잡이 세워 놓고 있는 물량주의 문화시설 확충이었다. 곳곳에 특색도 특성도 없이 닮은 모습으로 나랏돈을 곶감 빼먹듯이 빼먹으며 세워진 문화예술회관 같은 시설과 공연장, 기념물이 어디 한둘인가. 뒷날 지역행정부의 민관유착, 과시행정의 대표적인 본보기로 꼽힐 시설들이다. 그 기능과 이바지에는 아랑곳없이 토착 건축자본의 배만 불려 주었다는 의심을 살 만하다. 올해부터는 그렇듯 급하지도 않은 문화시설 건축이나, 오히려 원형을 훼손하는 복원사업은 그쳐야 한다. 그런 일이 이루어지더라도 지역 인구 변동과 문화 수요에 대한 장기 예측과 전망을 무엇보다 먼저 고려한 뒤여야 하리라.

셋째, '지역문화의 해'에는 실질적인 지역문화 향유의 제도적인 바탕을 마련하기 바란다. 그리하여 각급 교육 현장에서 이름뿐인 지역문화에 대한 학습과 향유의 장이 아니라 학제 차원에서 보다 실질에서 이루어져야 한다. 지역문화 학습을 위한 교재 개발에 지역 학계가 발 벗고 나서는 일은 그 처음에 지나지 않는다. 아울러 지역 역사경관 탐방 수준에서 더 나아가 예술·문화·생활·생태에 걸치는 모든 자리에서 실질적인 지역 학습과 문제 인식의 자리를 마련해야 할 일이다. 지역 어린 세대

들에게부터 지역문화 향유의 버릇과 취향의 공통성을 갖추게 해 나가는 일은 무엇보다 중요하다.

물론 그런 일을 현실과 동떨어진 채 지역 명망가 중심으로 운영되고 있는 기존 지역 문화원이나 예총과 같은 관련 관변단체에 맡겨 해결하겠다는 손쉬운 접근 자세는 위험하다. 새로운 일에는 새 제도와 새 접근 방식이 필요한 법이다. 지역 문화행정 담당기구에서부터 정책 결정과 실행 자리에 자유경쟁과 책임실명제를 끌어들일 혁신이 요구된다. 일의 처음에서부터 마무리까지 지역 인재나 정보를 한껏 활용할 수 있는 개방성을 갖출 일이다. 즉흥 행정과 무책임한 위임 행정의 폐해를 최소화할 수 있는 가능성은 그로부터 말미암을 것이다.

넷째, 올해부터 지역 곳곳에 작은 향토관이나 문헌관과 같은 지역문화 공공재의 바탕이 다져졌으면 한다. 머지않은 시기에 도나 시 단위가 아니라, 군 단위 소지역에서도 그에 대한 요구는 거세질 것이다. 지역 생활 문화, 자연, 풍토의 구체적인 속살과 변화를 보여 주는, 지나간 시기 문헌·영상 사료를 찾아내고 간추릴 뿐 아니라 오늘을 체계적으로 갈무리하여 뒷날에 이어 주기 위한 자리의 필요성이 그것이다. 몸집만 커다란 기존 광역 단위 박물관이 담아내지 못하는 지역 개별성을 찾아내고, 그것을 향유할 수 있도록 돕는 그러한 개성 있는 문화공간은 하루 아침에 마련할 수 있는 것이 아니다.

미리 준비가 없을 경우 지역행정부는 뒷날에 내용물을 사들이는 데만도 무거운 돈을 써야 할 것이다. 따라서 지금부터 여러 해에 걸친 계획을 세우고, 자료를 수집·구입, 갈무리해 나갈 필요가 있다. 이름만 번지르르할 뿐인 전시공간을 만들어 놓은 채, 빛 좋은 개살구로 떨어져 버린 곳이 어디 한둘이던가. 지역마다 세워진 소도서관과 같은 기구의 기능을 전향적으로 넓혀 일을 맡게 하는 것도 한 방편이다. 물론 그 경우 행정 정비와 지원뿐 아니라, 인재 양성이 아울러 이루어져야 할 것이다.

3

'지역문화의 해'인 올해는 논의의 깊고 얕음에 관계없이 지역이 우리 사회에서 보다 적극적으로 자각되는 계기가 될 것이다. 지역문화와 지역 삶에 대한 새로운 인식과 그 해결을 위한 공론 자리는 뜻 깊은 일이다. 문제는 지역문화 담론과 실천이 지나간 시기 관행과 인습의 고리를 어떻게 끊고, 현실 정합성을 얻어 나가면서 지역 문화자치에 어떻게 이바지할 것인가 하는 줄기를 잃지 말아야 한다는 점이다. 단기 문화상품 개발, 소모적인 전시행사, 겉치레 관언유착의 호들갑으로 건너가 버리는 '지역문화의 해'가 되지 않기만을 바랄 따름이다.

지역의 과거와 현재가 새롭게 성찰되고, 지역 미래에 대한 진지한 고민이 비로소 시작되는 전향적인 자리라는, 2001년에 거는 바람은 한결같이 유효하다. 국가 단위 기획과는 관계없이 문화사회 전환을 위한 지역 장기 모델 개발과 공론을 마련하고,

은폐와 왜곡을 가로질러 지역 가치가 제대로 모습을 드러내는, 문화자치의 실질적인 원년이 되기를 바란다. 지역 교육현장, 관련 학계와 자치행정부, 그리고 시민단체의 협조·견제가 상승적으로 긴장의 자리를 마련할 일이다.

(『문화도시·문화복지』, 2001)

5부

강,
그 살과 뼈
그리고 칼

눈썹 위에 놓인 겨울 바다

　강이 끝나는 곳에는 바다가 놓인다. 엉거주춤 모여 앉은 갯마을 낮은 지붕. 자치기하는 아이들 옆으로 도래솔이 바람막이로 이어져 있다. 아침에 나갔던 배가 방파제를 돌아 들어온다. 마른 바다에서 건져 오는 노가리 몇 상자와 물기 많은 명텅구리. 선착장 가까운 술청에 나가 소주를 시킨다. 단순하게 떠 있는 물금 바깥에서 한겨울 사나운 나불이 밀려온다. 어둡다. 어두워서 잠시 바깥을 둘러본다. 마을의 문들이 바삐 닫히고 그 앞을 어둠이 막아선다. 빈속에 담배를 피워 문다. 어지럽다.

　처음 바다는 어지럼증이었다. 후리포 초혼비가 서 있는 벼랑에서 내려다보는 바다에는 물음표처럼 간략하게 뜬 배 몇 척. 오징어발이 나갔다 돌아오지 않은 명곤이의 혼이 소지燒紙 불꽃이 사라지기도 앞서 차가운 눈발로 건너왔다. 등으로 칼을 받은 채 동해 바닥에 갇혀 있을 명곤이. 눈 덮인 벼랑길이 더는 마을을 가리키지 않아 명곤이 아이들은 은빛 갈매기가 되어 꺼이꺼이 눈발 속을 울며 마을을 떠났다. 갈매기의 아뜩한 오름과 내림, 그리고 완강한 죽음을 녹인 바다. 바닷가에 나가면 주저앉는 버릇이 생겼다.

서해를 가도, 못 쓰게 삭아 버린 그물코처럼 섬 사이로 고인 섬마니바다 물결을 따라도 바다는 늘 닫혀 있다. 때때로 낯선 바다풀과 떼고기를 뭍으로 건져 올리며 낚싯대 끝으로 가늠하는 바다의 무게. 그것은 이미 죽은 파도 껍질일 뿐이다. 바다는 끝내 속을 숨기는 알 수 없을 암호. 꿈꾸는 이의 몫만을 요구하는 바다는 그러므로 늘 바다 이쪽으로 남고 싶다. 그 바다 이쪽에서 따개비처럼 붙어 잠드는 사람의 마을. 삶을 위로하듯 바다는 또한 허무를 가르치는 교실. 아름다운 허무가 어디 있는가. 수만 빛깔을 숨기며 바다는 푸르름으로 말미암아 허무를 완벽한 아름다움으로 연출한다. 그 교실에서 이는 바람, 겨울 바다에 가면 푸르름으로 환칠한 허무의 책장이 숱한 물보라로 휘날리는 것을 볼 수 있다.

한여름 조바심 많았던 그늘이 자리 비운 모래톱에는 깨진 병조각과 소금기를 되찾은 조갑지가 남아 휘파람 소리를 낸다. 갈매기가 사람을 겁내지 않고 날아와 앉는다. 그들 세로줄 긴 발자국을 따라간다. '삶은 허무의 가장자리', 한 마리 더 날아와 앉았다 간다. 그냥 '눈물'이라고만 써 놓고 간다. 이내 파도가 밀려와 지워 버린다. 아직 끝내지 못한 시줄처럼 낱낱이 부서지는 바다. 두륜산 물기슭에서 일출봉, 다시 밤늦은 해남반도를 달려 닿은 용당 뱃머리에서 산 낙지를 씹는다. 목포로 들어가는

철제 도선 둥근 창으로 내다보는 서해 고샅. 영산강 물둑에서
밀어내는 흙모래와 꺾이고 다친 물, 길 모를 어둠이 욕지거리처
럼 뒤섞여 불빛을 퉁기고 있다. 북쪽으로 난 여숙의 창을 닫는
다. 잠이 온다. 더 잠이 오지 않는다.

　동해 가에 사는 친구는 자주 소식을 보내온다. 어느 날은 시
외전화 먼 목소리로, 어느 날은 단단하게 묶은 해물 꾸러미를
들고 찾아온다. 잠망潛網의 부실한 고기잡이와 한나절 아내의
숨 가쁜 자맥질이 건진 것. 그는 끝내 나를 자기 바다에 묶어
두고 싶은 게다. 그와 지낸 여섯 달의 겨울, 몇 편 시를 얻었다.
비린 덕장에 내리는 진눈깨비와 바다 한가운데서 놓치는 미귀
항 배의 불빛, 그의 처가 마을 끊어진 벼랑길까지 따라갔다 왔
다. 그래도 그는 끈질기게 나를 찾아온다. 내 바다 적당한 깊이
에다 돌을 던지고 욕을 뱉으며 까맣게 속을 메울 작정이다. 그
가 다녀간 내 바다에는 다시 갓 맨 활처럼 떠 있는 물금. 나를
바다로 쏘아 그는 영영 내 익사를 보고 싶은 것일까. 그의 아
내와 딸이 모래집을 쌓았다 허물어 버리는 한쪽에서 내 맨발은
참담하게 물살에 밟힌다. 싸움을 포기한 곳에 화해의 구차한
꾸밈말이 남듯이 부끄러움의 무게로 눈을 감기는 바다.

　눈썹 위까지 이불을 당겨 덮는다. 발목이 시리다. 얼음 박힌
열 개 발가락이 잠 밖으로 떨어져 나간다. 잠들지 못하는 바다
에서 열 개의 섬이 되어 떠돈다.

(『문예중앙』, 1981)

황강 구비구비
날개 편 고을 합천

합천은 아름다운 곳이다. 1430m 가야산에서부터 오도산, 매화산, 청계산으로 걸쳐 내린 묏부리가 이루는 깊은 골짝이 아름답고 골짝을 따라 흐르는 시내가 시내를 불러 이룬 칠십 킬로미터 황강 넉넉한 물줄기가 아름답다. 큰 들이 드물고 내세울 물산이 적어 궁벽한 곳으로 알려진 반면 봄, 여름, 가을, 겨울 푸른 뫼, 맑은 물이 얽혀 이루는 아름다움은 대병, 가회, 삼가, 쌍백, 쌍책, 초계, 덕곡, 청덕, 적중, 가야, 야로, 용주, 묘산, 봉산, 대양, 율곡과 합천. 이렇게 열여섯 면 일 읍, 모두 열일곱 고을 어디를 가나 한결같다.

합천은 유서 깊은 땅이다. 고을 이저곳에 흔한 고인돌이 이점을 잘 말해 준다. 기록에 따르면 삼한시대 이곳에는 다라국이니 초팔혜국이니 하는 성읍국가가 있었다. 삼가와 초계, 그리고 이즈음 널리 알려진 쌍책 옥전 커다란 옛무덤 무리는 바로 그 흔적일 것이다. 고령을 중심으로 한 대가야국에 묻히기 앞부터 오래도록 독자 문화권을 이루고 있었던 셈이다. 대가야가 신라에 의해 무너진 뒤 이 지역은 백제와 접경을 이루면서 군사 요충지로서 맡은 바 구실이 컸다. 흔히 합천의 얼을 상징한다고 하는 죽죽 장군은 바로 이곳 대야성에서 백제군과 힘껏 싸우다 전사한 신라 충신이었다.

경남의 골짜기 가운데 한 곳으로 알려진 합천이지만 수려한 땅심 탓인지 예부터 큰 사람이 숱하게 이곳에서 태를 갈랐다. 조선 태조의 왕사로 조선 건국을 도운 무학 스님이 이곳 삼가 사람이다. 일찍이 조선 유학을 일으켰던 주세붕 선생이 율곡 문림리에서 태어났다. 게다가 조선초 영남 사림을 대표하는 남명 조식 선생이 삼가 외토리 외가에 태어나 한때 이곳에서 문하를 가르치기도 했다. 합천인이 대의와 명분을 소중히 하고, 불의에 맞서는 기백을 살려 온 것은 남명학풍의 영향이 컸다 하겠다. 평상 때는 세속 명리를 벗어나 강호자연하는 문인으로 있다, 나라가 어려운 지경에 이르면 분연히 개인사를 버리고 대의를 구하는 모습은 합천인이 지닌 오랜 전통인 셈이다.

합천은 빼어난 명승지가 많은 곳이다. 가는 곳마다 절, 누각, 정자가 빠짐없이 자리하고 있어 사람 발길을 끌어당긴다. 그 가운데서도 합천 해인사는 가장 널리 알려진 곳이다. 합천 하면 떠올릴 정도로 드날려진 법보사찰 해인사는 가야산을 둘러싼 자연 경관이나 팔만대장경뿐 아니라 최치원이 만년에 숨어 삶을 마감한 곳으로 알려졌다. 이 밖에도 영암사, 월광사, 청량사와 같은 고찰이나 옛 절터가 곳곳에 널려 있다. 합천읍 황강 가에 있는 연호사도 함벽루와 더불어 빼어난 경관을 자랑한다. 각별히 많은 사람이 더위를 피해 찾는 용문정 골짝과 황계폭포 또한 빼놓을 수 없는 곳이다.

그러나 무엇보다 드넓은 황강 줄기가 이루는 풍광은 큰 자랑 거리다. 황강은 진주 남강, 대구 금호강과 더불어 낙동강 곁줄 기로는 큰 데로 꼽힌다. 한때는 여름철 큰물에 물가 마을이 많은 피해를 입기도 했다. 지금은 합천댐이 마련되어 물난리 걱정은 없어졌다. 그 대신 합천댐 덕택에 생긴 관광지 합천호는 많은 바깥사람을 이곳으로 불러들인다. 합천 해인사에서 머물렀던 시인 유엽은 1930년대 황강을 이렇게 노래했다.

찌걱찌걱 배 저어라
어기어차 노 저어라
물 위에 배 띄고
배 위에 몸 실으니
물 가는 곳 배도 가고
배 가는 곳 마음도 가네

— 유엽, 「합천에 배를 띄워」

지금은 나룻배도 없고 한가한 나그네도 없으나 황강 너른 물 줄기 위로 맑은 구름이 나룻배인 양 하늘을 젓는다. 그 구름

그림자 맑게 내리는 곳곳 합천 고을 큰 마을 작은 동리들이 오목조목 모여 햇살바라기를 한다.

황강은 합천읍을 끼고 내리면서 연호사와 함벽루를 세웠다. 특히 함벽루는 처마 빗물이 강물 위로 바로 떨어지는 우리나라에서 몇 안 되는 강가 정자로 해 내내 합천인의 사랑을 받는 명승이다. 이어 율곡 문림을 지나면서 황강은 개벼리라는 또 다른 명승을 만든다. 내가 태어난 곳이기도 한 문림리 개벼리는 오랜 물 흐름이 산을 깎아 만든 드높은 벼랑이다. 집 안에서 밖에서 이 개벼리를 쳐다보면서 나는 어린 시절을 보냈다. 유유히 날개를 펼치며 돌아내리는 황강 너른 물줄기와 개벼리가 만나 빚어놓은 절묘한 풍광 속에서 내 꿈이 자랐던 셈이다.

도시화, 산업화 물결 속에서 우리는 어느샌가 고향을 잃은 떠돌이였다. 이 때문에 고향은 이미 단순히 태어나 시간을 보냈던 곳만을 뜻하지 않는다. 마찬가지로 고향에 남아 있는 이들조차도 어느새 실향민 의식에 젖어 살게 되었다. 따라서 행복한 삶에 대한 원초 감각과 뜻을 간직한 보금자리로서 고향은 그곳에 남아 있는 이들에게나 떠나 있는 이들에게나 애써 찾아 나갈 가치 개념으로 바뀌었다.

고향 합천도 이제는 많이 달라졌다. 즐거움과 두려움으로 가득 찼던 어린 날 조바심 많던 시간은 이미 메워진 동구 밖 샘물처럼 까마득한 물소리를 낸다. 할머니 밭은 기침 소리가 들리는 고향집 툇마루, 사백 년 대대로 합천 땅에서 삶을 베푸신

고령 박가 집안 선영이 황강 가까이 멀리 앉았다. 고소산성이 있는 장전도 그 한 곳이다. 성터 아래쪽 참나무 많은 참나무징 비알에 내 할머니 할아버지도 누워 계신다. 작년 겨울 질척한 눈발이 하늘을 떠도는 날 아침 우리 형제 넷은 그 건너 쪽에 아버지를 모셨다. 우리 형제는 갑자기 밑자리를 알 수 없는 허방에 빠진 듯 슬픔과 설움에 비틀거렸다.

구름 몇장 하얗게 밀리는 산마루
어깨부터 젖고 있는 도토리 네 톨

— 「도토리」 가운데서

우리 형제의 모습이 그랬다. 얼마 뒤면 다시 그 자리에 어머니를 모셔야 하리라. 그리고 그 뒤 바람이 불고 비가 오고 눈 내리는 세월을 따라 또 가까운 이들 얼굴을 덮는 바람과 비와 눈을 만날 것이다. 그렇게 고향은 어느새 죽음을 감당하는 곳으로 바뀌었다. 죽음 속에서 삶은 점점 정다워지는 것인가. 아버지를 고향 땅에 모신 뒤 나는 옛날보다 더 자주 고향에 갈 일을 만들고 있다. 이제 두 분 작은아버지 내외, 집안 어른 몇 분만 지키고 계신 고향이지만, 고향은 언제나 안온한 곳이다.

맑은 날의 하늘과 푸른 언덕 가까이 한 번의 사랑으로 잃
어버린 마음이 그리워 하루 내내 하루 내내 물매암 도는 소

금쟁이의 동리가 있다

―「문림리」 가운데서

내가 일찍이 노래했던 바, 그 "한 번의 사랑"이란 다름 아니라 고향사랑이었다. 소금쟁이처럼 내 마음이 늘 가서 맴도는 문림리 고향집은 퇴락해 가고 있지만 할머니 심어 두신 구기자와 대추만은 해마다 풍요로운 열매를 더한다. 할아버지께서 젊은 시절 이 다음 손자들이 커서 따 먹도록 하겠다며 심어 두셨던 잣나무가 어느새 수월찮이 열매를 맺고 그것을 이제는 내 아들이 맛볼 참이다.

아직도 나에게는 그리워할 고향이 있다. 경인년 전쟁 뒤끝이었던 탓이겠다. 버려진 탄알을 주워 탄약을 꺼내 먹으며 횟배를 달래고 불놀이를 하며 호기심을 키웠던 타작마당은 나이가 들면서 더욱 좁아 들었다. 보릿대로 배에다 바람을 불어넣기 위해 개구리를 잡으러 돌던 물웅덩이는 밭이 되어 버렸다. 하지만 아직도 나에게는 일구어 나갈 고향이 있다. 언제나 환하게 뚫려 넓게만 보이는 고향길이 있다.

사람의 마음바닥은 열 살 남짓 무렵까지 겪은 환경이 결정한다는 말이 있다. 그렇다면 고향 합천 땅의 아름다운 풍경과 인정스러웠던 기억이야말로 오늘 나를 지탱해 주고 있는 밑바탕 힘임에 틀림없다. 내가 큰 도시 부산으로 나와 이십 대와 삼십 대 바쁜 나이를 허둥지둥 땀 흘리며 거쳐 오는 동안에도 세상에 대하여 삶에 대하여 끝까지 밝은 믿음을 포기하지 않았던 것은 이것 때문이었던가.

누구나 고향은 있다. 그러나 참된 고향은 오로지 그곳을 사랑하고 가꾸는 이들 몫이다. 합천 땅, 가야산 달빛을 타고 시방 삼세로 흐르는 해인사 예불 종소리에 맞춰 하나하나 저무는 마을, 집들, 그리고 사람들을 생각하며 오늘 내 하루도 혼곤히 잠에 젖는다.

(『새농민』, 1992)

강, 그 살과
뼈 그리고 칼

　내 고향은 강을 끼고 있다. 여름 한낮 뜨겁게 달아오른 방
둑 너머 모랫벌과 꽃잎을 훑던 물총새에 놀라 가슴이 뛰던 물
벼랑 가까이에서 나는 자랐다. 저녁 무렵 이따금 아버지께서는
흘러내리는 강물 한가운데서 피라미를 낚으셨다. 그 그늘 속에
서 나는 쌈박질, 달음박질을 배웠다. 강 건너 원두막에 숨어들
어 설익은 수박을 깨고 겉껍질에다 손톱으로 이름을 찍는 심심
한 놀이를 배웠다. 별들 까르까르 쏟아져 내리던 밤, 멱감는 어
른들의 말소리 웃음소리가 물 위쪽 아래쪽에서 자리를 바꿔 가
며 들려올 때였다. 나는 따뜻한 물살에 목을 담그고 앉아 온
통 귀 하나로 아득해지곤 했다. 놀이를 생각하고 떠들면서 나
는 살아 있었다.

　그러나 강은 그 속에 죽음을 담고 있었다. 장마가 져 물이 불
었던 어느 날, 물밑 소용돌이 속으로 들어갔던 동무는 영영 물
밖으로 나오지 않았다. 다음날 배가 통통 붓고 미주알이 한 자

나 빠진 채 거적에 덮여 돌아왔다. 그 일을 귀엣말로 들으며 나는 문 밖으로 나설 수가 없었다. 며칠이 지나 강은 예사롭게 동무의 죽음을 물아래 낮은 세상으로 감추었다. 나는 다시 버릇대로 물속을 뒹굴었다. 어린 시절 강은 그 부드러운 손바닥을 폈다 접었다 하여 삶과 죽음을 함께 보여 준 스승이었다. 나는 그 부드러운 살에 물잠방이 치면서 죽음이 받쳐 주는 따뜻한 삶을 배웠다.

문림리. 경상남도 합천읍을 끼고 도는 황강黄江 물줄기를 따라 남동쪽으로 십 리를 더 내려가다 멈춘 마을이다. 대암산이라는 높직한 산을 마주 보고 마흔 남짓한 집들이 아랫담, 웃담으로 나뉘어 앉았다. 내가 이 고향 마을을 떠난 것은 열 살을 갓 넘은 봄날이었다. 빠른 황강 물줄기는 고령에서 내려온 낙동강 큰 흐름에 더해 창녕을 지나면서 남쪽으로 굽이를 틀었다. 그것을 보면서 나는 몇 시간 꼬박 버스에 앉은 채 부산으로 실려왔다.

낙동강은 칠백 리 숱한 골짜기, 마을을 불러 모아 하단에서 강이라는 이름을 마지막으로 바다에 넘겨준다. 부산에서 철이 드는 동안 나는 자주 하단 언저리를 찾았다. 갈숲 사이로 오르내리는 비비새 요란한 소리에 섞여, 건너 명지 쪽 저녁 능선을 바라보며 누구에게도 말할 수 없었던 목마름을 다스렸다. 고기잡이배들이 드리운 불빛이 물속으로 환한 물기둥을 이루며 스스로 깊어가는 것을 보았다. 손에 잡히지 않는 시를, 사랑을 생각하였다. 그러다 만난 이름이 천 년도 앞서 흘러간 가야였다.

하단 더 위쪽 위쪽을 따라 가야 옛 물가를 쏘다니며 나는 가야 적 사람을 만났다. 버려진 조개무지 속에서 그들의 오줌 냄새를 맡고, 겹치는 물살에 밀려 반짝이는 사금파리를 만지며 웃음소리를 들었다. 왜구의 잦은 노략질에 무너진 성벽 막돌이 짓밟힌 여자들 치맛자락이 되어 내 앞길을 막았다. 내 마음은 소름끼친 살갗처럼 살아나기 시작하였다. 낙동강은 그대로 시간의 흰 뼈였다. 그 곁에서 나는 어제와 오늘을, 있음과 없음을, 역사와 개인을 함께 배웠다.

나는 조금씩 어른으로 자라며, 창녕으로 고령으로 어린 날 부산으로 떠나왔던 길을 거꾸로 따라 오르며 고향을 찾았다. 그러나 다시 찾은 황강은 죽어 있었다. 삶은 삶인 채로, 죽음은 죽음인 채로 서로 고집하며 다투었다. 한 번 죽어 묻힌 삶이 삶에 의해 더럽혀졌다. 삶은 그 죽음에 의해 더욱 보잘것없이 버려졌다. 황강 물줄기는 요란한 합천댐 공사 턱에 말라 비틀비틀 기어 내렸다. 할머니 손목에 이끌려 숨찼던 선산 길은 굴착기와 산일을 준비하는 일가의 몸놀림만 바빴다. 멀리 앞선 이들의 죽음이 다시 물속에 잠기며 울고 있었다.

처음 강은 아름다움이었다. 생각과 느낌을, 삶과 죽음을 하나로 풀어 보여 준 명주실패였다. 부드러운 살이었다. 낙동강 물가에서 나는 속살을 받치고 있는 역사의 바탕과 내 삶의 줄거리를 읽었다. 그러나 되돌아가 만난 황강은 죽어 있었다. 이웃과 족친들이 만장처럼 물줄기를 들고 나를 마중 나왔다. 빨 갛게 입을 벌리고 뒤집힌 피라미 떼. 나는 그 곁에 가난과 두려 움과 적의로 쪼그려 앉아 죽은 강이었다. 죽은 강을 들러메고 나는 고향에서 떠밀려 나왔다. 그 길은 더뎠고 아주 멀었으며, 내 뒤에서 황강 물줄기는 저녁 늦은 달빛 아래 퍼렇게 날선 칼 날로 일어섰다.

(『한국인』, 1987)

가야산, 낙동강 들품을
불러들이는 하늘 연꽃

가야산은 가야 왕국의 성소다. 우두산이라는 이름이 그로부터 말미암는다. 곧 소머리산이다. 우리나라 산의 으뜸인 백두산이 흰소머리산이니, 가야산은 가야의 으뜸 산이다. 하늘에 소머리를 제물로 바쳤던 오랜 나라 제의의 신성공간이었던 셈이다. 전기 가야의 중심은 김해 금관가야였다. 그곳이 쇠퇴한 뒤, 그들 수로왕 탄강신화와는 다른 시조신화를 내세우면서 고령 대가야가 5세기부터 후기 가야의 맹주로 새로 떠올랐다. 신라·백제와 가야가 나란했던 시기다.

대가야 시조신화는 『신증동국여지승람』에 실렸다. 가야산에 정견모주正見母主라는 여신이 살았다. 그녀는 하늘신인 이비가와 합하여 두 아들을 보았다. 첫째는 얼굴이 하늘 해와 같이 빛난다 하여, 이름을 뇌질주일이라 불렀다. 둘째는 얼굴이 하늘과 같이 푸르다 하여 뇌질청예라 불렀다. 맏이 주일은 대가야국을 세워 이진아시왕이 되었다. 그로부터 왕조 16대 520년 찬란한 대가야 문화가 꽃피게 된 것이다. 둘째 청예는 김해로 내려가 금관가야를 세웠다.

　두류산 노고와 마찬가지로 가야산도 여신을 산신으로 모셨다. 이 신화에 따르면 가야산은 대가야뿐 아니라 가야연맹 모두에 걸린 성소였다. 천신족 이비가와 지신족 정견모주가 결합하였다는 천지합일의 짜임은 우리 고대 건국신화가 지닌 한결같은 틀거리다. 대가야는 백제와 신라 사이에서 버티다, 562년 장군 이사부에 화랑 사다함이 이끄는 신라군의 공격을 견디지 못하고 드디어 나라를 닫았다. 그 마지막 임금이 도설지왕, 곧 월광태자다.

　월광태자는 대가야 이뇌왕과 신라 비조부의 누이 사이에서 태어났다. 대가야가 백제로 기울자 신라로 망명하여 신라 관직을 맡고 있었다. 561년 대가야 왕이 되었다가 562년 마지막 저항을 주도한 것인지, 아니면 562년 진압 뒤에 대가야의 왕위에 올랐다가 얼마 뒤 촌주 자리로 내려앉은 것인지는 알 수 없다. 가야산 들머리에 두 탑으로 남은 월광사는 그가 세운 절이라 한다. 가야로 일어섰다 가야 마지막을 지킨 곳이 가야산인 셈이다.

　그리고 가야산은 해인사로 말미암아 더욱 깊다. 깊은 그 어느 그늘에 신심 도타왔던 할머니의 보살행이 계신다. 합천읍 황강 물가 연호사라는 절에 드나드셨던 할머니께서 정작 눈길을 두신 곳은 멀리 큰절 해인사였다. 잦지는 않았지만, 해인사 걸음을 가장 큰 기쁨으로 아는 분이셨다. 합천 모든 절이 해인사 품안에 안긴 듯한 꿈을 지니셨던 것일까. 한 포기 연꽃으로 돋은 가야산이야말로 부처님 서방정토를 옮겨 놓은 자리로 아신 것일까.

모든 슬픔에는 꼬리가 있는 법이다. 해인사를 다녀오고 싶어 하시니, 누군가 합천 고향 집으로 내려와 달라는 바쁜 기별이 부산 집으로 왔다. 대학의 여름방학을 보내고 있었던 때였다. 나는 쉬 시간을 낼 수 있었음에도 선뜻 나서지 못했다. 누이가 며칠 일터를 쉬면서 그 일을 떠맡았다. 해인사를 다녀온 몇 달 뒤 할머니는 임종하셨다. 마지막으로 한 번 더 해인사에서 극락왕생을 빌고 싶었을 할머니의 뜻을 받들기에 나는 너무 철이 없었다.

해인사로 드는 길은 오늘도 새로운 삶의 기억을 켜켜로 키우고 있다. 해인사가 간수했던 보물·장엄을 한자리에서 볼 수 있도록 산문 바깥에다 성보박물관을 마련한 때가 지난 칠월이다. 1950년 경인년 전쟁 때 불태워질 위기에 놓인 해인사를 구한 김영환 장군 공적비도 비슷한 시기에 섰다. 그러나 무엇보다 성철 스님 부도가 눈길을 끈다. 네모 너른 터에 구와 원으로 원융 일원상을 펼친 돌탑은 전통에 따르면서도 예술적 전위가 한껏 살았다.

일주문을 지나고 대적광전을 돌아 장경각으로 올라서면 드디어 완연한 성세계다. 수미산 꼭대기 도리천인 양 장경각은 슬몃 하늘에 떠 있다. 대적광전 비로자나불이 머리 위로 장경각을 이고 계신 듯한 모습이다. 가야산이 마련하는 가장 높은 정신의 자리인 셈이다. 오랜 세월 해인사가 겪었던 여섯 번의 불에도 끄떡없었다. 조용히 회랑을 돈다. 맑은 지혜 바다에 일체만법 팔만대장경 경판이 파도처럼 일어서는 소리가 들린다. 너른 간살창이다.

백두대간은 흘러 흘러내리다 대덕산 한 줄기를 동으로 밀어 합천·거창·고령·성주 네 군 가운데로 솟구쳐 올렸다. 가야산이다. 금강산은 수려하나 장엄하지 않고, 두류산은 장엄하나 수려하지 않다. 가야산은 수려하면서도 장엄한 덕성을 지녔다. 불과 물, 뼈와 살을 함께 갖추었다. 숱한 명승·유적 사이로 봄꽃 여름 녹음이 눈부실 뿐 아니라, 가을 서리 단풍 겨울 눈 솔이 천변만화를 이룬다. 싫증 날 리 없는 터다. 거기다 부처님 말씀까지 봉안했음에랴.

옴니암니 내처 오르다 보면 가야산이 서쪽으로 흘린 남산 월류봉, 거기로 드는 허릿길이 가파르다. 일족을 이끌고 가야산에 들어선 최치원의 첫 거처가 그 아래 청량사다. 스물여덟 젊은 나이에 신라로 돌아온 그는 마침내 벼슬할 뜻을 버렸다. 무너져 내리던 신라 하대, 육두품의 한계를 뼛속 깊이 느끼며 홍류동 달빛을 씹었을 것이다. 청량사에서 나와 가야 마을에서 멀리 올려 보라. 훨훨 타오르는 불덩인가 했더니 어느새 연꽃으로 되피는 가야산.

지금은 잘 닦인 아스팔트길 탓에 승용차로 그냥 지나치는 곳이 되었다. 예로부터 풍류가 끊이지 않았던 홍류동이다. 가야산은 일찍부터 빼어난 아름다움을 홍류동에게 내맡긴 듯싶다. 어지러운 물비늘에 깎여 나간 너럭바위가 가까운 세월 먼 세월을 이모저모 불러 앉힌다. 최씨 문중에서 '최치원둔세지'라 새겨 꽂아 둔 돌비와 농산정이 오가는 이들 눈길을 잡는다. 그리고 그 곳곳 돌에 빼곡히 새겨 놓은 이름. 한껏 속인의 때를 뽐낸 짓거리다.

홍제암은 해인사에서 가장 가까운 산중 암자다. 일찍이 사명당이 머물렀고, 다비까지 잡수신 자리다. 1612년에 세운 사명대사석장비는 허균이 지었다. 입적 두 해 뒤였다. 그 내용에 배왜사상이 담겼다 해서, 나라잃은시기 1943년 합천경찰서장 죽포란 놈이 열십자로 네 조각을 내 묻었던 비다. 그 일 뒤 통영경찰서장으로 옮긴 놈은 이레 만에 피를 토하고 죽었다. 1959년에야 제자리를 찾았다. 홍제암은 1977년 해체 보수를 거쳤다. 옛자취를 마냥 잃어버린 셈이다.

가야산 산행은 용탑선원에서 본격적으로 열린다. 1940미터 높이의 수려한 묏줄기가 거기서부터는 제 속내를 숨기지 않는다. 가파른 듯하면서 묵직한 길이다. 꼭대기가 보이는 마지막 휴게소 터에 이르면 큰 키 작은 키 두런두런 고개를 떨군 고사목이 보인다. 주봉인 상왕봉까지는 이제 한걸음이다. 바위인가 하면 흙이고, 흙인가 하면 바위다. 상왕봉에 이르면 남쪽으로

황매산과 두류산 능선이 벌떡 일어선다. 북서쪽으로 수도산과 덕유산도 눈썹 아래다.

내려설 때는 능선 갈림길을 따라 보물 제222호 돌새김부처를 거치는 쪽이 좋다. 6미터를 넘는 부처는 둥두렷한 웃음을 머금었다. 그리고 그로부터 미끄러지는 골짝은 아기자기한 추억의 길이다. 해인사 들머리에서 예사 걸음으로 네 시간 남짓, 돌아내리는 길은 곳곳에 무릎치 조릿대 잎들을 간지럽게 키웠다. 솔향이 허리를 감는다. 검은 빛 청설모를 머리 위로 띄우면서 가야산은 짐짓 반가운 기척을 낸다. 흰 코끼리 등을 타 내리는 듯한 따뜻함이 있다.

가야산 오내리는 길에 발품을 더 팔아야 할 곳은 많다. 결기 높은 합천 선비 내암 정인홍 묘소도 그 한 곳이다. 가야마을에서 백운 쪽으로 400미터 남짓 지른 언덕배기 야천리 탑골에 있다. 정인홍은 남명 조식 선생 수제자였다. 임진왜란 때 의병장으로 이름을 떨쳤을 뿐 아니라, 광해 임금 때는 대북 영수로서 개혁을 이끌었다. 1623년 인조반정으로 비참하게 죽임을 당했으나 신채호 선생이 을지문덕·이순신 장군과 나란히 삼걸로 올린 선비다.

정인홍 사후 근거지였던 경상도, 특히 낙동강 오른쪽인 경상우도는 극심한 억압과 회유, 따돌림에 시달렸다. 남명 학풍마저 이단시하였다. 게다가 1728년 영조 4년 무신의거 뒤로는 더했다. 중앙 노론 정권의 전횡에 맞서 일어났다 보름 만에 실패로 돌아간 지역민의 저항이 무신의거다. 청주 이인좌와 안의 정희량, 합천 조성좌가 중심이었다. 반역향 경상 우도 출신은 오십년 동안 과거길도 끊겼다. 특히 합천·거창·안의 지역에 대한 왕조의 멸시는 끝을 몰랐다.

가야산 자락에 태를 묻은 많은 선비가 스스로 입신에 대한 뜻을 거두었다. 정인홍을 비롯하여, 무신의거로 피를 토했던 이들의 몇이나마 신원에 이른 때는 나라가 이미 도륙 난 1908년이었다. 그 두 해 뒤가 1910년 경술국치다. 그때 왜왕으로부터 이른바 은사금에다 작위까지 받아 챙긴 매국역적은 76명이었다. 왕조 마지막까지 중앙에서 권력을 농단했던 노론이 그들 가운데 67명이나 차지했다 한다. 무슨 역사의 어처구니없음이 그에 이르고 있는가.

핏빛 선연한 내림만이 아니다. 가야산 자락은 일찍부터 문자향 드높았던 곳이다. 근대에 들어서도 전통은 누그러지지 않았다. 기미만세의거 때는 가야산 자락 여러 고을과 함께 산중 학인도 분연히 일어섰다. 근대 초기 승려문인 유엽이 문재를 닦은 곳은 해인사 강원이었다. 가야산은 한국 근대문학이 낳은 큰 작가 가운데 한 사람 이주홍의 예술 도량이기도 하다. 그 밑을 다시 소설가 최인욱과 『문장』 출신 시인 허민이 도란도란이었다.

패랭이와 원추리 가는 꽃대를 감고 흐르는 아침 안개가 짙다. 소금 바다를 이루었다. 가야산 아랫마을 사람의 웃음소리가 새 깃처럼 발치로 진다. 올해 첫 태풍이 대한해협을 건너섰다는 여러 날 뒤다. 어제는 지인 몇과 가야산 들머리에서 늦게까지 소주잔에 삼겹살을 구웠다. 지리멸렬한 공부를 걱정하고 시대를 자책하였다. 일주문에서 장경각까지 밟아 계단이 백팔이요 장경각 모든 기둥이 헤어 백팔이라, 속인의 셈법을 떠든들 무슨 위로가 되었으랴.

산은 스스로 뜻을 세우지 않는다. 그 산에 몸과 마음을 빼앗긴 이들이 제 삶의 고달픔과 꿈을 거기서 읽어 낼 뿐이다. 정견천왕사正見天王祠가 있었던 성소 가야산은 그 아래 낙동강 들품을 보듬어 벌써 이천 년이다. 낙동강 물돌이가 굽이굽이 가야산에 심회를 빌어 올린 세월은 또 얼마일 건가. 반승반속의 경계에 핀 한 송이 연꽃 가야산. 날도 개었다. 상왕봉·두리봉·깃대봉, 봉우리에 또 봉우리 하늘 꽃잎이 들고나는 길손의 이마를 고요히 짚는다.

(『월간 MOUNTAIN』, 2002)

산을 지고 바다를
품은 예향 마산

마산의 진산은 두척산斗尺山이다. 왜인이 붙인 무학산이라는 이름으로 더 잘 알려진 곳이다. 두척산 앞바다가 말馬처럼 생긴 마산만이다. 그 가운데 다소곳이 돌섬이 들어 앉아 마산은 마치 두척산이 어린아이를 품은 듯한 형국이다. 이렇듯 우람한 산을 지고 잔잔한 바다를 품은 마산은 네 철 기온이 따뜻하여 예부터 보양지로, 군사 요충지로 그 몫이 컸다. 이 속에서 마산 사람은 자유로우면서도 억센 기질을 키워 마산을 예향藝鄕 가운데 예향으로, 옳지 못한 권위와 불의를 물리치는 의로운 도시로 올려세웠다.

마산은 일찍이 변한 골포국骨浦國이었다. 신라에 든 뒤 골포현으로 불리다가 경덕왕 때 합포현으로 바뀌었다. 고려 충렬왕 때는 회원현으로서 원나라 왜 토벌 총사령부격인 정동행성이 이곳에 세워졌다. 그 뒤 조선 태종이 의창현과 회원현을 묶어 창원으로 고쳤다. 마산이 벌어나기 시작한 때는 조선 18대 현

종이 대동법을 시행한 뒤부터다. 이에 따라 가까운 군현의 세 공미를 서울로 옮기기 위해 오늘날 남성동에다 조창을 마련하 면서 마산포로 불렀다. 이때부터 마산에는 공관과 민가가 들어 서서 도시 면모를 갖추기 시작했다.

19세기 후반인 1899년, 마산은 개항장으로서 다른 나라의 조 차와 식민이 저질러진 뼈아픈 곳이 되었다. 특히 러시아가 눈독 을 들여 영사관을 마련하고 조차지를 설치했으나, 러일전쟁에 져서 물러가고 일본이 그 자리를 차지했다. 신마산 지역은 그 때부터 왜인이 무리지어 살았던 동네다. 경술국치 뒤부터 마산 은 조선 수탈과 대륙 침략의 전진기지가 되었다. 1928년 마산 인구 20퍼센트를 왜인이 차지할 정도였다. 광복기 귀환 동포와 경인년 전쟁 피난지로 마산은 또 한 번 크게 자랐다. 일본과 가까웠던 탓에 한동안 밀수와 밀항이 잦기도 했다.

4대 정부통령을 뽑기 위한 1960년 3월 15일 선거는 관권을 끌어들여 저지른 엄청난 부정선거였다. 이에 의분을 참지 못한 마산 사람은 경찰의 무차별 발포와 체포에 아랑곳없이 시위를 벌였다. 이른바 3·15의거, 곧 경자마산의거다. 부정선거를 규탄 하고 바로잡을 것을 요구하는 시위를 온 나라에 드넓히게 한 쾌거였다. "이 고장 3월에 빗발친 자유와 민권의 존엄이 여기 영 글었도다."로 마무리한 기념탑이 희생된 이들을 기리고 있다. 이 러한 의분은 1979년 10월 기미부마시민항쟁으로 이어졌다. 마 산은 도시 형성과 발전에 드리워졌던 어두운 그늘을 말끔히 걷어 내고 현대사의 굵직한 매듭마다 의로운 도시로 거듭나게 된 셈이다.

마산은 풍광 또한 빼어나다. 어느덧 도심 한가운데로 바뀌었지만 이름 높은 월영대는 최치원 유허로 오래도록 많은 시인 묵객이 드나들었다. 몽골샘은 원나라 군마가 썼던 곳으로 일러온다. 왜인이 원을 멸시해 바꾼 이름으로, 본디 고려정이었다 하는 이도 있다. 두척산이 깊게 주름을 잡아 만든 서원골도 빼놓을 수 없는 곳이다. 때 가리지 않고 오내리는 사람으로 붐비는 들머리에는 조선조 거유 남명 문하인 정구의 강론처 관해정 觀海亭이 있어 걸음을 잡는다. 오백년 묵었다는 은행은 그가 손수 심은 나무라 한다.

마산 지역은 일찍부터 여러 기관의 요양시설이 있었다. 가포에 터 잡은 국립마산결핵병원은 나라잃은시기 왜로倭虜 해군의 결핵요양원으로 시작하였다. 광복 뒤 국립결핵환자요양소로 바뀌었다. 난치로 알려졌던 결핵 환자의 요양에는 기온이 고르고 공기가 맑을 뿐 아니라, 바다를 보며 숲에 둘러싸인 이곳이야말로 안성맞춤이었다. 그 아래 얕은 모랫벌이 가포 유원지다. 마산만이 더럽혀진 뒤 사람들 걸음이 끊겼다. 본디 흐름이 적은 반폐쇄성 해역인데다 공단 폐수와 생활 오수가 무분별하게 흘러들어 아름답던 마산바다는 돌이킬 수 없을 정도로 달라진 것이다.

마산의 근대 산업은 왜인에 의해 시작된 양조업으로부터 비롯한다. 그들은 물 좋은 마산을 유명한 청주 생산 지역으로 만들었다. 1909년 처음 세운 뒤로 청주공장이 열세 곳이었다. 광복 뒤 그것을 우리나라 사람이 거두었는데, 재미는 보지 못했다. 무학소주가 술의 항도라는 옛 이름을 잇고 있을 따름이다. 1973년 마산수출자유지역의 완공은 마산 산업을 크게 일으켜 세우는 계기였다. 도시 문제도 따라서 심각해졌다. 우리나라 근대화, 산업화가 빚어 놓은 영욕을 마산은 비로소 함께 나누기 시작한 것이다.

마산의 근대 교육과 문화 토양은 20세기 초반 호주 선교사업에 따라 서양식 건물이 서고 학교를 마련함으로써 새 국면을 갖추었다. 1907년 창신학교를 처음으로 성지학교와 창신여학교가 잇달아 문을 열었다. 국어학자 이윤재, 이극로, 광복열사 김원봉 같은 분이 창신학교를 거쳤다. 이들 교육기관을 나온 숱한 인재가 기미만세의거 뒤부터 마산 지역 광복항쟁과 문화 활동을 이끈 것은 자연스러운 일이었다. 1946년에 세워진 경남대학교는 여러 곡절을 겪은 끝에 1957년 마산에 자리 잡아 영남 중추 사학으로 자라왔다. 개교 쉰 돌을 맞아 지역사회에서 거는 기대는 더욱 높아지고 있다.

광복 초기 마산에는 좌익문화인이 중심을 이루었다. 그러나 이내 수그러들었고 1950년대 마산은 피란 문화인과 지역 문화인이 어울려 예술문화의 황금기를 열었다. 1955년에는 서울 문화계의 분열에 염증을 느껴 안윤봉을 중심으로 과학, 교육, 언론, 체육까지 끌어들인 광범한 실천적 협의체로서 마산문화협의회를 마련했다. 문화연감을 2회에 걸쳐 낸 것도 이때였다. 이러한 활동은 마산에 독자적이며 활발한 지역문화 조직의 전통을 남겨 주었다.

권환은 마산이 낳은 우뚝한 문학인이다. 카프 소장파로 활약했던 그는 카프 해소 뒤부터 격랑의 한 시기를 이곳에 살면서 지역 문화에 많은 영향을 끼쳤다. 의기에 찬 시를 남겼던 김용호도 마산 사람이다. 「산토끼」를 지은 작곡가 이일래, 조각가 문신도 마찬가지다. 문신은 오랜 파리 생활을 끝내고 돌아와 추산동에 문신미술관을 꾸민 뒤, 그것을 예향 마산의 상징으로 훌륭하게 키워 가고 있다. 화가 이준, 하린두, 소설가 이제하, 시인 감태준은 서울로 올라가 자리를 굳힌 사람이다.

시인 이원섭과 화가 남관, 박생광은 마산을 거쳐 간 사람이다. 부왜노래 「선구자」의 작곡가 조두남은 피란을 왔다 마산에 주저앉았다. 이승을 뜬 정진업, 김수돈과 박재호 시인이 지역문학에 끼친 바 큰 공을 사람들은 잊지 않을 것이다. 오늘날에도 시인 황선하, 오하룡, 이선관이 그 뒤를 잇고 있다. 마산 심장부라 할 용마산 산호공원에 세워진 여러 시비와 지역 서양화단의 바탕을 마련했던 이수홍 화비가 활발했던 예술문화 전통을 그대로 보여 준다.

마산이 내세울 맛으로는 흔히 미더덕찜을 친다. 갓바다에서 갓 나온 싱싱한 미더덕을 잘 손질하여 다진 쇠고기와 조갯살을 섞어 볶는다. 그 다음 갖은 나물을 넣고 간을 맞추어 걸쭉한 쌀물을 함께 엉키도록 저으면 마침내 독특한 풍미를 갖춘 미더덕찜이 마련된다. 아구찜 또한 마산 맛으로 모자람이 없다. 이른 봄 마산 산비탈을 온통 붉게 달구었다 지는 진달래처럼, 현대사의 소용돌이마다 늘 그 중심에 섰던 마산 사람의 결기를 맵고도 상큼한 미더덕찜, 아구찜의 맛깔은 고스란히 닮고 있는지 모른다.

오늘날 마산은 이웃 창원 진해와 서로 도시 기능을 기워가면서 독자적인 활력을 더하고 있다. 어시장과 오동동, 합성동 거리는 그러한 활력과 늘 부딪칠 수 있는 싱싱한 삶터다. 다가오는 새로운 한 세기를 준비하면서 마산은 요즘 들어 거대 항만 도시로, 생산도시로 거듭나기 위해 바쁘다. 그러나 마산의 밝은 미래는 마산만 오염이 더욱 진행하여 이 지역 사람의 가슴이 아픔과 노여움으로 모두 삭아 내린 뒤에나 찾아올 꿈은 아닌가 하고 뜻있는 이들은 걱정하고 있다.

(『전망』, 1995)

권환의 나날을 향하여

시인 권환이 삶을 일으켜 오서리 들품에 태를 묻었던 때는 1903년이었다. 조선 끝자락까지 밀려 내려왔던 서울의 지사 자산 안확이 그 너른 배움을 마산 창신학교에서 베풀며 지역 준재를 일깨우고 꾸짖어 한국학의 뿌리와 근대 시조의 한 맥을 마산에서 통영에 이르는 긴 고성가도에서 찾기 시작했을, 아홉 해 앞이었다. 다시 여덟 해 뒤인 기미년, 마산 진동·고성, 경남 이저곳에서 들불처럼 일었던 의분과 그 뒤로 막무가내 이어졌던 왜로의 폭거를 지켜보며, 경행제 마루에 눈물을 흘고 비분강개에 목젖을 놓았을 권환은 또 얼마나 아름다운 젊은이였던가.

우리 근대문학의 도도한 흐름 속에서 권환은 두 번째 시기 사회주의 문인 세대에 든다. 19세기 후반과 20세기 초반 막막한 생활 현실 앞에서 사회 진화론으로 무장한 채 국권 회복 의지를 다지며, 국치라는 봉욕까지 죄다 지켜볼 수밖에 없었던 이들이 첫 세대였다. 그러한 경험적 사회주의 문인 세대 밑에서 몸과 마음을 길렀던 이들이 두 번째 세대다. 첫 세대가 마지막 의분을 한껏 드높였던 기미만세의거 뒤, 새로운 과학적 사회주의의 물길이 우리 사회를 뒤덮고 나라 곳곳에서 구체적 조직과 매체, 교양 활동이 이루어졌다.

각별히 영남지역은 왜로 제국주의의 수탈이 일찍부터 강도 높게 저질러진 탓에 그 움직임 또한 다른 어느 지역보다 더욱 활발했다. 그리고 그들의 삶과 문학은 을유광복을 거치고, 전쟁의 참화가 겨레의 삶자리를 갈라놓을 때까지 나라 안팎 곳곳에서 치열한 활동과 좌절, 그리고 전향의 굴욕 속에서 잦아들고 밀려들고 떠돌았다. 오늘날 경남문학의 많은 전통은 그들의 삶과 문학에 뿌리내리고 있으며, 거기에 크게 빚지고 있음을 뉘 모를 것인가. 선각자였던 선친의 가르침 아래서 일찌감치 뜻과 문재를 키웠을 권환은 그 두 번째 세대 가운데서도 일본 유학파에 든다. 권환은 경남의 과학적 사회주의 문학의 중요한 성과며, 그 전통의 앞과 뒤를 잇는 핵심 이음매다.

이제 지역 젊은 문학인과 뜻있는 시민이 모여, 권환문학의 포폄을 위한 작은 디딤돌을 놓는다. 이 일을 빌려 경남문학 전통 가운데 우뚝한 한 자리가 마땅하게 밝혀지기를 바라며 그들의 꿈과 좌절의 경험이 오늘과 내일, 우리 지역문학 자산으로 자라나기를 빈다. 문학이 꿈이며, 그 꿈이 또한 얼마나 치열한 역사였던가를 증명할 수 있을 많은 일거리가 우리 앞에 놓여 있다. 이미 몇 해 앞서 우리 근대시에서 한 정신의 자리를 진해시

천자봉 위에 올려 앉혔던 김달진 시인을 좇아 지역문학 안팎의 천민성을 꾸짖는 본보기로 삼고자 한 일이 있었다.

뒤이어 권환의 삶과 문학, 그리고 좌절과 굴욕의 나날이 펼쳐 놓은 드넓은 자리를 지역사회 한가운데로 의연히 밀어 넣는다. 문학 실천의 진정성과 실천 문학의 고통을 지역민과 널리 함께 하고자 한다. 그의 포부를 든든하게 받쳐 주었을 경행제, 흩어진 섬돌 곁에 가을 맨드라미가 붉은 양택, 그리고 삶의 쓰라림을 구절초인 듯 안고 돈은 그의 작은 음택이 하늘 아래 바다 곁에 남아 오래 뒷사람을 경계할 것이다. 멀리 손등을 맞잡은 남녘 한길이, 서리서리 첫눈을 부르는 오서리 들녘이 오래 깊고 오래 풍성하리라.

(『제1회 권환문학제 문집』, 2004)

이육사의
기러기

　연이 닿다 보니 안동, 영양 쪽 걸음이 잦다. 지난 여름부터
한 해 동안에 세 번이다. 걸음마다 이저곳을 달리 해 둘러본 셈
이지만, 벌써 낯익은 한길과 능선 그리고 물줄기가 마음 여러
자리를 채우기 시작했다. 풍산 들의 스산한 가을 햇살도 좋지
만, 병산서원이 불러 앉힌 풍광은 언제나 찬탄을 부른다. 그 멋
스런 자리를 동강 내며 세워진 최신 숙박시설은 지금도 사라지
지 않았을 것이다. 어찌 자본이 자신을 포기하랴. 이웃 물돌이
동의 변신은 갈 때마다 놀라움을 더하게 한다. 흙빛 시멘트로
쳐 올린 벽이며 길바닥 그리고 장터 빰치는 소란스러움에 마을
로 들어설 엄두도 내지 못하고 물가로 걸음을 돌렸던가.
　영양은 영양대로 가슴 두근거리게 하는 몇 갈래 길을 숨기
고 있다. 이병각 시인이 자신의 시에다 옮겨 놓은 낡은 사당으
로 올라서는 원촌 옛길. 창수로 넘어서는 한적한 길은 그 너머
영덕 갯가에서 보냈던 내 이십 대의 한때를 새삼스러운 밀물로

돌려세운다. 오일도와 조지훈 생가로 이어지는 길로 따르다 선돌 못미처, 이병철 시인의 잊힌 생가와 우물터를 떠올리는 것도 한 즐거움이다. 물소리 돌돌 구를 그 언저리에 당신의 고단한 삶이 가재 등껍질처럼 어둡게 깃들어 있으리라. 오일도를 민족 시인이라 새긴 시비의 글귀가 거슬리긴 하지만, 근대 인물인 오일도나 조지훈의 생가까지 도문화재로 만들어 놓고 돌보는 마음씨는 참으로 기껍다.

그리고 이육사. 이육사를 떠올리면 마음이 아프다. 이육사 시비를 보러 안동으로 처음 들어선 때가 대구에서 잠시 군 생활을 할 때인 1976년 무렵이었던 듯싶다. 낙동강 물가에 세워져 있었던 그 시비가 안동 둑 세우는 일과 함께 둑 밑으로 옮겨간 것도 모른 채 다시 찾아 나섰다 못 찾고 돌아섰던 때는 또 몇 해가 흐른, 대학의 복학생 무렵이었다. 부석사에서부터 시작해서 안동·고령을 거쳐 하단에 이르는, 낙동강 긴 답사 기획의 어느 더운 여름 한낮이었다. 지금 그 육사시비는 광복열사 석주 이상룡 선생의 고택인 임청각을 멀리 건너다보며 둑 아래 이른바 민속촌 들어서는 입구에 놓여 있다. 버려져 있다.

　　병 없이 앓는,
　　안동댐 민속촌의 헛제삿밥 같은,
　　그런 것들을 시랍시고 쓰지는 말자.

강 건너 임청각臨淸閣* 기왓골에는
아직도 북만주의 삭풍이 불고,
한낮에도 무시로 서리가 내린다.

진실은 따뜻한 아랫목이 아니라
성에 낀 창가에나 얼비치는 것,
선열한 육사陸史의 겨울 무지개!

유유히 날던 학 같은 건 이제는 없다.
얼음 박힌 산천山川에 불을 지피며
오늘도 타는 저녁노을 속,

깃털을 곤두세우고
찬 바람 거스르는
솔개 한 마리.

    * 임청각(臨淸閣)은 임정 국무령을 지낸 석주(石洲) 이상룡 선생의
    고택(故宅)으로 그 집안은 사대에 걸쳐 쓰라린 풍상을 겪었다.

— 김종길, 「솔개─안동에서」

김종길 시인의 단단하고 품격 높은 경험적 서정이 잘 드러나

는 작품이다. 이상룡 선생과 이육사, 그리고 김종길 시인. 세 사람을 잇는 '솔개'의 정신은 민족/반민족 담론 속에서는 자리가 분명했다. 그러나 근대/탈근대 담론이 사회 안팎을 뒤덮고 있는 오늘날, '솔개'의 정신은 술청의 객담거리로 떨어져 버렸다. 의열단원이었던 육사, 그 의열이 깃들 자리는 더욱 좁아졌다. 문학관이나 문학상은 그만두고라도, 소박한 이육사문학축전마저 열린다는 풍문이 들리지 않는 것도 내 귀가 가는 탓일 것이다.

우리 근대문학사에서 작품과 그 삶이 한 고리로 묶여 드는 희귀한 보기에 드는 시인은 많지 않다. 이육사, 그의 시대 유치진과 주요한 그리고 이광수는 거의 왜인이 되어 '북만주'를 호기롭고도 자랑스럽게 오갔다. 그의 시대 동래의 박차정 열사는 남편인 의열단장, 밀양 김원봉 장군과 지나 모래 '삭풍' 속을 떠돌고 있었다. 할머니 의령댁과 어머니. 이른바 정신대, 곧 수욕 여성에 뽑히지 않기 위해 일찌감치 아버지와 혼인했던 어머니의 고향은 경북 현풍이다. 이육사의 시대, 아버지는 서부 경남 합천 어느 조그만 초등학교 새내기 교사였다.

君向中原我達邱
後方留約每關愁
八方豪俊同趨路
一局風雲急變秋
月景憑知燕戍雁

旅情安涉鴨江舟

眠獅欲起狐將退

雪滿乾坤杖劍遊

— 이선장, 「送陸史李活之北京」

그대는 북경 나는 달구벌

언제나 남긴 약속 마음에 걸려

온 나라 호걸들 함께 좇는 길인데

세상은 바람 구름 급히 변하는 가을

연경의 달 경치는 기러기 떼로 알고

부디 몸조심하게 압록강 배 건널 때

잠든 사자 깨려 하면 여우야 물러가리

온누리엔 흰 눈, 칼 짚고 떠나네

— 「북경으로 육사를 떠나보내고」

   그리고 그의 시대, 그의 동지가 남겨둔 한시 한 편을 뒤늦게
찾아 읽는 기쁨이 가슴을 쓸쓸하게 한다. 이름 모를 이의 한시
집을 뒤적이다 찾은 한 편이다. 같은 시집에서 육사의 시 「광야」
와 「청포도」를 애써 한역하고 있는 모습이 일찌감치 육사와 맺

---

*   시인의 옮긴시에 글쓴이가 손질함.

었던 깊은 인연을 엿보게 한다. 1926년 스물셋 젊은 나이부터 서울서 북경감옥으로 압송되었던 1940년까지 육사는 여러 차례 북경을 오갔다. 이 시에서 말하는 '육사를 보낸' 때가 언젠가는 알 수 없다, 젊은 시기였을 것이라는 짐작뿐. 어쨌든 "원수놈들이 못 견디게 미워지면 입에 흘러나오는 대로의 어구들을 붓끝 가는 대로 적어둔 것이 일정日政 때의 시고詩稿 약간 편이며 놈들에게 보이지 않게 감추어 온 것"이라 했다. 이러한 시인의 '권두언'을 그대로 믿는다면, 그 시기 "잠든 사자 깨려 할 제 여우야 물러가리"라는 표현은 노골적이다.

지역자치제가 빠르게 이루어지고, 많은 문화행사를 거듭하고 있다. 도나 시 문화관이니 문학관, 기념물과 같은 문화공공재도 곳곳에서 모습을 들내고 있다. 그 가운데서는 없어야 할 것이 마련된 경우가 있는가 하면, 졸속으로 이루어져 벌써부터 처치 곤란한 애물단지로 떨어진 것도 있다. 더욱 두려운 일은 지역문화 발전이라는 이름 아래, 정체가 의심스러운 이의 상찬도 버젓이 이루어지고 있다는 사실이다.

그리 보면 육사에 대한 세상 대접이 너무 소홀하다. 시인이야 후대의 대접에 무슨 관심이 있으랴만, 다만 남은 이들의 삶이 버겁고 문학이 무거울 때마다 그의 시대가 가슴을 울린다. 이육사문학축전이나 이육사문학상 시상식장의 뒷자리를 조용히 지키는 즐거움이 머지않아 주어지기를 바란다.

(『시와 반시』, 2002)

태화강을
내려다보며

울산시에 드나들 일이 잦다. 올해만 벌써 세 차례다. 박종해 시인의 정년 문집 봉정식, 서덕출 유허 탐방, 그리고 며칠 앞서 있었던, 울산문인협회에서 마련한 '문학과 강' 주제의 심포지엄 발표를 위한 방문이 그것이다. 세 번째 모임은 울산의 자연 중심인 태화강이 내려다보이는 태화호텔에서 이루어졌다. 행사를 마치고 쇠잔해진 장생포로 나가 고래육회를 맛본 일이 특별했다. 고래 고기는 가끔 맛볼 수 있는 것이나, 육회는 처음이었다. 새끼가 죽으면 어미가 제 등 위에 석 달 동안이나 태우고 다닌 다는 이야기를 곁귀로 찡하게 들을 수 있었던 것도 그때였다.

울산에 맨 처음 발을 내디뎠던 때가 아마 고등학교 2학년 무렵이었을 것이다. 역사 교과서에나 이름을 얹는 울산 염포를 찾아 시외버스로 한참을 달렸던 기억이 그것이다. 이미 울산에 대한 개발이 한창 진행되었던 1970년대 초반 시기였던 까닭에 염포 옛 자취는 하나도 건지지 못하고 떠돌았던 기억이 새삼스

럽다. 그 뒤로 울산에는 여러 차례 드나들 일이 많았다. 개운
포와 망해사, 반구대며 치술령, 울기등대에다 방어진 언저리는
몇 차례씩 거친 곳이다. 학생들과 문학답사차 오간 걸음도 두
어 차례에 걸친다. 이러한 울산은 뜻밖에 세상에 크게 이름을
떨친 예술인을 많이 두지 못했다. 아동문학가 서덕출과 연극인
신고송, 소설가 오영수, 그리고 외솔 최현배의 고향이 울산이다.

  그들 가운데서 이채를 띠는 인물이 서덕출이다. 아동문학인
으로서 「봄편지」라는 작품으로 널리 알려진 서덕출은 울산 복
산동 출신이다. 그는 1907년 태어나 1940년에 세상을 뜬 불우
했던 문학인이다. 어릴 적 마당에 떨어져 등을 다친 뒤 장애인
으로 평생을 살았다. 그런 탓에 문학에 뜻을 두고 활발한 문
필 활동을 했다. 울산에 살면서 문필 활동을 한 까닭에 1920~
1930년대 울산을 대표하는 문학인으로, 한국 아동문학 발전에
이바지가 커서 울산을 세상에 들낸 공이 큰 사람이다. 그러나
그를 기리는 일은 소박하다. 시비 하나가 울산 학성공원에 세워
져 있을 따름이다.

해가 해가 빠졌네
태화강에 빠졌네
문수산을 넘다가
발병 나서 빠졌네

서덕출이 1922년 11월 초겨울에 쓴 「해가 해가 빠졌네」라는 작품이다. 복산동, 사람 오가지 않는 가게 같지 않은 가게에 하루 종일 걸터앉아 해지는 서쪽 태화강 너머를 바라보았을 서덕출. 이 작품은 그러한 그의 고심과 마음을 짐작해야만 제 맛이 난다.

나는 일찌감치 『서덕출 전집』에 뜻을 두고 제자 가운데 한 사람에게 이 일을 맡겼던 적이 있다. 일이 어느 정도 진행되어 울산시에다 문의를 했다. 『서덕출 전집』을 내고 싶으니, 울산시가 출판 실비를 맡아 줄 수 없는가라는 물음이었다. 며칠 뒤 나에게 돌아온 답은 딱했다. 전집을 낼 사람이 울산지역 시민이 아니어서 지원 요구에 응할 수 없다는 답이었다. 받아들이기 힘든 답변이었으나, 어찌할 수 없는 일이었다. 그 뒤 한 차례 아동문예물 전문 출판사에도 넌지시 뜻을 넣어 보았으나, 퇴짜를 맞았다. 그래서 『서덕출 전집』은 일의 앞뒤에서 밀려 손을 놓고 말았다.

울산에 들를 때마다 거듭하는 생각이 있다. 『서덕출 전집』에다 장애인문학축전이 열려야 할 터라고. 그의 전집이 그 일에 첫 디딤돌이 되지 싶다. 울산은 우리의 압축적 근대화를 대표하는 상징공간이다. 생태오염과 환경 파괴도 같은 속도로 이루어진 문제 도시다. 그 속에서 장애인문학을 가꾸고 격려하고 뒷심을 모아줄 수 있는 장애인문학축전이 열린다면 얼마나 좋으랴. 장애인문학은 우리 문학이 가꾸어 나갈 작으나 보람 있을 자리다. 그런 하위문학 영역이 발전하고 제대로 대접받을 수 있는 날이 오기를 기다린다.

세상과 맞물릴 일이 드문 환우나 장애인의 경우 문학 창작과 그 향유는 다른 사람들에 견주어 훨씬 중요한 뜻과 보람이 있는 일이다. 문학이 실천문학, 치료문학이 될 수 있는 중요한 계기가 장애인문학이다. 이번 울산 심포지엄 참석 걸음에서도 뒷자리에서 슬쩍 이런 말을 덧붙여 울산 문인의 자각과 실천을 이끌어 내 보려 했으나, 얼마나 새겨 들었을지는 모를 일이다. 아마 초청 인사의 대접에 대한 덕담 정도로 보아 넘기기 십상이겠다. 어느 해 『서덕출 전집』 출판기념회와 장애인문학축전 자리에 내가 앉아 있을 뒷날을 떠올리면 흐뭇한 바 있다. "발병나서" 빠졌을 세상의 해란 모든 해는 어김없이 그 자리에서 힘차게 떠오를 것이다.

(2004)

황강 물굽이를
뒤돌아보며

　황강 물굽이가 누렸습니다. 물을 차며 뛰는 사람들 가운데서 연호사, 함벽루를 건너다보았습니다. 장전 성채 벼랑도 눈으로 짚었습니다. 임북 마을 지붕들도 살폈습니다. 두 해 앞서 한자리 모셨던 제 집안 묘역도 설핏 지나치는 눈 끝으로 밟았습니다. 사람들은 혹 첨벙 첨버덩 주저앉고 혹 옆으로 쓰러지기도 하면서 즐거워했습니다. 황강 물살을 마음에, 몸에 새겼던 것일까요. 오랜만에 들어선 황강, 곧 남정강 물길이었습니다.

　황강수중마라톤에 자주 참석하리라 했지만 늘 뜻 같지 않았습니다. 여름휴가 기간과 맞물려 오가는 걸음길이 가장 바쁜 때였던 까닭입니다. 그래도 열다섯 해째, 올해는 기어코 걸음을 다잡았습니다. 그리고 지난 8월 1일. 십 킬로미터를 뛰었습니다. 어느 해 합천에 들렀다 황강 물줄기 위로 곧장 벋어 진주로 나가는 다리며 한길을 보고 기겁을 했던 적이 있었습니다. 읍에서 내다보는 아름다운 경관을 널찍한 칼로 죽 그은 듯한 국도 확장이었습니다. 그래도 그 일이 합천을 위해 도움 되는 쪽이라 그런가 보다 하고 넘겼습니다.

올해 봄 집안 아저씨 상일을 당해 잠시 읍에 들렀습니다. 조문 연락을 받고 곧장 읍으로 들어왔을 때였습니다. 모처럼 걸음이라 잠시 황강 줄기를 둘러보고 상가로 향할 계획이었습니다. 합천중학교 교정을 가로지르고 둑길을 따라 늘 그렇듯 연호사 못 미쳐 멈추었습니다. 묵밥집에서 한 그릇 시켰습니다. 돌아가신 할머니께서도 묵밥을 자주 해 주셨고, 그걸 배워 어머니께서도 가끔 묵밥을 내어 주셨던 기억이 새삼스러웠습니다. 묵밥집에 혼자 앉아 묵밥 한 그릇에 막걸리 한 통을 비웠습니다.

그런데 묵밥을 비우고 함벽루에 올라서서 건너다본 황강 풍경에 그만 깜짝 놀라고 말았습니다. 아뿔싸. 맞은쪽 대나무 숲이 깡그리 없어진 것이 아닙니까. 언젠가 곁귀로 함벽루 아래쪽으로 산책길을 내어 함벽루를 못 쓰게 만들었다는 이야기를 들었던 적이 있었습니다. 그러려니 하고 있었던 터였는데, 그뿐만 아니었던 셈입니다. 합천이 자랑할 만한 대표 경관 가운데 하나였던 남정강 대나무 숲을 아예 지워 버린 것입니다. 너무 놀라웠습니다. 어느새 어느 물가 읍이나 도시에서 흔히 볼 수 있을 유원지 가운데 한 곳으로 바뀌어 버린 참혹한 변고였습니다. 그렇지만 그 모래톱에다 차를 대어 놓고 아내와 저는 황강 수중마라톤에 참석했습니다. 그리고 애써 즐거운 하루 아침이고자 했습니다. 풍덩풍덩 무자맥질을 쳤습니다.

제가 무슨 달리기 선수도 아니고, 달리기 아니면 못 살 위인 도 아닌 처지에 말이 너무 많았습니다. 그러나 용서해 주시기 바랍니다. 합천으로 들어오는 길은 너무 멀고, 합천으로 들어 서는 길은 늘 가파릅니다. 팔순을 내다보는 고모할머께서는 아직도 성치 않으신 몸으로 읍 둘레 몇 개 장터를 돌고 계십니 다. 내 파시는 끝이며 수수가 하늘별이나 동전 무더기처럼 바 뀔 일이 없을 터입니다만 그 일을 아직 놓지 않고 계십니다. 김 회장님 영결식 날, 읍에 들렀다 버스정류장에 내린 나는 눈이 붙어 버렸습니다. 고모할머께서 읍내 장터에 내 파실 물건을 차에서 내리고 계셨습니다. 저를 보면 불편하실까 인사도 삼가 고 조용히 물러났습니다. 혼자 공원 영결식장으로 걸어가면서 이미 파묘해 버린 충혼탑 아래 증조부 산소 터까지 곁눈으로 가늠하면서 마음 더욱 무거웠습니다.

김 형, 김해석 회장님. 어느 부름이 옳을지 모르겠습니다. 저 로서야 늘 김 회장님이라 불렀건만 당신께서는 늘 박 형, 그렇 게 넉넉하게 불러 주셨지요. 고향 후배 한 사람 챙기는 즐거움, 너그러운 속웃음이 저에게 박 형이라 불렀던 그 부름말 속에 담겼음을 저는 진즉부터 알고 있었습니다. 2층 흐릿한 바둑교 실이 무슨 생계에 보탬이 되었겠습니까. 10년을 넘긴 합천문학 회 회장 자리가 무슨 큰 명예를 얹어 주었겠습니까. 김 회장님 은 합천을 사랑했지만 합천은 그 안의 모든 것을 품기에 너무

굽이가 많은 고을입니다. 당신은 남정강을 사랑했지만 남정강
은 너무 변했고 합천도 많이 달라졌습니다.

김 회장님, 저와 첫 만남은 1990년대로 한참 내려갑니다.
1993년에 『합천문학』 창간호를 내고, 재외 향우 가운데 문인을
챙기시기 시작했을 때였습니다. 마산 제 일터까지 일부러 오시
겠다는 전언을 주셨습니다. 그리고 손국복 시인과 함께 바다가
내려다보이는 횟집에서 처음 만났던 날을 기억합니다. 문학과
합천, 고향 사랑과 삶을 뒤섞어 말씀하실 때부터 저는 김 회장
님 하시는 일에 온통 찬동하는 사람이 되어 있었습니다. 그때
그 인연이 이제껏 이리도 오래 이어졌습니다.

김 회장님, 합천문학의 틀을 잡기 위해 노심초사 겪으셨던 고
초를 합천 문인뿐 아니라 지역사회는 기억합니다. 이주홍, 손풍
산, 허민, 최인욱, 박산운, 심재언으로 내려오는 합천문학의 전통
을 잇고자 하신 일, 내신 뜻이 굽이굽이 황강 물줄기 같았습니
다. 저에게 연락을 주실 때마다 저도 걸음을 마다하지 않았습
니다. 김 회장님 덕분에 제 고향 걸음은 그만큼 풍요로웠습니
다. 황동규 시인이 합천 땅을 두 번이나 밟아 가면서 합천 문인
과 즐거운 친교 시간을 지닐 수 있었던 것도 새삼스럽습니다.
술을 너무 마셔 다음 날 여행 일정을 마무리 못하신 적은 그때
합천 걸음뿐이었다는 황 시인의 즐거운 고백이 뒷날 있었습니
다. 김 회장님 마당에서 형수님이 준비해 주신 탕으로 넉넉했던
다음 날이었습니다.

『합천 예술문화 연구』 창간호를 낸 때가 2007년, 엊그제 일이었습니다. 군 단위로서는 내기 힘든 그 일을 김 회장님은 밀어붙이셨지요. 기억할 일, 되새길 일이 어디 한둘에 그치겠습니까. 사람살이 한 세상이 마냥 긴 것은 아니라 하더라도, 안타까운 죽음이 너무 많아 슬픈 이승입니다. 김 회장님을 땅 속에 모신 날, 누이는 붉은 명정 위에다 울음을 마구 뿌렸습니다.

불쌍한 우리 오빠
우리는 우짜꼬
안 춥구로 매매 덮어 주이소
불쌍하게 살았어도
저승 가서 하고 싶은 것 다하고 사소

초계 들을 넉넉하게 내려다보는 비알에 김 회장님을 묻고 돌아선 지도 벌써 해를 바꾸었습니다. 누이가 몸부림치며 뿌렸던 눈물이 어찌 한 사람의 것이었다 하겠습니다. 초계 들은 합천 문인 손풍산과 박산운이 자랐던 곳입니다. 한 사람은 언론인으로 꼿꼿하게 살다 갔습니다. 한 사람은 북한으로 넘어가 북한 최대 시인이 되었습니다. 그리고 초계 들은 또 회장님을 이어 합천문학회를 뒷바라지하고 있는 손국복 교감이 학생들을 지도하고 있는 곳입니다. 가끔 교실 창밖으로 회장님의 무덤을 멀리 건너다보며 담배를 피워 문다고 합니다. 그런 손 시인의 목소리에 배어 있는 깊은 쓸쓸함을 저는 알 것만 같습니다. 아직도 담배를 끊지 못한 변명치고는 너무 가슴 아리는 변명인 셈입니다.

김 회장님, 해야 할 일, 돌볼 사람 그리도 많았던 이승입니다. 모처럼 황강 물줄기를 밟으며 뛰며 누우며 주저앉으며 회장님을 생각했습니다. 한때 재첩 잡기, 피라미 잡기가 그리도 즐거웠던 물기슭입니다. 사람 만남에 늘 이해가 앞서지만 그런 것을 떠나 그저 좋았던 몇 되지 않은 만남이 김 회장님과 얽힌 일이었다는 사실이 제 가슴을 더욱 미어지게 합니다. 황강수중마라톤에 가기 위해 합천으로 들어오면서 굳이 창녕으로 적포로 길을 잡아 초계 들을 지났습니다. 차창으로 회장님이 누워 계신 무덤자리를 멀리 눈대중하며 율곡으로 들어섰습니다. 앞으로 몇 철, 몇 차례나 제가 더 초계 들을 지나게 될까요.

이제 저승 고을에서 지내시는 일에도 이력이 붙으셨는지 여쭙습니다. 아는 이 모르는 이 통성명은 제대로 하셨는지요. 거기서도 바람 불고 비 오는지요. 울고 웃는 사람들 말소리 번잡스럽지는 않은가 궁금합니다. 저승 마을 어느 어귀에 소주라도 드실 술청이 있기는 있다는 말씀인지 여쭙습니다. 그래도 저승 생활에 정 많이 들이시기 바랍니다. 어느 세상에 강이 있다 한들 합천 고을 황강 만하겠습니까마는 거기 강가도 자주 걸으시기 바랍니다. 모래가 맑고 물이 도는 곳에는 어디서나 좋은 벗이 있을 터입니다.

그러고 보니 돌아가신 뒤 처음으로 전해 드리는 소식입니다. 가끔 연락드리겠습니다. 저승길 저승 마을에서 평안하소서. 남정강 시인으로 행복하소서. 삼가 이승에서 먼 잔을 올려 드립니다. 곡 김해석, 곡 남정강.

(『합천문학』, 2010)

김해들,
농경문화의 옛날과 오늘

하늘 땅 그 사이

해와 달 그 사이

우러러 모자람을 깨닫고 허리 굽혀 고마움을 배우는 사람들

이 땅 우리 농투성이 가운데서도

바람이 금빛 벼이삭을 일으키는 낙동강

칠백 리 마지막 가슴 채워 머무는 들녘

지금은 물오리 철새 울음소리 문득 끊기고

논고동 빈껍데기로 뒹구는 땅

김해들로 가는 길은 역사를 찾아 가는 길

김해들로 가는 길은

역사가 되지 못한 이 땅 농투성이

기쁨 슬픔의 이랑 고랑을 밟는 길이다.

김해들의 나눔

낙동강 물줄기가 흐름을 바다에 맡기기 앞서 지나쳐 온 산과 들을 되돌아보며, 부챗살처럼 갈라져 이루어 낸 은혜로운 충적 평야. 북쪽 신어산과 만장대, 서쪽 불모산 높은 줄기가 바람을 막아 주는 김해들은 오늘날 동쪽으로는 부산시 강서구를, 서쪽으로는 김해군 장유·주촌면을, 북쪽으로는 김해시와 대동면을, 남쪽으로는 가락·녹산면을 낀 12000헥타르에 이른다. 우리나라 어느 곳보다 먼저 농경문화를 일으켰고, 배달겨레 한 무리가 세세로 대물려 왔던 넉넉한 삶터. 이 들품에 안겨 금관가야 옛 나라에서부터 오늘까지 김해들은 낙동강 물살에 되비쳐 반짝이는 햇살처럼 그토록 많은 이야기를 묻어 둔 채 담담하다.

회현리 조개무지

신라, 백제, 고구려 요란한 역사에 가려 머그림으로만 존재하는 가야 옛 서울. 가을걷이 끝나 가는 들녘 곳곳 마른 볏짚가리처럼 돋아나는 옛 가야사람의 환한 웃음소리를 들으며, 나는 이 지역에서도 가장 앞선 시대 유적 사적 제2호 회현리 조개무지로 발길을 옮긴다. 김수로 으뜸 임금이 처음 궁궐을 마련했던 봉황대 길목. 철책으로 둘려 있는 조개무지엔 지나간 역사는 아랑곳없는 아이들이 올라와 하얗게 햇살에 몸을 내놓고 있는 조개껍질을 발로 툭툭 차면서 시간을 보낸다. 그렇다. 시간 앞에서 우리는 모두 저렇듯 멋모르는 아이가 아니던가.

기원 앞 2세기 무렵에 이루어진 이 터가 중요한 점은 일찍부터 김해들에 농경문화가 자리 잡았음을 보여 주는 물증을 발굴했다는 데 있다. 탄화된 쌀알이 바로 그것이다. 여름철 비가 많고 기온이 높을 뿐 아니라 해 쬐는 시간이 긴 우리나라 날씨는 벼농사에 알맞은 조건을 마련해 주었을 터이다. 거기다 이곳은 긴 세월 퇴적을 거친 땅인 까닭에 일찍부터 논농사가 활발했다. 땅이 기름져 벼농사가 잘된다는 『삼국지』 '위지 동이전' 기록을 빌릴 것도 없이 흔히 발굴되는 돌쟁기, 갈돌과 같은 농기구가 그 점을 더욱 뒷받침한다.

사냥과 채취에 기댄 자연의존 경제에서 한곳에 붙박여 씨를 뿌리고 거두는 원시 농경사회로 전환은 자연스레 신석기 씨족사회를 무너뜨리고 고대 노예제사회로 옮겨 가는 기틀을 마련해 주었을 것이다. 나는 바로 고대사회 성립의 신비로운 이야기를 담은 유적인 구지봉을 찾아 나섰다.

구지봉

구지봉은 가야나라 세운 이야기뿐 아니라, 초기 철기시대 제
천의식을 엿볼 수 있는 신성 공간이다. 야트막한 구지봉 언덕길
을 오르면서 나는 『삼국유사』에 간추려져 실린 「가락국기」 가
운데 몇 줄을 떠올린다.

하늘이 처음 열린 뒤로 이 땅에 나라 이름도 군신의 칭호
도 없었다. 오직 구간이 있어 백성을 거느리고 산과 들에서
우물을 파서 마시고 밭을 갈아 먹었다. 삼월 어느 날 북쪽
구지봉에서 이상한 소리가 들려 마을사람들이 모이니, 하늘
에서 말씀이 있었다.

"여기가 어디냐."

"구지봉입니다."

구간들이 대답했다.

"하늘이 나에게 명하기를 이곳에 새로 나라를 세우고 임
금이 되라 하였으므로 모름지기 너희들은 이 산봉우리의 흙
을 파면서 신맞이노래를 부르고 춤을 추어라. 그러면 곧 임
금을 맞이하게 될 것이다."

그 말에 따르니, 하늘로부터 황금알 여섯 개가 든 붉은 보
자기가 내려왔다. 그 알이 깨어 여섯 동자가 탄생하니 그 첫
째가 자라 금관가야 수로임금이 되었고 나머지 다섯은 각기

다섯 가야 왕이 되었다.

　농경문화 쪽에서 보면 이 이야기는 씨 뿌리는 봄날 제단을
마련하고 그 해 농사의 풍요를 집단으로 하늘에 비는 제천의식
과 맞물려 있다. 수로 일행이 알 꼴로 하늘에서 내려왔다고 했
는데 알은 고대관념에서 해를 상징하는 것이 아니던가. 농경사
회에서 특히 필요한 자연 조건은 따뜻한 햇살과 알맞게 내려
주는 비였을 터이다. 그래서 일찍부터 논농사가 중심 산업으
로 자리 잡았던 이 지역에서는 다른 문화권과 달리 태양과 물
고기에 대한 믿음이 두드러지는 게 아닐까? 나는 19세기 말에
세운 '대가락국태조왕탄강지지'라는 빗돌과 '구지석'이라는 글
자가 새겨진 고인돌을 둘러본 뒤, 이 지역에 널려 있는 고대 농
경사회 풍요제의의 흔적을 찾아보기 위해 구지봉을 내려선다.

납릉納陵 정문의 신어神魚 무늬와
숭선전비崇善殿碑 빗머리 해 무늬

　김해지역 농경문화의 중심장소는 예로부터 들 북쪽 해발
620미터 남짓한 신어산神魚山이었음에 틀림없다. 오늘날까지 기우
제를 지내고 있는 곳이 이 산 봉우리일 뿐 아니라, 신어산은 곧
'신의 산'이다. 그 이름에 있어서도 엮인 꼴을 보이는 까닭이다.

그런데 '신어'란 무엇을 뜻할까? 일찍부터 가야 땅에 자리 잡았던 불교와 얽힌 이름일까? 아니면 허왕비 도래 이야기에서 보는 것처럼 해양문화권과 연관을 말해 주는 것일까? 나는 납릉 정문의 신어 무늬를 꼼꼼히 살피다 문득 이 신어가 농경에 필수적인 물의 신과 맞물려 있을지도 모른다는 생각을 해본다. 우리 민속에 용왕에 대한 믿음이 크고, 그것이 기우제의와 묶인 점을 볼 때, 신어란 바로 용신 신앙과 맞물린 김해지역 독특한 기우제의祈雨祭儀에서 비롯한 신격神格일 수 있다. 고대사회로 들어서면서 이 지역에서는 강력한 통치력을 바탕으로 물을 끌어대기 위해 관개치수 시설을 만들기 시작했을 것이다. 하지만 밑바닥에는 한결같이 하늘에 비를 비는 기우제의에 농사의 풍흉豊凶을 기댔음이 틀림없다. 그러한 기우제의가 종족번식을 비는 기자의례祈子儀禮와 얽혀 있는 독특한 풍요제의 흔적이 구포 땅 율리 마을에 있다. 고인돌 덮개돌에다 일정하게 알 모양을 갈고 파내 만든 성혈性穴, 곧 알구멍이 그것이다.

나는 납릉 정문을 지나 숭선전비 빗머리에 새겨져 있는 해 무늬를 꼼꼼히 살피기 시작했다. 이 빗머리에만 환하게 새겨진 힘찬 해. 비와 함께 논농사 짓는 데 있어 다른 큰 조건 가운데 하나인 해를 모시는 관념이 이렇듯 무늬로 굳어진 게 아닌가. 철제 농기구를 바탕으로 삼아 발달한 이 지역 논농사는 저 빛나는 해처럼 힘찬 가야를 뒷받침해 주었을 것이다. 임진왜란 때 왜구에 의해 파헤쳐져 어쩌면 텅 빈 무덤일지 모르는 납릉,

곧 수로임금 능이라 일컬어지는 옛무덤을 둘러본다. 이러한 무덤을 만들 수 있는 강력한 통치권과 그 아래서 마을공동체로 묶이어 공납과 부역을 바치는 한편, 우러러 풍요제의를 모시고 살았을 고대 농민들의 나날살이를 떠올린다.

기원 뒤 532년 낙동강을 넘어와 가야를 멸망시킨 신라는 가야 임금 김구해에게 이 지역을 식읍으로 주었다. 그 일을 보면 이 땅 농민의 사정은 신라에 들어간 뒤에도 별반 달라진 것이 없었음을 알겠다. 식읍이란 결국 그 땅의 기본 관계와 지배권을 그대로 승인해 준 것이 아니던가. 노예 신분으로 살았을 이 땅 붙박이 농민의 굶주림과 고통이 만들어 놓은 이름, 이팝나무를 찾아 주촌 쪽으로 길을 바꾼다.

주촌酒村 이팝나무

김해시 서쪽 주촌면 천곡마을에는 천연기념물 307호, 키 17미터에 오백 년 묵었다는 이팝나무가 있다. 4월에 하얀 꽃을 피우는 이 나무는 꽃 모양이 이밥, 곧 쌀밥을 닮았다는 데서 이름이 비롯한다. 언제까지나 내 터, 내 땅 위에서 굶주림 없는 삶이 이어지기를 바라는 뜻이 저렇듯 우람한 나무 가지가지에 매달린 꽃을 쌀밥으로 보게 하였던가.

신라에서 고려로 넘어 들었어도 이 땅 농민의 나날살이는 달라짐이 없었다. 그 자리도 오로지 경작권을 가진 농노 수준에 지나지 못했다. 다만 농사를 추기는 정책에 따라 개간과 수리 사업이 크게 나아갔다. 밀양에 있는 수산제는 그 가운데서 제법 큰 크기에 드는 것이다. 그러나 그러한 정책에도 이 땅 농민의 배고픔은 한결같았다. 비상시 굶주리는 농민에게 곡식을 빌려 주고 가을걷이한 뒤 갚도록 했던 의창義倉이 오랫동안 국가 기관으로 자리 잡아야 했을 만큼 어려운 사정은 지속적이었다. 자연 재해는 물론 못을 만들고 성을 쌓고 적을 막는 갖가지 노역에까지 시달려 어려움이 더했던 것이다.

특히 이 지역 농민은 몽골 지배 아래서 그들의 왜나라 침략 때 쓸 배를 만들기 위해 가까이 울창한 산에서 나무를 베어 내는 고된 부역을 했을 것이다. 그 시름이 유별났음을 알겠다. 김해들 맞바람을 가지마다 잎마다 받아 내며 오백 년 동안 이 터를 지키고 선 이팝나무. 지금도 꽃이 활짝 피면 그해 풍년이 들고 시름시름하면 흉년이 든다고 알려진 나무. 고된 허리를 펴고 눈물 씻은 눈으로 바라보았을 이팝나무 흰 꽃은 우리네 주린 마음과 몸을 얼마나 채워 주었을 것인가. 주촌 이팝나무를 둘러보고 나오는 길은 어느덧 고려에서 조선 시대로 들어서는 길이기도 했다.

농악놀이와 석전石戰놀이 현장

귓속으로 징소리 넘어 든다. 장구소리 와 꽂힌다. 다섯 발 상모가 나를 돌리고 하늘을 돌린다. 가을걷이가 끝나 가는 들녘에 서서 저승까지 가 닿을 듯한 소리에 넋을 뺏긴다. 김해들 수많은 이랑 고랑처럼 넌출거리는 가락, 이 소리에 깨고 이 가락에 힘을 얻었을 김해 옛 농민. 그들은 서로 도와 씨를 뿌리고, 떨어진 벼이삭을 줍듯 논밭의 돌을 주워 내었을 것이다.

김해 석전놀이는 그런 생활 속에서 자연스레 나온 게 아닐까. 깊이 갈면 갈수록 더 많이 쟁기 끝에 걸리는 돌, 이랑 고랑을 엮을 때마다 차이는 자갈, 추위 못지않게 이 땅 농민의 발바닥을 시리게 했을 돌을 힘 모아 주워 내는 일을 힘겨루는 놀이로 옮겨, 규모 큰 이곳 석전놀이 전통을 이루어 낸 것이 아닌가. 고된 농사를 단옷날 신명나는 놀이로, 때로는 적을 물리치는 전투수단으로 풀어 나갔던 앞선이의 지혜로움이 문득 새롭다.

죽림리 죽도왜성竹島倭城과 가락오광대

임진왜란 때 왜구가 쌓아 머물렀던 죽림리 죽도왜성을 찾아 나서면서 나는 조선 초기 이 지역에 살다 불우하게 세상을 등졌던 시인 어무적魚無迹을 생각한다. 아버지 쪽은 사대부였으나 어머니 쪽이 관노비였던 까닭에 미천한 신분으로 살아야 했음에도 글재주와 뜻이 높았던 어무적. 백성에 대한 수탈이 끝 모를 지경에 이르렀던 연산 임금 때, 그는 과실나무에까지 무리한 세금을 요구하는 데 견디다 못한 농민이 매화나무를 도끼로 찍는 일을 보고 한 편 시를 지어 학정을 신랄하게 비꼬았다. 이에 크게 노한 고을 원이 잡아 족치려 함에 도망하여 유랑하다 마침내 객사한 사람. 그 지은 시에 적기를,

> 세상에 아름다운 군자는 찾을 길 없고
> 시대는 범과 뱀보다도 무서운 학정만 힘쓰도다
> 백성이 한 그릇 밥을 먹으려 하면
> 원님은 군침을 흘리며 노염을 부리고
> 백성이 한 벌 옷에 따스하려 하면
> 아랫 관리는 팔을 뽐내며 살을 발기도다
> 매화 향기는 굶어 죽은 백성의 혼을 덮어 주고
> 매화 향기는 떠도는 백성의 혼을 덮어 주고
> 매화 꽃잎은 떠도는 백성들의 뼛골에 뿌려지도다

하여, 그 무렵 김해지역 농민의 어려운 처지와 나라에 대한 불만을 극진하고도 빼어나게 그려 주었던 시인. 1592년 왜나라 오랑캐 풍신수길이 십사만 대군을 이끌고 부산에 이른 지 겨우 스무날 만에 한양을 차지할 수 있었던 까닭은 어디에 있었던

가. 어무적의 시가 그려 준 것처럼, 관료의 부정부패와 다수 백성이었던 농민에 대한 혹심한 폭정으로, 백성의 마음이 나라를 떠나 버린 데서 그 까닭을 찾는다면 무리일까.

왜나라 도적이 우리 땅 특히 동해안과 남해안을 약탈했던 일은 그 처음이 이미 신라 상대까지 올라간다. 멀리 보이는 사적 제66호 분산성盆山城터는 그들을 피하기 위한 피난처로 쌓아 만든 전형적인 산성이다. 곡식을 빼앗고 농민을 죽이며 부녀자를 욕보인 왜구의 짐승 짓은 임진왜란 때 더욱 심했다. 그에 맞서 곳곳에서 의병에 가담하여 오랑캐를 물리쳤던 농민군, 그 가운데서도 정유재란까지 일곱 해 동안이나 왜구의 말발굽 아래 열려 있었던 부산, 기장을 비롯한 이곳 김해들 농민의 투쟁과 삶은 어떠했을까. 그 왜구 오랑캐가 쌓아 머물렀던 죽도왜성. 나는 성벽에 올라 무심한 바람소리에 마음을 맡긴다.

임진왜란은 우리 땅을 말할 수 없이 황폐하게 만들었다. 농민의 삶은 거기에 비례하여 침체와 혼란을 거듭했다. 게다가 이어진 가뭄과 큰물은 그런 사정을 더욱 나쁘게 했다. 1671년 대흉년으로 굶주린 농민이 공공연히 무덤을 파헤쳐 죽은 이의 옷을 벗겼다. 자식을 길이나 도랑에 버리는 사람이 수없이 많았다는 기록은 거짓일까. 조선 후기로 내려서면서 곡창 삼남지역에서 농민의 봉기가 가장 잦았고, 뒤이어 1860년 동학이 경상도와 전라도를 중심으로 크게 일어났던 일은 우연일까. 나는 이즈음 다시 되살린 가락오광대 놀음 현장을 찾기 위해 걸음을 빨리했다.

오광대는 조선 후기 우리 자본주의가 자라는 과정에서 낙동 강 오른쪽 교통 요지와 농산물 집산지를 중심으로 이루어져 전승해 온 도시탈놀이 가운데 하나다. 웃음과 울음, 권하는 뜻 과 물리치는 뜻을 한 마당에 맞세워 풀어 가는 오광대의 긴장 된 아름다움. 그것은 인습을 벗어나야 함과 아울러 새로운 전 통을 만들어야 했을 조선 후기 이 지역 농민과 그들 둘레 시장 상인들이 함께 이루어 낸 생생한 사회 분위기를 그대로 되비춘 다. 오늘도 이어지고 있는 김해 둘레 왁자지껄한 오일장 분위기 가 바로 그 점을 짐작하게 해 준다.

그러나 우리 안쪽에서 변화 발전의 계기를 마련했던 자본주 의의 싹은 나라 바깥 쪽 제국주의 세력에 의해 하나하나 꺾여 갔다. 1876년 병자년 왜로倭虜 제국주의자의 총칼에 떠밀려 부산 포를 비롯한 세 항구가 열린 뒤부터 우리 정부의 혼란과 무력 함을 틈타 갖가지 빌미를 만들며 저들 세력은 우리 땅을 야금 야금 먹어 들어왔다. 이에 노여움을 터뜨려 일어섰던 1894년 갑 오농민전쟁과 오히려 그 일을 기회 삼은 왜로에 의해 저질러진 갑오년 억압변혁. 분함을 참다못해 잇달아 일어났던 의병전쟁 과 그 주력부대로서 겪었을 농민의 고통. 그런 가운데서도 새로 운 문물을 앞세워 물밀듯 들어와 우리 농촌 사회의 경제 기반 을 무너뜨린 왜로 상인의 돈과 악랄했던 상술. 오광대 한 마당 이 질펀하게 펼쳐지곤 했을 죽림리 나루터 길을 걸으면서 나는 조선 후기 격동기에 갇혀 어지러웠다.

대저 낙동강 둑 건립기념비

　1904년 러일전쟁에서 이긴 뒤 조선을 저들 독점 식민지로 보장 받은 왜로의 조선 침투는 대규모로 이루어졌다. 그 가운데서 1908년에 세운 동양척식회사와 1810년에 시작한 토지조사책략이 저지른 일은 왜로 지주에게 조선 농민의 땅을 빼앗아 주는 노골적인 토지약탈에 지나지 않았다. 게다가 우리나라 숲을 마음대로 베어 내어 북부 원시림은 물론 모든 지역 높낮은 산들을 하나같이 벌거숭이 민둥산으로 만들었다.

　왜로가 이곳 농민들을 끌어내어 쌓은 낙동강 둑 건립기념비를 찾아본다. 누구를 위해 둑을 쌓고 김해들 경작지를 넓혔던가. 이른바 사방공사니 도로확장공사니 하여 보잘것없는 토목공사를 벌여 놓고 우리 농민을 위한 일인 양 속이면서 우리 땅을 저들 쌀 생산기지로, 대륙침략을 위한 병참기지로 다지는 데 썼던 제국주의 왜로. 자작농이 소작농으로 소작농이 땅을 떠나 유이민으로, 도시 변두리 토막민으로 떨어질 수밖에 없었던 우리 농민의 분한 사정은 1919년 기미만세의거에서 가장 큰 피해를 입어 가며 가장 오래 격렬하게 맞섰던 계층이 농민층이었던 데서 엿볼 수 있다. 순소작농이 전체 농가의 70퍼센트, 거기다 자작을 함께 했던 겸소작을 더하면 무려 94퍼센트에 이르는 농가가 총 수확고의 평균 절반 이상에서 8할까지 이르는 소작료를 물면서 살아야 했던 남녘 땅, 그 가운데서도 곡창 김해들, 1920년에서 1930년까지 왜로 지주와 조선인 지주, 그리고 도척 拓이라고 불렸던 동양척식회사에 대해 일으킨 소작쟁의가 온 나라 안에서 경남이 제일 많았고 그 다음이 전남이었다는 사실은 무엇을 뜻하는가.

그렇다. 나라잃은시대 이 지역 농민이 겪었던 한 서린 심정이 빗돌 뒷면에 새겨진 '소화'라는 왜로 연호를 칼로 깎아낸 일로 쉽게 사라진 것일까. 그들 군대와 경찰을 재빨리 이동시키고, 우리의 쌀과 목재를 실어 내기 위해 넓혔던 '신작로'는 오늘 김해 너른 벌을 가로지르는 중심도로를 이루었다. 저들이 서둘러 심어 둔 버드나무는 물러간 지 서른여섯 해가 지난 오늘까지 스산한 바람소리를 받으며 흔들리고 있다.

녹산 배수갑문과 노적봉

나라잃은시대 이 들을 떠나 북간도로 쫓겨 갔던 유이민이나 저들 침략 산업기지로, 전장으로 끌려갔던 숱한 농민과 이 땅 처녀의 원혼은 돌아오지 못했다. 그렇건만 녹산 배수갑문은 오늘날까지 두터운 쇳소리를 낸다. 아득하게 바다로 열려 있는 김해들과 낙동강을 가로막고 있다.

나는 배수갑문을 한참 동안 내려다 본 뒤, 곁에 있는 노적봉으로 눈을 돌린다. 넉넉한 노적가리같이 솟은 저 봉우리는 누구를 위해 저렇듯 예쁜가. 예부터 오늘까지 이 물 이 땅은 터 잡고 살았던 숱한 사람을 끝내 버리지는 않았다. 다만 이 들을 농민에게서 빼앗고 그들의 피와 땀을 갖가지 명분으로 가로챘던, 잘못된 제도와 정의롭지 못한 권력만이 이 벌판을 더럽혔을 뿐이다. 평화로운 때에는 씨를 뿌리고, 나라가 어지러웠던 때는 어느 누구보다 나라 지키기에 앞장섰던 이 땅 붙박이 농민들. 역사의 가장 밑바닥에서 역사를 떠받치고, 정작 역사 속에서는 누구보다 먼저 버림받았던 사람들. 노적봉을 돌아 남녘 바다로 흘러드는 낙동강 물소리는 끼룩끼룩 뜻 없이 날개를 폈다 접는 갈매기와 함께 어느새 파도에 휩쓸려 든다.

과수원

광복 뒤에도 비옥한 김해들은 이 땅 사람과 같이 역사의 오욕을 같이했다. 1950년 경인년 전쟁, 그 소용돌이 속에서 남하하는 국군을 따라 이곳까지 추위와 주림을 견디며 내려왔던 국민방위군. 그들 억울한 죽음을 기억하는 이 드물다. 거적때기에 둘둘 말린 채 묻혔던 공동묘지는 헐려 그 자리에 김해시청이

들어섰다. 김해들은 그런 역사의 무심함을 딛고 우리에게 새로운 모습으로 다가섰다.

1954년 기름진 토질과 따뜻한 날씨, 그리고 부산이라는 커다란 소비시장을 가깝게 둔 데 힘입어 이곳에서는 우리나라에서 처음으로 겨울철 비닐하우스를 이용한 고등소채 재배를 시작하였다. 오이, 토마토에서부터 고급스런 꽃에 이르기까지 그 뒤 넓혀진 김해들의 비닐하우스 재배는 몇 천 년 이어져 오던 전통 농경방식에서 벗어나 때 없이 농산물을 공급하는 영농기술을 가져다주었다. 그러한 변화는 집단 과수재배니 여러 종류에 걸친 원예농업으로 이어져 김해들 농민에게 높은 소득을 보장해 왔다.

그러나 이들과 달리 영세한 농민은 전통 영농방식을 따라갈 수밖에 없었다. 비닐하우스 재배방식마저 다른 지역으로 빠르게 넓혀지면서 이곳이 누리던 독자성과 높은 소득도 사라져 갔다. 요즈음은 대도시 높은 공장부지 사용료를 피해 넘어온 가내공업 업자들이 이 비닐하우스 안에서 공산품을 만든다는 놀라운 이야기. 나는 주촌면 농소에 있는 영농기계화단지로 발걸음을 옮긴다.

주촌면 농소 영농기계화단지

1970년대 뒤부터 크게 발달한 우리의 도시 산업화는 농촌이 지닌 값싼 노동력을 도시로 끌어들여 이룩한 것이라 해도 딴말이 없을 것이다. 실질 노동력을 도시로 빼앗긴 농촌이 기본 노동력을 얻는 데에도 어려움을 겪게 된 사정은 어제 오늘 일이 아니다. 게다가 1986년 통계에 따르더라도 우리나라 농가 가운데 64퍼센트가 소작농인 터에 영농기술을 합리화하고 기계화를 빌려 농촌 소득을 올리겠다는 시책은 처음부터 한계가 뚜렷할 수밖에 없었다.

그나마 값비싼 기계 부속을 제때 얻지 못해 애써 사들인 농기계를 놀려야 하는 일이 잦다. 영농기계화가 본디 농민의 생산성 향상을 위한 일인지, 농기계 생산업체와 그 판매상에 확실한 이익을 보장해 주기 위한 일인지 알 수 없는 노릇 아닌가. 모든 일에는 이득을 보는 이와 손해를 보는 이가 있기 마련이다. 넘치도록 쓰고 있는 농약만 해도 그렇다. 쌀이 남아도니 절대농지 면적을 줄여야겠다느니 어쩌니 하고 떠들썩한데도 농약 생산과 소비량이 줄지 않는 것은 어찌된 일인가? 병충해 피해가 그만큼 많아진 탓일까? 아니다. 농약이 오늘날처럼 넘치게 쓰인 뒤 한결같이 실질 이득을 보고 있는 쪽이 누구인가를 따지면 그 답은 환하다. 농민의 뜻과 처지에는 고개를 돌린 채 거듭된 편의행정의 획일성을 보는 것처럼 정리가 잘된 기계화 단지

논두렁을 바라보는 마음이 무겁다.

공장 모습

오늘날 김해들은 농경산업으로 지닌 바 구실만을 다하기에는 너무 커다란 변모를 거듭했다. 그 변모는 농업과 공업을 나란히 발전시키겠다는 김해군 시책뿐 아니라, 들 둘레 곳곳에 서 있는 커다란 공장 굴뚝과 저물 무렵 퇴근버스의 잇따른 줄이 뚜렷하게 보여 준다. 농사를 지어야 할 젊은이마저 실질임금이 높은 부산, 창원 생산공장으로 빼앗겼다. 행정상으로도 이미 가웃에 이르는 땅이 부산에 들어가 버린 채, 김해시마저도 따로 떨어져 나갔다. 오늘날, 이러한 변화는 자연스러운 일일지 모른다. 그러나 붙박여 살던 농민의 도시 이입으로 비어 버린 여느 골짝 마을과는 또 달리 주민 환경이 빠르게 변모를 겪고 있는 이곳 사정은 모름지기 바람직한 일일까? 확실한 점은 이미 이 기름진 땅이 산업도시가 겪고 있는 갖가지 문제를 깊숙이 겪고 있다는 사실이다.

김해 시가지

공업화와 더불어 오늘날 김해들은 교통환경이 좋아지고 집터 값이 낮은 탓에 대도시에 더부사는 변두리 주거, 소비도시로 뚜렷하게 바뀌고 있다. 김해, 명지 이저곳 대도시와 다름없는 소비성 물품판매업소와 화려한 유흥업소 네온사인이 그러한 변모를 한마디로 줄여 준다. 너른 들 가장자리, 택지로 쓰기 위해 볼썽사납게 짓고 있는 고층 아파트, 골프장은 이미 전형적인 농경 풍경이 아니다.

지금과 같은 속도로 개발과 사람 드나듦이 이어진다면 이곳은 필연적으로 전원 주거도시라는 번지레한 목표와는 달리 새로운 소비도시로 더욱 치닫게 될 것이다. 그럴 경우 현상유지조차 힘든 농사에 한결같이 매달려 있을 농민이 어디 있을 것인가. 천 년 가꾸어 온 지역 특성은 몇 년 사이에 급변할 것이다. 그 속에서 겪을 이 지역 토박이의 경제적 좌절과 심리적 혼란은 어떨 것인가. 나라 땅 가운데서 넓고 기름지기로 이름 높은 이 땅과 농민의 삶이 그들의 바람과 다른 길로 가리라는 점은 불 보듯 뻔하다.

낙동강 하구둑과 둘레 경관

지키고자 하는 많은 사람의 뜻과 관계없이 낙동강은 그 흐름이 이어진 지 처음으로 끝머리가 막혀 버렸다. 낙동강 하구둑, 나는 지금 그 위를 걷고 있다. 자연이 스스로를 가다듬는 힘과는 관계없이 역사의 어느 한 순간, 사람은 눈앞 이익과 좁은 식견으로 자연을 부숴 버린다. 짠 바닷물 피해를 막고 농업과 공업용수를 얻을 뿐 아니라, 가까운 도시 마실 물을 해결할 양으로 막는다 했던가. 그러나 여러 해 지난 오늘 이 하구둑은 어느 쪽에서도 처음 기대했던 구실을 제대로 떠맡지 못한 채 놓여 있다. 달라진 것은 더욱 심각해진 생태 오염과, 하구둑 아래 땅을 투기하려는 부동산업자의 간판이 아닌가. 생태계 파괴는 점진적인 만큼 결정적이다. 알게 모르게 관에 의해 이끌린 이 커다란 토건공사가 과연 이 지역 사람의 바람직한 앞날을 위해 꼭 필요한 일이었던가. 하구둑을 막아 생긴 너른 땅과 공업단지 계획은 다시 누구를 살찌울 것인가. 그렇다. 땅이 몸소 농사짓는 이에게서 떠나 돈벌이 수단이 된 것은 어제오늘이 아니다. 그렇건만 김해들 곳곳에 널린 부동산 중개업 간판이 이 지역 부재지주와 소작현실 문제가 더욱 심각해졌다는 사실을 한마디로 말해 준다.

정당하고 정의로운 방법으로 일한 대가를 얻는 이보다 땅을 담보로 돈을 벌려는 사회와 사람. 그런 속에서 가난을 확대 재생산하며 우리 사회의 변화에서부터 가장자리로 밀려났던 계층. 집단 자치력은 물론 대재벌과 맞설 수 있는 생산력은 바닥에서부터 뿌리 뽑힌 사람. 예로부터 오늘날까지 가장 길고, 고통스런 노동시간을 바치면서도 그 혜택에서는 외면당하는 농민들. 마침내 농경산업이 지니는 비중을 뚜렷하게 줄여 나가겠다는 행정부의 장기 계획에 따라 그러한 악순환은 거듭할 수밖에 없으리라.

떠나면서

　김해들은 오랜 역사 속에서 어떤 다른 지역보다 민감하게 변화의 계기와 마주쳤다. 앞으로도 그러할 것이다. 허옇게 배를 뒤집은 채 떠오른 물고기. 오리, 기러기 깃을 떨어뜨리고 갈대 무성하던 물길이 양회 먼지로 굳어 가는 오늘 김해들과 낙동강. 그리고 그 안에서 흙두더지처럼 붙박여, 사람으로 태어나 삶이 오히려 짐스러운 농민. 그러나 이 땅 이 사람들은 오랜 역사 속에서 스스로 지닌 바를 이어받고 이어 온 것과 마찬가지로 더 나은 방향으로 이곳에서 누릴 바 삶을 이끌 것이다. 사람은 결코 절망을 선택하지 않는다는 말을 걸음걸음 새기며 하구둑을 나선다. 그렇다, 김해들을 돌아 나오는 길, 그 길은 사람 함께 터 잡아 사는 아름다움과 길길이 갈라져 나아가는 어려움을 한꺼번에 새기는 길이기도 했다. 문득 올려 본 하늘에는 이제 막 김해공항을 떠난 비행기 한 대가 요란한 소리를 내며 더 높은 데를 무너뜨리고 있다.

(『KBS부산 TV』, 1990)

'경부선'이라는
일컬음의 잘못에 대하여

'경京'과 '경성京城'의 쓰임새

'경성京城'이라는 이름과 관련하여 흔히 잘못 알고 있는 점은 두 가지다. 먼저, 한자 '경京'이 외자로는 왕도(수도, 서울)라는 뜻이다. 그러나 다른 글자와 만나 낱말을 이룰 때에는 뜻하는 바가 달라질 수 있다. 다음으로 '경성京城'이라는 말은 고유이름씨와 보통이름씨라는 두 쓰임새를 지닌다. 이 두 가지 점을 생각하지 않고 내 글*을 읽는 바람에 질의자는 나를 '서울 경京'자도 모르는, "참으로 몰라도 너무" 모르는 사람으로 만들어 버렸다. 이제 '경京'과 '경성京城'의 문제를 나누어 살피겠다.

첫째, '서울 경京'은 외자로 쓰면 왕天子의 궁궐이나 왕성이 있는 곳 또는 왕이 도읍한 땅과 같은 중립적인 뜻을 지닌다. 곧 수도

---

* 이 책 2부의 「경부선 또는 서울부산철길」

(중앙)나 거기에 버금갈 만한 곳에 대한 보통이름씨다. 이런 사실은 한문을 조금만 배운 이라면 알 수 있을 상식에 속한다. 따라서 예부터 이 '경京'을 중심으로 나머지 나라땅에 대한 이름을 다르게 붙였다. '경'과 나머지 '향鄕'을 붙여 만든 '경향京鄕'이라는 말이 이 점을 잘 보여준다. 우리 토박이말로는 '서울'과 '시골'이 그것이다.

그리고 '경기京畿'란 말은 왕도의 외곽지역을 일컫는다. '기畿'란 천자 거주지인 왕성京城을 중심으로 사방 오백 리 안쪽 땅이다. 말하자면 오늘날 우리가 쓰고 있는 '경기도京畿道'의 '경기京畿'란 당나라 때 왕도의 둘레 지역을 경현京縣과 기현畿縣으로 나누어 다스린 데에 그 뿌리가 있다.

왕경王京은 일경제인가 다경제인가 또는 시대별로 달라지느냐에 따라 여러 경京을 마련하기도 한다. 일본의 경우 '경도京都'에 이은 동쪽의 새 수도(서울)라는 이름으로 '동경東京'이 나오게 된 셈이다. 나라 사정에 따라서는 다경제를 둔다. 이 경우 왕도王都를 중심으로 상하 높낮이나 동서남북과 같이 방위에 따라 '경京'을 나누기도 한다. 남북국시대 발해의 '상경上京', '중경中京', '동경東京', '남경南京', '서경西京'과 같은 '오경五京'이나, 고려시대 왕도 '중경'(개경: 開京)'을 중심으로 '서경(평양)', '남경(서울)', '동경(경주)'을 둔 경우가 좋은 본보기다. 중국 경우 당나라 수도가 '장안長安'일 땐 '낙양'을 '동도東都', 송나라 때는 수도 서쪽에 있다 해서 '낙양'을 '서경西京'이라 불렀다. 기준 왕도의 위치에 따른 일컬음이다.

조선시대는 일경제였다. 오랜 세월 수도(서울)로서 '한성漢城, 漢陽' 한 곳을 두었다. 광복기 대한민국 행정부 수립 뒤에도 마찬가지다. 한 나라 한 수도였다. 그러나 보통이름씨 수도首都, 王都를 일컫는 토박이말 '서울'이 그대로 고유이름씨로 올라섰다. 따라서 조선시대에는 '우리나라 서울인 한성에 간다'라는 말이 현대에 들어서는 '우리나라 서울인 서울로 간다'라는 말로 쓰이게 된 셈이다. 질의자가 나를 두고 '서울 경京'도 모르는 사람이라 말했을 때, 그 '서울 경京'이란 보통이름씨인 수도를 뜻한다.

이럴 경우 오늘날 가장 흔한 쓰임새는 앞서 든 바와 같이 '경향京鄕'이다. 따라서 '경향각지京鄕各地', '상경上京', '귀향歸鄕'과 '귀경歸京', '재향在鄕'과 '재경在京'과 같이 질의자가 본보기로 든 말들이 이어지게 된다. 보통이름씨로 쓰인 '서울 경京'자의 '서울'을 오늘날 고유이름씨인 '서울'로 생각한 데서 질의자에게 잘못이 있게 된 셈이다.

그런데 여기서 한발 더 나아간다. 사실 '상경上京'이니 '재경在京'이니 하는 낱말은 멀리 보아 썩 마땅한 것이 아니다. 지난 시기 위쪽 왕도(수도, 서울)와 아래쪽 향촌(시골) 사이 중앙/지방이라는 위계와 서열을 그 뿌리에 담고 있는 말인 까닭이다. 게다가 '상경', '귀경', '재경'들은 그 역사적 쓰임새를 죄 알아내기는 힘드나 가장 잦게 쓰인 때는 나라잃은시기가 아니었던가 짐작된다.

만약 우리나라 사람이 '경향', '귀경', '상경'이라는 말의 뜻을 보통이름씨로서만 완연히 생각했다고 하자. 그렇다면 오늘날 평양 사람이 북한 수도인 평양에 올라가는 것과 내려가는 경우에 우리와 같이 '상경', '귀경'이라는 말을 큰 거리낌 없이 쓸 터이다. 그런데 북한 쪽 사정은 그런 것 같지 않다. 말하자면 역사적으로 '귀경', '상경', '재경' 들들의 말에는 가깝게, 곧 우리 수도(서울)를 '경성京城'으로 여겼던 말버릇이 남아 있는 것이라 할 수 있다.

게다가 앞으로 어떤 까닭으로 수도(서울)를 다른 곳으로 옮겼을 때, 우리가 그때에도 그곳에 가는 일을 '상경', '귀경'으로 쓸지는 의문이다. 앞으로 우리나라가 나아갈 새 세상이 지난 시기 근대 민족국가의 경계를 넘어서서 지역을 중심으로 세상 잘 사는 길로 나아가 보자는 지역분권 쪽이라고 본다면 '재경', '귀경'과 같은 인습에 찌든 말은 피하는 것이 좋겠다.

둘째, '서울 경京'에서 나아가 왕의 도읍에 설치된 왕성(궁궐, 궁성)에 초점을 둔 낱말이 '경성京城'이다. 경도, 왕도, 왕성, 황성이거나 한때 그러했던 곳을 일컫는 보통이름씨인 셈이다. 이러한 보통이름씨로서 '경성'은 이미 앞 시기부터 여러 쓰임새를 보인다.

築京城, 號曰金城
서울에 성을 쌓고 이름을 金城이라 하였다
—『三國史記』1卷, 新羅本紀1, 赫居世居西干, 21年

京城周作典, 景德王改爲修城府, 惠恭王復故.
서울(경성)의 이곳저곳을 손보는 관직, 경덕왕이 修城府라

고쳤는데, 혜공왕이 복구시켰다.

─『三國史記』38卷, 志7, 職官上

九月己酉 天狗墜于京城東北

9월 己酉日에 天狗星이 경성 동북쪽에 나타났다.

─『高麗史』47卷, 志1, 天文1, 月五星凌犯及星變

京都의 성곽 京城·태조(이성계) 5년에 돌로 쌓았는데, 平壤
伯 趙浚이 공사를 감독하였으며, 세종 4년에 수축하였으며, 주
위가 1만 4천 9백 35보인데, …(줄임)… 여덟 문을 세웠는데 정
남은 崇禮요, 정북은 肅淸이며, 정동은 興仁이요, 정서는 敦
義, 동북은 惠化, 서북은 彰義, 동남은 光熙, 서남은 昭德이다.

─『新增東國輿地勝覽』권1 京都 上;『東國輿地備考』권1 京都

'경성京城'이 왕도를 둘러싼 성, 또는 왕도 자체를 일컫는 보통
이름씨로 쓰인 보기를 몇 들었다. 우리 문헌『삼국사기』,『삼국
유사』,『동국여지승람』,『신증동국여지승람』,『조선왕조실록』에
서 숱한 본보기를 찾을 수 있다. 따라서『조선왕조실록』에서도
지난날 고려시대의 서울이었던 '개경開京'의 성을 뜻할 때는 '경성'
이라 보통이름씨로 일컫고 있는 것이다. 중국 서울에 있는 궁성
또한 '경성'이라 일컫는 것은 말할 나위가 없다. 일본 쪽에서도
왕성을 '경성'이라 부른다.

문제는 오래도록 우리말 왕성, 왕도를 뜻했던 보통이름씨 '경성京城(서울)'이 근대 시기 왜로에 의해 고유이름씨 '한성漢城'을 대신하는 고유이름씨로 굳어진 데 있다. 그리고 광복 뒤 새로 그 것을 바로잡으면서 지난 조선 시기의 '한성'으로 돌아가지 않고, 보통이름씨 '서울'을 그대로 고유이름씨 '서울'로 굳혀 일컫게 된 데 따른다. 보통이름씨 '서울'과 고유이름씨 '서울' 사이 혼란뿐 아니라, '경京'이나 '경성'에 대한 오해가 생기게 된 것이다.

보통이름씨로 외자 '경京'이나 '경성'을 부려 썼을 때와 고유이름씨 '경성'으로 썼을 때 그 차이는 크다. 거듭하거니와 지난날 '우리나라 서울은 한성이다'에서 '우리나라 서울은 서울이다'라는 동어반복 말하기가 나타나게 된 셈이다. 앞은 보통이름씨 수도 '서울'을 뜻하고, 뒤는 고유이름씨 '서울'을 뜻한다. 질의자가 나를 두고 '서울 경京'자도 모르는 무지한 사람으로 오해하게 된 배경이 이것이다. 질의자는 이 점을 놓쳤다.

셋째 '경기京畿'란 말의 비롯됨에 대한 잘못이다. '경기'란 앞서 말한 바와 같이 왕경(도성, 경성)의 둘레 지역을 뜻한다. 고려시대 처음으로 왕도인 '개경開京'의 바깥 지역인 오늘날 '경기도京畿道' 지역을 아우르는 이름으로 '경기'라 붙였다. 고려시대에 고유이름씨로 굳어진 셈이다.

그러다가 조선시대에 들어 '한성'으로 서울(수도)을 옮기게 됨으로써 다시 '경기'의 구역을 조정하였다. 그러나 조선 '한성'은 고려 '개경'과 멀리 떨어지지 않은 터다. 대부분 지역이 조선시대에도 '경기京畿'로 그대로 남게 되었다. 따라서 오늘날 '경기도京畿道'의 '경기'는 이러한 뿌리를 지닌 고유이름씨로 왜로 제국주의 침탈 시기를 거쳐 대한민국 정부 수립 뒤에도 그대로 쓰이게 되었다.

말하자면 '경기'란 동양 삼국에서 보통이름씨로 쓸 수 있는 말이다. 그러나 우리나라 경우 고려에서부터 조선을 거쳐 오늘날까지 오랜 세월 동안 수도 '개경·한양·서울' 둘레의 땅을 일컫는 고유이름씨로 써 왔다. 따라서 '경성京城'과 '경기京畿'에서 '서울 경京'자만 따로 떼어 놓고 본다면 단순히 '서울 경京'으로 같은 말이다.

그러나 기껏 근대 시기 왜로의 침략과 지배기에 쓰인 치욕스런 고유이름씨 '경성京城'에서 말미암은 '경京'자와 우리나라 사람들이 오랜 세월 써왔던 '경기도京畿道'의 '경京'자는 그 역사적 쓰임새에서 큰 차이가 있다. 질의자는 이 사실을 몰랐던 까닭에 '경기京畿'의 '경京'과 '재경在京'·'귀경歸京'의 '경京', 그리고 이른바 '경성京城'의 '경京'을 모두 '서울 경京'으로만 보고 있는 것이다.

넷째, 고유이름씨로서 이른바 '경성'은 근대 왜로 제국주의 침략과 지배기에 그들이 붙인 역사적인 일컬음이다. 오늘날 우리나라 수도인 서울은 오랜 세월 다채로운 고유 이름을 지녀왔다. 이 점은 잘 알려진 바다. 고대의 '한수漢水'에서부터 고려시대 '양주楊州', '남경南京'을 거쳐 조선시대 '한성부漢城府' 설치에 따른 '한성漢城'이 가장 대표적인 이름이다. 단순히 왕도首都나 왕도의 성이라는 뜻을 지닌 '경성'이 아니라, 고유한 이름으로 불려진 '경성'은 근대 시기에 들어서 나타났다.

1876년 제국주의 왜로에게 인천, 부산, 원산 세 항구를 내어준 병자겁약에서부터 그들이 조선 왕도인 '한성'을 대신하는 말로 쓰고 굳혀 왔던 것이다. 1910년 경술국치 뒤 이른바 조선총독부에 의해 조선의 오랜 수도(서울) '한성부漢城府'가 끊기고 '경성부京城府'가 설치되면서 이 이름은 공식화하였다. 그러다가 1945년 광복 뒤 서울로 바뀌었다.

말하자면 오늘날 우리가 흔히 알고 있는 가까운 시기 용어 '경성'이란 보통이름씨가 아니다. 왜로 침략 시기부터 지배 시기를 거쳐 광복에 이르기까지 이민족에게 유리한 쪽으로 붙여진 제국주의 담론의 핵심 용어 가운데 하나다. 그리고 그것은 숱한 물적 토대와 이념 생산의 중심에 있었던 고유한 역사용어다.

물론 이 사실에 대해서는 앞으로 면밀한 검토와 연구가 더 필요하다. 말하자면 근대 시기 우리 서울인 '한성'과 '경성' 사이에 어떠한 명명의 힘겨루기가 있었는가를 파악하는 일이다. 적어도 19세기 중반부터 그들에 의한 1910년 '경성부' 설치 앞 시기까지 둘 사이에 오간 숱한 외교문서나 그들 쪽 기록과 우리 쪽 기록을 고루 검토해야 한다. 그러나 오늘날 겉으로 드러난 몇 가지 사실로도 '경성'은 왜로의 침략과 지배 과정에서 저들이 붙인 이름임을 쉽게 짐작할 수 있다.

1876년 병자겁약 뒤부터 우리나라와 만남이 잦아지면서 우리 왕도인 '한성漢城'은 무시당했다. 왜로의 뜻에 따라 '경성京城'은 점점 굳어졌다. 침략 시기 34년 동안 새로운 근대 시설이나 제도, 기관이 만들어질 때마다 '경성'은 조선의 '한성'을 밀어내며 새로운 별천지가 될 것인 양 암시를 주면서 뻔질나게 공식화하였던 것이다. 그러다가 1910년 경술국치로 완전히 우리나라를 손아귀에 넣은 저들은 재빨리 우리 조선(대한제국)의 왕도 '한성부漢城府'를 폐지했다. 그 뒤 '경성부京城府'는 1945년 을유광복까지 이른바 조선총독부 수부로서 이름을 굳혔던 사정은 잘 알려진 바다.

다섯째, '경성'이 왜로 제국주의 용어였다는 점은 지금으로서도 크게 네 가지 점에서 확인할 수 있다. 첫 번째, 이른바 '경성부' 설치 이전 시기인 국권회복기 우리 쪽 문서에 기록된 '한성'이란 이름과 저들 문서에 나타난 '경성'이라는 이름의 맞섬을 찾아볼 수 있다는 점이다. 저들이 굳이 '한성'이나 '한성부'라는 조선국 공식 고유이름씨를 쓰지 않고, '경성'이라는 이름을 고집한 까닭은 국가와 국가 사이 평등한 외교 관계라기보다 국가와 일부 궁성 세력과 맺는 관계라는 속뜻으로 쓴 것이라는 짐작이 간다. 우리나라를 처음부터 얕잡아보려는 잔꾀가 들어 있었던 셈이다. 그것은 청나라가 같은 시기 오래도록 불러왔던 그대로 우리 '서울'을 온전하게 '한성'이라 불렀던 경우와 견주어 보면 쉬 알 일이다.

두 번째, 왜로는 '경성'을 우리가 일컫는 대로 '서울'이라 발음

하지 않는다. 말하자면 '경성'은 우리말 '서울'의 일본말 번역이 아니다. 만약 그렇다면 저들도 쓰고 있었던 대로 경도京都(교토)를 우리에게 적용한 것이라 볼 수 있다. 그러나 '경성京城'의 일본말은 '게이조'다. '경성'은 조선 서울인 '한성'을 일컫기 위해, 오로지 '한성'에다 끌어다 붙인 저들 방식 이름인 셈이다.

세 번째, 1945년 8월 15일 패전 이후 왜로가 저들 나라로 물러간 뒤부터 우리나라 '서울'을 '경성'이라 부르지 않는다는 데에서도 알 수 있다. 저들 스스로 '경성'이라는 고유이름씨가 지니고 있는 바 역사적, 시대적 내력을 인증認證한 까닭이다. 이것은 다른 나라의 고유이름씨는 그 나라 발음에 따라야 한다는 생각과는 다른 역사 인식에 터무니를 둔 명명의 바뀜이다. 게다가 일본 사람이 '경성'을 보통이름씨로 쓰지 않았다는 사실은 그들이 오늘날 우리 '서울'을 '서울'이라 쓰고 발음하면서, 한국의 '경성'인 '서울'이나 중국의 '경성'인 '북경'이라는 쓰임새를 보이지 않는 데서도 쉽게 알 수 있다.

네 번째, 무엇보다 1945년 광복을 맞이한 우리 겨레가 재빨리 '경성'을 버렸다는 사실을 들 수 있다. 저들뿐 아니라 우리 겨레 스스로 '경성'이라는 고유이름씨의 반민족성을 뼛속 깊이 자각하고 있었다는 뜻이다. '경성제국대학'이 '서울대학'으로 바뀐 것을 본보기로 '경성'을 앞세웠던 숱한 학교 이름 변화만 들어도 쉬 알 일이다. 말하자면 '경성'이 보통이름씨였다면 일본 쪽이나 우리나 그것을 달리 고쳤을 리 없다. 침략과 지배를 저지른 쪽에서는 그 죄과를 줄이고 묽게 만들기 위해서, 침략과 지배를 겪은 쪽에서는 그 치욕을 씻기 위해 당연히 고유 명칭부터 바꾼다. 광복 뒤 오십 년을 지난 뒤에까지도 가끔 이루어지고 있는 '일제때 빼앗긴 우리지명 바로잡기' 행사나 책 발간은 그 점이 우리 쪽에서 오래도록 만족스럽지 못했다는 것을 잘 보여주는 일이다.

고유이름씨로서 '경성京城'은 왜로가 붙인 '서울'에 대한 역사적 명명이다. 말하자면 제국주의 침략과 지배의 부끄러움이 상징적으로 남아 있는 쓰레기말이다. 역사 기술 용어로 쓰는 일과 달리 나날살이 속에서 우리나라 수도를 '경성京城'이라는 보통이름씨로 일컫거나, '서울'이라는 고유 명칭을 '경성京城'으로 부르는 일은 얼이 빠져도 한참 빠진 짓이다. 내가 '일기'에서 표현한 대로 그 말을 쓴다면 우리 사회는 "아직까지" "1945년 을유광복 이전 시기에" 살고 있거나, 그 시기로 돌아가기를 열성적으로 꿈꾸고 있는 것으로 보아 틀리지 않다.

'경부션京釜線'의 짜임과 이름 바꾸기

근대 산물로서 철도는 단순한 교통수단이 아니다. 대량 자본 투입과 인력 관리력에 따라 마련할 수 있는 것이다. 인구의 대량 이동과 지역 사이 물리적·심리적 거리를 좁혀 한 나라의 지리적 압축을 떠맡고 있는 근대 국가 형성의 상징 동력이다. 철도가 끼친 물적, 정신적 영향은 이루 말할 수 없을 정도다.

근대 초기를 제국주의 침략과 지배로 한결같이 꿰고 있는 우리나라의 경우 철도망 건설과 운용은 더욱 단순하지가 않다. 제국주의자의 군사적, 경제적 야욕에 따라 만들어진 식민지 근대의 상징적 산물 가운데 하나다. 식민지 수부인 왜로 쪽에서 볼 때는 거꾸로 식민 지배의 영광을 보여 주는 표상이기도 한 셈이다. 이러한 무게 탓에 때로 위탁이라는 이름을 내걸기는 했으나 이른바 '경부선京釜線'을 비롯한 주요 간선 철도는 식민지 지배 시기 내내 조선총독부나 '내지' 제국 '본토'의 직할 관리 아래 놓여 있었다. 그 명명에서부터 설치, 관리, 운영에 이르기까지 모두 그들 기획에 따랐던 셈이다.

특히 '경부선京釜線'은 '경인선京仁線'과 함께 처음에 마련된 것으로 뜻이 각별하다. 광복 뒤 오늘날까지도 '경부선'이 지닌 바 기간 시설로서 중요성은 줄지 않았다. 따라서 '경부선京釜線'과 같은 철도명은 소박하게 다가설 일이 아니다. 오늘날까지 버젓이 쓰고 있는 '경부선京釜線'이라는 이름이 앞에서 살핀 바와 같이 제국주의 침략 언어인 '경성京城'을 줄인 이름이어서 마땅찮다는 뜻을 내 일기에 담았다. '한글' 이름을 들 때와 달리 아예 개명 필요성과 그 공론화를 은근하게 의도한 셈이다.

그에 대해 질의자는 발끈하여 '경부선京釜線'의 '경京'은 '서울 경京자'이니 무슨 문제가 될 것인가 하고 오히려 나를 꾸짖었다. 게다가 아예 "'경부선京釜線'에서 나오는 '京'을 '서울'이 아니라 '경성京城'으로 생각하는 대한민국 사람이" 나를 "포함해 두 사람만 있다면 손에 장을 지지겠다"고까지 말했다. 나는 사람이 손을 지지는 흉측한 내기에서 승리를 확신할 만큼 불 보듯 뻔한 사실도 모르고 있는, 참으로 무지몽매한 사람이 되어 버렸다. 그러나 실제는 그렇지 않다. 이제 몇 가지로 나누어 '경부선京釜線'의 '경京'자가 '서울(수도)'을 뜻하는 보통이름씨 곧 '서울 경京'이 아니라, '경성京城'이라는 고유이름씨가 줄어서 된 꼴임을 밝히겠다. 자연스레 잘못 쓰고 있는 '경부선京釜線'이 아예 고쳐야 마땅한 까닭이 드러날 것이다.

첫째, 이른바 '경부선京釜線'의 '경부京釜'는 단순히 수도라는 이름의 중립적인 보통이름씨 '서울(수도) 경京'과 고유이름씨 '부산釜山'이 만나 이루어진 낱말이 아니다. 이미 앞에서 나는 외자 '경京'이나 '경성京城'의 쓰임새에서 보통이름씨와 고유이름씨 두 갈래가 있고, 질의자는 그 둘을 몰랐던 까닭에 혼란이 왔다는 점을 밝힌 바 있다. 고유이름씨 '경부선京釜線'은 고유이름씨 '경성京城'과 고유이름씨 '부산釜山'의 결합이다. 같은 말짜임을 보여 주고 있는 이른바 '경인선京仁線', '경의선京義線', '경춘선京春線', '경원선京元線'이 죄 그렇다. 그것은 모두 왜로 제국주의 용어인 고유이름씨 '경성京城'과 지역 고유의 이름이 만나서 이루어진 말이다.

둘째, 이런 사실은 몇 가지 점에서 확인할 수 있다. 먼저 철도 부설과 관련하여 우리나라와 왜로 사이에 이루어진 약조나 문건에 따른다. 역사적으로 가장 먼저 '경부선京釜線'의 '경부京釜'가 '경성京城＋부산釜山'임을 밝혀주는 문건은 내 확인에 따르면 1894년에 보인다. 왜로는 모두 다섯 차례에 걸쳐 서울, 부산 사이 철길 건설을 위한 사전 답사를 꾀했다. 그 두 번째가 1894년에 있었다. 청일전쟁에서 뜻밖에 승승장구했던 왜로 군부에서 긴급 군용철도 부설의 필요에 따라서 벌인 일이다. 이때 '육군대신 서향종도西鄕從道'라는 이가 조선에 있었던 저들 군대와 기관에 내린 '훈령訓令'이 그것이다. 거기에는 "京城·釜山間", "京城·仁川間" 철도라는 분명한 기록이 나온다.

이어서 왜로는 우리에게서 '경부京釜', '경인京仁' 두 철도 '부설권'을 서구 열강으로부터 독점적으로 빼앗았다. 이때 만든 문서가 1894년 8월 20일의 이른바 「일선잠정합동조관日鮮暫定合同條款」이다. 이에는 "京釜·京仁兩鐵道の敷設權"이라 적어 '경부京釜', '경인京仁'이 분명히 적혀 있다. '京城·釜山'이 '京釜'로, '京城·仁川'이 '京仁'으로 줄었음을 알 수 있다.

이 문서 뒤에 나온 것으로 '경부京釜'가 아니라 '京城, 釜山'을 온전하게 밝히고 있는 왜로 쪽 기록은 모두 '京城釜山'이라 적

고 있다. 거듭하거니와 오늘날 우리가 아무렇게나 쓰고 있는
'경부京釜'란 바로 조선총독부 아래 노예로서 살았던 시절 고유
이름씨 '경성京城'과 고유이름씨 '부산釜山'의 결합이지, 아무 때나
중립적으로 쓸 수 있는 서울(수도) '경京'과 고유이름씨 '부산釜山'
의 결합이 아니다. 조금만 관심을 가지고 살피면 알 수 있는 사
실이다. 그들은 1900년 11월 '경인철도京仁鐵道'를 그들 손으로 '전
통全通'시키고, 이른바 '경부선京釜線' 또한 1904년 12월 '전통全通'한
뒤 1905년 1월 1일부터 영업을 시작했다.

이렇듯 왜로 제국주의 찌꺼기 이름인 '경부선'을 우리나라의
뼈대가 되는 철길 이름으로 그냥 둔 일은 매우 잘못이다. 광복
뒤 많은 중요 이름을 새로 만들거나 고쳤을 때 철도 이름은 바
꾸지 않았다. 그런 잘못을 저지르게 된 데에는 사회 안팎의 개
량적 분위기, 철도가 국가 공영 시설이었던 점이 작용한 것이라
생각한다. 바로잡을 기회를 놓친 뒤, 광복 예순 해로 내려서는
이즈음까지 그대로 남게 된 셈이다.

셋째, 굳이 '경부선京釜線'이 '경성京城 + 부산釜山'이라 하더라도
그 동안 잘도 써 왔는데 괜히 트집을 잡는 것이 아니냐는 생각
을 지닌 사람이 있을 수 있다. 나라의 보통 사람, 곧 국민의 돈
을 불려 주겠다는 뜻으로 이름까지 '국민'을 내세운 은행이 보
통 '국민'들이 죄 고개를 갸웃할 'KB*b'라는 희한한 이름을 온
통 앞머리로 내걸고 장사를 해 대는 마당이다. '경부선' 이름 하
나가 무어 대수냐고 나무랄 수도 있다. 그러나 나라 뼈대가 되

는 철길 이름은 그 나라의 품위에 관계되는 말이다. 나라 이름이나 국기와 마찬가지 중요도를 갖는다.

굳이 부끄러운 제국주의 역사 용어인 '경성'을 중립적이고 탈역사화된 '서울 경京'으로만 보아 단선적이고 선의로만 해석하려는 태도야말로 역사를 왜곡하고 생각을 비뚤게 만들 수 있는 큰일이다. 멀리 내다보면 지나간 역사를 왜곡하는 가장 빠른 길이 역사 용어 왜곡이라는 점을 잊지 말 일이다. 말하자면 '경성'이라는 말이 지닌 태생 문제를 가볍게 본 채, '경부선'을 그저 '서울과 부산을 잇는 철길' 정도로만 생각하고 있는 모습이 벌써 말에 지고 생각에 진 데 따른 일이다. 내 표현대로 아직까지 "이른바 조선총독부의 수도 경성이 버젓이 살아 있는" 꼴이다.

넷째, 혹 '경부선京釜線'이라는 이름을 고정불변한 것으로 생각하는 사람이 있을 수 있다. 그들에 따르면 고칠 필요가 없는 말이 '경부선'이다. 그런 이들을 위해 북한 쪽 보기를 들겠다. 북한에서는 '경원선京元線'이니 '경의선京義線'이니 하는 말은 쓰지 않는다. 이른바 '조선인민민주주의공화국'의 수도(서울)인 '평양'을 기준점으로 '평원선平元線', '평의선平義線', '평해선平海線'으로 일컫는다. 세상이 크게 바뀌면 그것을 드러내는 주요한 이름들은 바뀌는 것이다.

다섯째, 나에게 '경부선'이라는 이름이 잘못이라면 꼬집지만 말고 고칠 방안을 내어 보라고 할 수 있겠다. 그렇다면 어떻게 할 것인가. 오늘날 이른바 '경부선'은 21세기형 고속철도 시대에 들어서고 있다, 서울·부산 사이 개통을 앞두고 있다. 이런 마당이니 명칭의 변화 가능성이 크다. 앞으로 '경부선'이라는 이름은 어쩌면 '케이티엑스^{KTX}선'이라는 서양 외래어로 바뀔지 모를 일이다. 초가삼간 죄 태우는 격이다. 그렇게 되지 않도록 하기 위해서라도 우리의 철도 교통망에 대한 이름을 새로 다듬을 필요가 있다. 침략과 지배로 말미암은 패배와 오욕의 이름을 벗어나 새로운 미래지향적인 뜻으로 새 이름을 삼을 일이다.

새 이름으로 먼저 오늘날 행정 지명인 서울에다 부산을 붙여 '서부선'이라 할 수 있겠다. 이럴 경우 우리 말법에 비추어 볼 때 '서'를 '서녘 서(西)'로 오해하기 십상이다. '부산'이라는 한자어에 맞게 '한자 + 한자'로 만들고, 거기다 말글 수준을 같이 놓으려 한다면 '고유이름씨 + 고유이름씨'가 되어야 한다. 현재로서는 가까운 시기 오래도록 '서울'을 일컬었던 한자어인 '한성漢城'을 끌어올 수도 있다. '한성漢城 + 부산釜山'에서 말미암은 '한부선漢釜線'이 마련된다. 그러나 이 이름도 오늘날 우리 사회의 언어 감각에서는 한참 뒤로 밀려나야 할 퇴행적 이름이다.

따라서 우리나라 등뼈를 이루고 있는 '백두대간白頭大幹'을 끌어다 우리나라 철도의 중심 뼈대를 이루는 '경부선京釜線'이라는 이름을 바로잡는 길이 있다. 부산에서 신의주에 이르는 긴 철길을 '백두선白頭線'이라 한 뒤, 서울을 중심으로 북쪽은 '백두북선白頭北線', 서울을 중심으로 부산까지는 '백두남선白頭南線'으로 일컫는 방식이다. '백두白頭'란 바로 한글의 그 '한韓'과도 이어진 이름이다. '백두대간'을 중심으로 한 동서남북 넓은 땅은 종교 신념이나 지역 차이를 떠나 오늘날 우리 겨레 구성원이 가장 널리 받아들일 수 있는 자연지리적, 풍토적 현실이다. 통일된 우리나라에서도 큰 무리 없이 받아들일 수 있을 이름이다.

아마 고쳐 나가는 데 사회적, 재정적 비용이 만만찮을 것이다. 그러나 그 점은 겨레의 백년 뒤를 생각한다면 큰 부담이 아닐 수 있다. 새로운 수도를 만든답시고 천문학적인 돈을 끌어다 붓는 일보다 훨씬 적은 돈과 노력으로 더욱 값지고 효율적으로 나라의 큰일을 꾀할 수 있다.

철길은 단순한 길이 아니다. 왜로 제국주의 침략과 대륙 지배 야욕이 빚어 낸 화려한 승리의 표징이다. 우리 겨레에게는 국치와 이어진 노예적 수탈의 상징 장소다. 앞에서 살핀 바 '경부선'이라는 이름은 중립적이거나 탈역사적인 것이 아니다. 1876년 병자겁약 무렵부터 1910년 경술국치에 이르는 34년, 1910년부터 1945년 광복에 이르는 35년, 69년에 걸치는 긴 세월 동안 왜로에 의해 자랑스럽게 굳혀진 이른바 '경성京城(게이조)'에서 말미암은 이름이 '경부선京釜線'이다.

'경부선京釜線'의 '경京'을 '경성京城'으로 생각하는 사람이 나를 포함해 한 사람이라도 더 있다면 자신의 손을 지지겠다는 질의자의 잘못된 믿음과 결의는 이제 가라앉히기 바란다. 손을 지지는 내기를 빌려서라도 옳다고 고집할 일이 결코 아니다. 이른바 '경부선京釜線'을 '경성京城'과 '부산釜山'을 잇는 선이라는 생각은 지

극히 상식에 들 일이다. 그런데도 상식이 상식으로 통하지 않는
세상에 우리는 이제까지 살아온 셈이다. 부끄러운 일이다.

말힘과 말힘 겨루기

세상은 점점 말 중심에서 글 중심, 영상 중심 사회로 달라져
갈 모양이다. 담론의 세계 구성력 또한 완연하게 커지고 있다.
말힘 겨루기도 나라 안팎으로 점점 다양해지고 격화하고 있다.
한글날을 맞이하여 우리말과 글에 대한 새로운 관심을 지녀야
하겠다는 뜻을 이름 붙이기 문제를 중심으로 '일기' 형식에 담
았다. 이름이 바로 서야 세상이 바로 선다는 평소 일깨움을 짧
게 담아 본 셈이다.

한글살이 경우에는 오늘날 영향력이 가장 크다 할 대중매체
에서부터 각별한 관심이 이어져야겠다. 행정부 차원에서도 전
향적인 우대 정책이 필요하다. 욕심을 내어 본다면 멀리 보아
한글이 더 나은 이름으로 바뀔 수 있음 직하다. 그럴 수 없다
면 그러한 변화 가능성까지도 온전히 제 안에 녹여 낼 수 있을
만큼 한글사랑과 바람직한 우리 말글살이에 힘을 쏟아야겠다.
그런 쪽에서 볼 때 무엇보다 바삐 고쳐야 할 것 가운데 하나가
이른바 '경부선京釜線'이라는 일컬음이다.

한자 '서울 경京'이나 '경성京城'은 보통이름씨로 쓰일 수 있다. 그

러나 고유이름씨로서 '경성'은 제국주의 왜로의 침략과 지배 과정에서 주도적으로 쓰이고 굳어진 말이다. 질의자는 이 점을 놓치고 있다. 왕도의 성이라는 뜻을 지닌 보통이름씨 '경성'과 근대 시기 고유이름씨로서 '경성京城' 사이 거리를 이해하지 못했다. 물론 이 점은 광복 뒤 우리 사회가 왕도를 뜻하는 보통이름씨 '서울'을 그대로 대한민국 수도를 일컫는 고유이름씨로 삼은 데 따라 나타날 법했던 자연스런 혼란이다.

'경부선京釜線'이라는 일컬음에 쓰인 '경京'은 바로 그 고유한 역사 용어 '경성京城'이 줄어서 된 것이다. '경성京城'과 '부산釜山' 사이 철길 이름이 '경부선京釜線'이다. 이 '서울 경京'을 부끄러운 용어인 '경성京城'으로 보지 않고 단순히 수도를 뜻하는 중립적인 용어 '서울 경京'으로 읽을 때 오해가 나타난다. 나는 보통이름씨 '경京'·'경성京城'의 쓰임새와 고유이름씨 '경성京城'의 쓰임새 그 둘을 나누어 살피면서 질의자의 잘못된 앎을 바로잡고자 했다. 나아가 '경성京城'이 중립적인 '서울 경京'과 고유이름씨 '부산' 사이 결합이 아니라는 터무니를 몇 가지로 나누어 살폈다. 오늘날 많은 사람이 의심 없이 널리 써오고 있는 '경부선'이라는 말이 마땅하지 않는 왜로 식민지 찌꺼기 가운데 하나임을 밝히고, 나아가 새로운 이름으로 고칠 것을 부추겼다.

이 과정에서 질의자의 물음에 대한 내 답이나 질의자의 오해에 대한 이해가 이루어졌으리라 생각한다. 거듭하거니와 모든 이름에는 그렇게 붙이게 된 쪽의 이해관계가 담기게 마련이다.

각별히 고유이름씨나 역사 용어일 경우에는 더욱 그렇다. '동해東海'가 어느새 1945년 광복 이전 이름인 '일본해日本海'로 되돌아가고 있는 오늘날이다. 나라 행정을 책임진 대통령이 앞장서서 제 나라 땅인 '독도獨島'를 '다께시마竹島'라고 흔쾌히 불러 일본 사람을 기쁘게 해 주는 얼빠진 세상이다. 세월이 벌써 그렇게 되어 먹은 데다 제 공부 영역도 아니니 쓸데없이 힘 빼지 말라고 충고하는 사람도 있겠다.

'경부선京釜線'은 이제껏 우리 사회가 생각이 모자랐거나 급하지 않은 일로 보고 밀쳐 두었던 탓에 잘못 쓰고 있는 이름이다. 그러나 이 말은 나라 품위에 걸리는 정도로 무거운 무게를 지닌 으뜸말에 든다. 잘못이 있다는 생각이 모인다면 바로 고쳐야 한다. 뿌리만 제대로 내려도 뜻밖에 줄기와 가지는 쉬 바로 서는 법이다. '경부선'이라는 잘못된 일컬음은 큰 사회적 비용과 논란을 끌어들이지 않고서도 '백두남선白頭南線'과 같은 말로 고칠 수 있으리라 생각한다. 어차피 새로운 고속 철도망 체계로 크게 바뀌고 있는 이즈음이다.

그리고 이 일에는 무엇보다 부산 쪽 사람이 앞장서야 하겠다. 우리 근대 시기 첫자리인 1876년 병자겹약에서부터 1945년 을유광복에 이르는 긴 세월 속에서 그 영욕을 온몸으로 아로새긴 땅이 부산이다. 게다가 왜로 제국주의 수부 동경에서 서울을 거쳐 대륙으로 나아가는 대표적인 물길, 땅길의 중추 이음매가 부산이었다. 이른바 '관부선關釜線'에서 내린 제국주의 왜로의 군대와 돈 그리고 야욕은 부산에서부터 다시 '경부선'을 타고 우리 땅 한가운데를 비수처럼 가르고 올라 마침내 대륙 너머로 부챗살처럼 갈라져 꽂혔던 셈이다. 부산에서부터 마땅히 '경부선' 이름 바로잡는 첫걸음을 내디딜 일이다.

(2005)

박태일 ..

1954년 경상남도 합천에서 나 부산대학교 국어국문학과에서 박사 학위까지 마쳤다. 1980년 중앙일보 신춘문예 시부문에 「미성년의 강」이 당선되어 시단에 나섰다. 그 사이에 낸 시집으로『그리운 주막』(1984),『가을 악견산』(1989),『약쑥 개쑥』(1995),『풀나라』(2002)가 있다. 연구서로는『한국 근대시의 공간과 장소』(2000),『한국 근대문학의 실증과 방법』(2004),『한국 지역문학의 논리』(2004),『부산·경남 지역문학 연구 1』(2004)을 냈으며,『가려뽑은 경남·부산의 시 ① : 두류산에서 낙동강에서』(1997)『크리스마스 시집』(1999),『김상훈 시 전집』(2003),『예술문화와 지역가치』(2004),『정진업 전집 ① 시』(2005),『허민 전집』(2009)을 엮기도 했다. 산문집으로는 몽골 기행문『몽골에서 보낸 네 철』(2010)과『시는 달린다』(2010)가 있다. 김달진문학상, 이주홍문학상, 부산시인협회상을 받았고, 현재 경남대학교 국어국문학과 교수로 일하고 있다.